鲸歌
我们拥有同样的音频和心跳

金色俄罗斯
Золотая Россия

致敬“金色俄罗斯丛书”译介团队，感谢所有参与者为传播俄罗斯文学、增进中俄两国人民文化交流而做的努力！

汪剑钊 丛书主编，北京外国语大学外国文学研究所教授，博士生导师。

张建华 丛书顾问，北京外国语大学教授。

刘文飞 丛书顾问，中国俄罗斯文学研究会会长。

张　冰 北京师范大学俄语系教授，博士生导师。

赵晓彬 哈尔滨师范大学斯拉夫语学院副院长，博士生导师。

杨玉波 哈尔滨师范大学斯拉夫语学院副教授，文学博士。

郑艳红 中国社会科学院文学博士，绥化学院外国语系教师。

张　猛 北京外国语大学外国文学研究所博士。

李　莉 北京师范大学文学博士，杭州师范大学教授。

顾宏哲 辽宁大学俄语系副教授，硕士生导师。

赵艳秋 复旦大学俄语系副主任，文学博士。

侯炜红 中国社会科学院外国文学研究所俄罗斯文学研究室主任，文学博士。

池济敏 四川大学外国语学院副院长，副教授，文学博士。

飞　白 云南大学外语系教授，浙江省比较文学与外国文学学会名誉会长。

黄　玫 北京外国语大学俄语学院教授，博士生导师。

杨晓笛 北京外国语大学博士，太原理工大学教师。

李玉萍 洛阳理工学院外国语学院教师。

王立业 北京外国语大学俄语学院教授，博士生导师。

邱　鑫 黑龙江大学俄语学院文学博士，四川大学俄文系系主任。

郭靖媛 北京外国语大学外国文学研究所硕士。

薛冉冉 浙江大学外语学院副教授，博士。

温玉霞 西安外国语大学俄语学院教授，博士生导师。

潘月琴 北京外国语大学俄语学院副教授。

董树丛 北京外国语大学外国文学研究所硕士。

余　翔 北京外国语大学外国文学研究所博士。

冯昭玙 浙江大学外文系教授。

王景生 中国社会科学院外国文学研究所博士，研究员。

徐　琪 厦门大学外文学院教授，文学博士。

徐曼琳 四川外国语大学俄语系教授，文学博士。

欢迎更多的译者加入“金色俄罗斯丛书”……

（按译作出版时间排序。）

四川人民出版社　文学出版中心

金色的“林中空地”（总序）

汪剑钊

2014 年 2 月 7 日至 23 日，第二十二届冬奥会在俄罗斯的索契落下帷幕，但其中一些场景却不断在我的脑海回旋。我不是一个体育迷，也无意对其中的各项赛事评头论足。不过，这次冬奥会的开幕式与闭幕式上出色的文艺表演给我留下了深刻的印象，迄今仍然为之感叹不已。它们印证了一个民族对自身文化由衷的热爱和自觉的传承。前后两场典仪上所蕴含的丰厚的人文精髓是不能不让所有观者为之瞩目的。它们再次证明，俄罗斯人之所以能在世界上赢得足够的尊重，并不是凭借自己的快马与军刀，也不是凭借强大的海军或空军，更不是凭借所谓的先进核武器和航母，而是凭借他们在文化和科技上的卓越贡献。正是这些劳动成果擦亮了世界人民的眼睛，引燃了人们眸子里的惊奇。我们知道，武力带给人们的只有恐惧，而文化却值得给予永远的珍爱与敬重。

众所周知，《战争与和平》是俄罗斯文学的巨擘托尔斯泰所著的一部史诗性小说。小说的开篇便是沙皇的宫廷女官安娜·帕夫洛夫娜家的舞会，这是介绍叙事艺术时经常被提到的一个经典性例子。借助这段描写，托尔斯泰以他的天才之笔将小说中的重要人物一一拈出，为以后的宏大叙事嵌入了一根强劲的楔子。2014 年 2 月 7 日晚，该届冬奥会开幕式的表演以芭蕾舞的形式再现了这一场景，令我们重温了“战争”前夜的“和平”魅力（我觉得，就一定程度上说，体育竞技堪称是一种和平方式的模拟性战争）。有意思的是，在各国健儿经过数十天的激烈争夺以后，2 月 23 日，闭幕式让体育与文化有了再一次的亲密拥抱。总导演康斯坦丁·恩斯特希望“挑选一些对于世界有影响力的俄罗斯文化，那也是世界文化遗产的一部分”。于是，他请出了在俄罗斯文学史上引以为傲的一部分重量级人物：伴随拉赫玛尼诺夫第二钢琴协奏曲的演奏，普希金、果戈理、屠格涅夫、托尔斯泰、陀思妥耶夫斯基、契诃夫、马雅可夫斯基、阿赫玛托娃、茨维塔耶娃、布尔加科夫、索尔仁尼琴、布罗茨基等经典作家和诗人在冰层上一一复活，与现代人进行了一场超越时空的精神对话。他们留下的文化遗产像雪片似的飘入了每个人的内心，滋润着后来者的灵魂。

美裔英国诗人 T. S. 艾略特在《诗的作用和批评的作用》一文中说：“一个不再关心其文学传承的民族就会变得野蛮；一个民族如果停止了生产文学，它的思想和感受力就会止步不前。一个民族的诗歌代表了它的意识的最高点，代表了它最强大的力量，也代表了它最为纤细敏锐的感受力。”在世界各民族中，俄罗斯堪称最为关心自己“文学传承”的一个民族，而它辽阔的地理特征则为自己的文学生态提供了一大片培植经典的金色的“林中空地”。迄今，在这片土地上生根发芽并长成参天大树的作家与作品已不计其数。除上述提及的文学巨匠以外，19世纪的茹科夫斯基、巴拉廷斯基、莱蒙托夫、丘特切夫、别林斯基、赫尔岑、费特等，20世纪的高尔基、勃洛克、安德烈耶夫、什克洛夫斯基、普宁、索洛古勃、吉皮乌斯、苔菲、阿尔志跋绥夫、列米佐夫、什梅廖夫、波普拉夫斯基、哈尔姆斯等，均以自己的创造性劳动进入了经典的行列，向世界展示了俄罗斯奇异的美与力量。

中国与俄罗斯是两个巨人式的邻国，相似的文化传统、相似的历史沿革、相似的地理特征、相似的社会结构和民族特性，为它们的交往搭建了一个开阔的平台。早在1932年，鲁迅先生就为这种友谊写下一篇“贺词”——《祝中俄文字之交》，指出中国新文学所受的“启发”，将其看作自己的“导师”和“朋友”。20世纪50年代，由于意识形态的接近，中国与俄国在文化交流上曾出现过一个“蜜月期”，在那个特定的时代，俄罗斯文学几乎就是外国文学的一个代名词。俄罗斯文学史上的一些名著，如《叶甫盖尼·奥涅金》《死魂灵》《贵族之家》《猎人笔记》《战争与和平》《复活》《罪与罚》《第六病室》《丽人吟》《日瓦戈医生》《安魂曲》《没有主人公的叙事诗》《静静的顿河》《带星星的火车票》《林中水滴》《金蔷薇》和《钢铁是怎样炼成的》等，都曾经是坊间耳熟能详的书名，有不少读者甚至能大段大段背诵其中精彩的章节。在一定程度上，我们可以说，翻译成中文的俄罗斯文学作品已构成了中国新文学的一个重要组成部分，成为现代汉语中的经典文本，就像已广为流传的歌曲《莫斯科郊外的晚上》《三套车》《喀秋莎》《山楂树》等一样，后者似乎已理所当然地成为中国的民歌。迄今，它们仍在闪烁金子般的光芒。

不过，作为一座富矿，俄罗斯文学在中文中所显露的仅是冰山一角，大量的宝藏仍在我们有限的视域之外。其中，赫尔岑的人性，丘特切夫的智慧，费特的唯美，洛赫维茨卡娅的激情，索洛古勃与阿尔志跋绥夫在绝望中的希望，苔菲与阿维尔琴科的幽默，什克洛夫斯基的精致，波普拉夫斯基的超现实，哈尔姆斯的怪诞，等等，大多还停留在文学史上的地图式导游。为此，作为某种传承，也是出自传播和介绍的责任，我们编选和翻译了这套“金色俄罗斯丛书”，其目的是进一步挖掘那些依然静卧在俄罗斯文化沃土中的金锭。可以说，被选入本丛书的均是经过了淘洗和淬炼的经典文本，它们都配得上“金色”的荣誉。

行文至此，我们有必要就“经典”的概念略做一点说明。在汉语中，“经典”一词最早出现于《汉书·孙宝传》：“周公上圣，召公大贤。尚犹有不相说，著于经典，两不相损。”汉朝是华夏民族展示凝聚力的重要朝代，当时的统治者不仅实现了政治上的统一，而且也希望在文化上设立标杆与范型，亟盼对前代思想交流上的混乱与文化积累上的泥沙俱下状态进行一番清理与厘定。客观地说，它取得了一定的成效，虽说也因此带来了“罢黜百家”的重大弊端。就文学而言，此前通称的“诗三百”也恰恰在那时完成了经典化的过程，被确定为后世一直崇奉的《诗经》。关于“经典”的含义，唐代的刘知幾在《史通·叙事》中有过一个初步的解释：“自圣贤述作，是曰经典。”这里，他将圣人与前贤的文字著述纳入经典的范畴，实际是一种互证的做法。因为，历史上那些圣人贤达恰恰是因为他们杰出的言说才获得自己的荣名的。

那么，从现代的角度来看，什么是经典呢？商务印书馆出版的《现代汉语词典》给出了这样的释义：1. 指传统的具有权威性的著作：博览经典。2. 泛指各宗教宣扬教义的根本性著作。不同于词典的抽象与枯涩，意大利著名作家卡尔维诺归纳出了十四条非常感性的定义，其中最为人称道的是其中两条：其一，一部经典作品是一本每次重读都像初读那样带来发现的书；一部经典作品是一本即使我们初读也好像是在重温的书。其二，经典作品是一些产生某种特殊影响的书，它们要么自己以遗忘的方式给我们的想象力打下印记，要么乔装成个人或集体的无意识隐藏在深层记忆中。参照上述定义，我们觉得，经典就是经受住了历史与时间的考验而得以流传的文化结晶，表现为文字或其他传媒方式，在某个领域或范围具有一定的权威性和典范性，可以成为某个民族、甚或整个人类的精神生产的象征与标识。换一个说法，每一部经典都是对时间之流逝的一次成功阻击。经典的诞生与存在可以让时间静止下来，打开又一扇大门，带你进入崭新的世界，为虚幻的人生提供另一种真实。

或许，我们所面临的时代确实如卡尔维诺所说："读经典作品似乎与我们的生活步调不一致，我们的生活步调无法忍受把大段大段的时间或空间让给人本主义者的悠闲；也与我们文化中的精英主义不一致，这种精英主义永远也制定不出一份经典作品的目录来配合我们的时代。"那么，正如沙漠对水的渴望一样，在漠视经典的时代，我们还是要高举经典的大纛，并且以卡尔维诺的另一段话镌刻其上："现在可以做的，就是让我们每个人都发明我们理想的经典藏书室；而我想说，其中一半应该包括我们读过并对我们有所裨益的书，另一些应该是我们打算读并假设对我们有所裨益的书。我们还应该把一部分空间让给意外之书和偶然发现之书。"

愿"金色俄罗斯"能走进你的藏书室，走进你的精神生活，走进你的内心！

译者序

费多尔·索洛古勃（1863－1927），真名杰杰尔尼科夫，是俄罗斯文学“白银时代”最具代表性的小说家和诗人之一。

索洛古勃生于彼得堡的一个裁缝家庭，父亲在他出生后很快便去世了。为了生存，母亲在一个并不富裕的官员家庭当起了女仆。也多亏了母亲的选择，索洛古勃才有机会阅读了大量名家之作，铺下了文学创作之路最初的基石。

长篇小说《卑劣的小鬼》令索洛古勃声名大噪，书中小气、市侩、神经质的中学教师彼列多诺夫更是成了一类人物的代表。评论界对索洛古勃的评价是多面的，多利宁认为他“处于任何流派及传统之外”；勃洛克直言“他是果戈理的法定继承人，是革命前俄国最后一个讽刺大师”；格伦菲尔德则声称索洛古勃是“极度矛盾和病态的灵魂”。

索洛古勃是复杂的个体，他关注现实，却又极擅运用想象的力量对其进行改造，构架出了一个个光怪陆离的文学世界。

索洛古勃偏爱描写“小人物”：《蛆虫》中的叮达打碎了房东鲁勃诺索夫的茶杯，他恐吓她，告诉她半夜会有只蛆爬进她的肚子，吸她的血。旺达从此生活在了对蛆虫入肚的恐惧之中，最后竟被活活吓死。《小矮人》的主人公萨拉宁总是因为身材比妻子矮小太多而遭受冷嘲热讽，心有不甘的他买到了能令身体变小的魔药，却阴差阳错地将药水吞入腹中，导致自己越变越小，沦为公众的玩物和妻子捞钱的工具，最后随风飘走，不知所踪。《微笑》里的伊古姆诺夫性格怯懦，从小被人欺凌。母亲是他唯一的心理支柱，却在他找到工作后不久便去世了。他失去了生活目标，弄丢了工作，四处碰壁，曾经的同僚连一卢布都不愿意借给他。万念俱灰之下，他跃入了冰冷的河中。

以辛辣的笔触针砭时弊是索洛古勃的拿手好戏，他改写了《圣经》中犹大的结局，创作出《犹大的未婚妻》以讽刺俄国社会盛行的拜金主义：犹大的未婚妻玛鲁夏听闻犹大出卖耶稣的酬金只有30个银币时大为光火，满脸寒霜，语气冷淡。犹大告诉她其实这只是谣言，实际上赏金有好几万，此时“玛鲁夏的眼神忽然融化了，变得温柔似水”。这样的故事即使是如今也并不令人感到陌生。

正如格伦菲尔德所言，索洛古勃塑造的灵魂的确有矛盾和病态的成分：《戴着镣铐的女人》中的奥米耶日娜饱受丈夫虐待，却每年在他忌日那天寻找一名男性虐待自己，只有被折磨后她才能“自由自在地过上一年”。《悲伤的未婚妻》中的比耶松诺娃尽管尚未出阁，却身穿丧服，参与一名陌生男子的葬礼。

鲁迅评价索洛古勃时，说他是“死亡的赞美者”，因为索氏笔下的很多人物在面对死亡时都表现得非常平静，甚至带着些向往和眷恋。《奔向星星》中的谢廖沙死前感到“星星们快乐地旋转着，张开金色的翅膀朝他飞驰而来……一个身形伟岸、神情温柔的天使用洁白的翅膀托住了他的胸口，温柔地拥抱住他，轻轻合上了他的眼睛”。《铁环》中的老人“在生命的最后时刻，脸上仍然挂着明朗的微笑”。

索洛古勃赞美死亡却并不全然阴郁，家国与爱情同样是他灵感的源泉：《塔尼亚的理查德》中，得知理查德要为俄罗斯而战后，塔尼亚万分激动和高兴，她感到“灵魂上的枷锁似乎全都被卸掉了，现在的她可以爱他，也想要爱他”。理查德告知塔尼亚自己即将奔赴前线之前，一个“穿着闪闪发光的甲胄，手持熊熊燃烧的烈焰之剑”，长得和理查德一模一样的士兵出现在她的梦中，预言了俄罗斯的胜利。《天真的约会》中抓取了“他”和“她”数次相逢的几个片段，无始无终，却以短短的篇幅将那“永远不会被忘尘掩埋”的梦想和幸福表达得淋漓尽致。

无尽的生死爱恨和喜怒哀乐被索洛古勃编织成了一幅极其复杂的立体图景，神性、人性和魔性的光芒交织其间。

期待本书中的译文能在索洛古勃和读者之间搭起一座跨越时空的桥梁。希望有更多的人能喜欢索洛古勃，喜欢俄罗斯文学。

邱　鑫

2018 年 8 月

目　录
Contents

通往大马士革之路

一

从荒淫无度、恣情纵欲到生与死的安然结合——通往大马士革之路。

平静无风的春日傍晚，车轮在热闹喧嚣的街道上辘辘碾过，表情凶狠的流浪汉和年老体衰的女人们一起兜售着娇羞的铃兰花。克拉夫季娅·安德烈耶芙娜·克鲁仁尼娜刚从医生那儿走出来。听了医生的话后，她难过得满脸通红，浑身因为羞愧和悲伤而抖个不停。即便她是个年轻姑娘，也不得不忍受这一切。她感觉那些候诊的病人们，包括那个站在前厅的清洁工都在嘲笑她，他们的笑容像毒蛇般啮咬着她的心。

谁会娶她这么丑的女人？寡淡无味、拘谨扭捏，在男人面前总是手足无措。

从很久以前开始，她一照镜子便会绝望。镜子诚实得令人厌恶，它总是把一切都映照出来，毫无恻隐之心。她是个相貌丑陋、毫无魅力的女人，尽管脸上还有些许细节能讨人喜欢：她的双眼深邃、聪慧、有神，脸颊和下巴上长着可爱的酒窝，浓密的秀发宛如秋日的夜幕。然而它们太过零散，无法令容貌增色，与这张黯淡无光的脸和这具与优雅沾不上边儿的躯体搭在一处，显得十分不和谐。

谁会娶她？她会是谁的妻子？

由于职业的缘故，医生心如铁石、出口伤人。

克拉夫季娅·安德烈耶芙娜脸上讪讪的，嘴里嗫嚅道：

“可是，医生，怎么会这样呢？难道是我的原因？我连未婚夫都没有。”

医生耸了耸肩。

“自然现象而已，”他冷冷说道，“您吃什么药都不会有用。”

二

克拉夫季娅·安德烈耶芙娜在街上走着，双腿发抖、脚步虚浮，心中既惊慌又羞愧。她走过熟悉的十字路口和人行道，来到了这间位于四楼的公寓。她的朋友娜塔莉亚·伊力伊尼奇娜·奥普立齐娜在这儿居住。奥普立齐娜人很善良，精力旺盛，长着一双大大的眼睛，胸脯圆润饱满，是个可爱的姑娘。

克拉夫季娅·安德烈耶芙娜把一切都告诉了她。只要再过一会儿，再过一天，她可能都羞于启齿，然而此时此刻，这些话被十分自然地说了出来。奥普立齐娜一看克拉夫季娅·安德烈耶芙娜低垂的脸庞和糟糕的脸色就明白出事了，知道她肯定遇到了意想不到的烦心事。奥普立齐娜开始细细询问她出了什么事。克拉夫季娅·安德烈耶芙娜坐下来，含羞带怯地笑了笑便开了口，她讲得特别认真，就像在背诵烂熟于胸的课文。

讲完她便哭出声来，奥普立齐娜一面思考，一面在房间里踱着步子，桌上的玻璃烛台都被她沉重的脚步震得叮当作响。

“我觉得吧，”她说，“没什么好哭的，心痛不如行动。真就没人看得上你？”

克拉夫季娅·安德烈耶芙娜可怜巴巴地承认道：

“没有。”

奥普立齐娜说：

“这些男人呐，太龌龊了！只要脸蛋儿长得漂亮，即使是个十足的草包，他们也愿意献殷勤，长得不漂亮的连看都不看一眼。太令人气愤了，这不公平。”

她突然停下脚步，走到克拉夫季娅·安德烈耶芙娜身边，似乎想到了个绝妙的主意。

“我帮帮你吧。我这儿刚好有一个合适的……简单说呢，就是有个人和我很要好，他喜欢和单纯的女孩儿打交道。我替你安排一下。”

三

过了几天，克拉夫季娅·安德烈耶芙娜坐在一家豪华餐厅的包间里，身旁是个四十出头、穿着体面的先生，两人聊得不甚投机。桌上摆着清淡、昂贵的晚餐，有牡蛎和香槟。克拉夫季娅·安德烈耶芙娜一直在给自己打气，努力掩饰心中的窘迫。先生名叫谢尔盖·格利高里耶维奇·塔舍夫，席间不停地称赞她聪明、智慧、有文化。

“我很久都没有度过这么舒心的夜晚了。您是我在彼得堡认识的女人里最聪明的。”

克拉夫季娅·安德烈耶芙娜迟疑地盯着他黑色的头发和挺得过于笔直的身体，盯着他不讨人喜欢的、凸出的嘴，盯着他又短又硬的黑胡子。她觉得他说这些只是因为没法称赞她的外表，只能说点儿让人开心的话来拉近两人的距离。

她偶尔会觉得这一切都是梦境和臆想。她不漂亮，有点儿驼背，成天穿着黑色的裙子，系着寒酸的蓝色小领带；笨手笨脚的，没去过餐厅，既不会开电灯，也不懂怎么吃洋蓟。这个陌生的地方四壁都贴着烦人的墙纸，老式镜子摆得到处都是。墙角放着一架钢琴，旁边垂挂着天鹅绒面料的深红帘子，帘后似乎还隐藏着什么东西。是什么呢？洗手池？床？优雅的先生梳着分头，一脸无精打采，硕大的淡黄色牙齿像一颗颗扁杏仁，唇边和眼周皱纹遍布。她觉得他周身的穿戴非常华美，细麻布衬衫上那个深石榴色胸饰特别漂亮。

是什么让他们聚在这里？为什么她和他，如此陌生的两个人，现在竟然能坐到一起？那些寻常事物，街道、城市乃至整个外界都被一道厚重的深红帘幕隔绝在外。

舒适的氛围中渗透出丝丝古怪，克拉夫季娅·安德烈耶芙娜似乎中了惑心的妖术。白色水仙和红色康乃馨插在桌子中央的水晶花瓶里，阵阵香气飘散在暖洋洋的空气中。高脚杯里的葡萄酒轻轻荡漾，令人感到舒适、温暖、愉悦。

她忘记了这些事情之间错综复杂的联系，忘记了她来到这里的原因，把与此相关的记忆全都抛却到了金色酒液中。她就那么坐着、说着，满心欢喜地回答着他的问话。她认识一个教授，他讲了个关于这个教授的笑话，听完后她甚至笑出了声。

笑话快讲完时塔舍夫说：

“真不知道有文化的人为什么会去那种地方。仅就这个方面而言，我还能吹嘘下自己，因为我从未碰过我不爱的女人。”

酒杯里漂着没化完的冰块，克拉夫季娅·安德烈耶芙娜似乎被凉到了，颤抖了一下。塔舍夫继续说道：

“我们爱的女人也可以不美啊。美是什么？难道美不是个难以捉摸的概念吗？不过，一个女人的内心必须温柔，还得拥有女性特有的那种永恒的、神秘的、源于本能的魅力。一对男女之间首先会生长出一根无法察觉的细线，然后才会坠入爱河。”

他白里透黄的面庞染上了某种特殊意味，焕发出异样的神采。一双眼睛转来转去，丑陋的大牙齿在高高凸起的洋红色嘴唇下闪闪发光。

四

大圆盘里的牡蛎又湿又凉。克拉夫季娅·安德烈耶芙娜小心翼翼地挑了两块放进自己的餐碟，局促不安地等待着，希望男人能拿起刀，为她展示怎么处理这种她从未见过的食物。

“要加柠檬还是?”他问道，殷勤地递过水晶小碟，碟子里放着一个黄色小杯和一把镀金餐叉。

意识到自己已经陷入无法摆脱的窘境，她从发根到肩膀都羞得通红。他似乎明白了，拿起刀灵巧地打开了牡蛎壳，迅速把那滑溜溜的肉团吃进嘴里。

克拉夫季娅·安德烈耶芙娜心底涌起一阵感激，甚至是某种好感。他帮她度过了这难熬的几分钟。可接下来呢？

克拉夫季娅·安德烈耶芙娜心中既害怕又好奇，这一切都如梦似幻，极不真切。两人接下来又就着金色酒杯喝了葡萄酒，吃了水晶盏中的金黄菠萝片，谈论了关于美、女人和爱的话题。模糊的话音透过雾气隐隐传了出来。

“美是什么？”没人知道，但都想知道，然而这不是重点。

“你今天一点儿都不美，却有种特别的可爱……”塔舍夫朗诵道。

他喜欢炫耀自己对外国新锐诗人的了解，经常观看各类演出，还要写书、讲课，在各种各样的学术会议和半学术会议上当主席，到国外出差。他的时间都是怎么安排过来的！

五

隔壁大包厢里欢声笑语不断。玛特奇什舞曲、步态舞曲，还有茨冈人的曲子，轻歌剧类的曲子次第传来。有人为了唱高音吼得声嘶力竭：

“我不停亲吻……”

他每次都停在相同的位置，伤心大叫：

“不行，我唱不了！”

有人已烂醉如泥，嘴里在抱怨着什么，有人在安慰别人，有人在啧啧接吻，想借助哈哈笑声来遮掩接吻的声音。这肯定是群穿得花里胡哨，灌饱了黄汤的浪荡子。

塔舍夫边给克拉夫季娅·安德烈耶芙娜倒酒边说：

“大家都这么兴高采烈，我们却连一瓶香槟都没喝完。您真是太迷人了。您的眼睛和所有聪慧、有趣的女人一样，充满了魅力。我要为了你们喝一杯。”

他忽然一动，飞快俯身亲吻了克拉夫季娅·安德烈耶芙娜的手。

她虽觉窘迫却不太吃惊，因为她等的就是这个。两小时前她来到了这个高级餐厅。踩着铺了地毯的楼梯，扶着黄铜栏杆忐忑不安地上楼时，她就对此做好了准备。很少有人会吻她的手！因为这个蜻蜓点水式的吻，他俩之间那条隐形的细线似乎发出了光亮。

他贴近她，他们之间已没有任何距离。他把长满醒目汗毛的手放在了她黝黑的纤手上，满嘴暧昧，却仍想让自己的语气显得诚挚：

“得到解放的女人们只有一个缺点：她们的思想虽然得到了自由，可身体还不想得到同样的自由。我认为，个性要和谐发展，需要将两者结合起来才行。”

克拉夫季娅·安德烈耶芙娜看着这张陌生的黝黑脸孔，听着小说里常见的陈词滥调，心中的尴尬消失无踪，不再觉得自己同这个完全不了解，才第二次见面的男人靠这么近有什么可奇怪的了。隐隐的冷淡浮上她心头。

“无所谓，无所谓。”她疲劳、昏沉的脑子里浮现出这个念头。

命运之神毫无怜悯之心。生活灰暗至斯，即使不在今天，它明天也会把你压垮。苦闷的过去浮现在了克拉夫季娅·安德烈耶芙娜面前：没有任何娱乐，成天为了收入发愁，糟心的事情层出不穷。她还一直尝试着想要得到爱，想要找到伴侣，找到丈夫，却始终徒劳无功。

六

醉鬼们的喧哗让她想起了去年的谢肉节[①]。那天深夜，她正躺在火车的三等车厢。一封电报将她唤回了卡卢加，她那正在念大学的弟弟被人杀害了。邻铺上躺着两个酒气熏天又快乐无比的家伙：一个背着手风琴的手艺人和一个女人。女人可能是个妓女，手艺人的一夜女友。

在这个可怕的夜晚，克拉夫季娅·安德烈耶芙娜圆瞪双眼，在一片乌烟瘴气中发着呆。手风琴嘎吱嘎吱叫了一整晚，手艺人隔段时间就要大吼几声，醉酒的妓女一直唱个不停，歌声里全是酒意。

克拉夫季娅·安德烈耶芙娜正在回老家的路上。他们家的人只会在某个家庭成员遭遇了不幸——死亡，被流放，或是被迫上前线时才会聚到一起。现在他们准备埋葬弟弟了。只有在悲伤的时刻，他们才会聚到一起。这些人都是失败者，既没有靓丽的外表，也没有光明的内心。他们总是默默伫立在棺材或者火车旁，从不互相安慰。他们不知道说什么，也不知道怎么说。这些浑身阴沉凄凉的人，站在一起就像一群怪物，就连他们的眼神和语言都似乎带着一抹阴

---

① 东正教传统节日，一般会持续一周。在谢肉节后紧接着便是长达 40 天的大斋戒，所以人们通常会在谢肉节期间宴饮娱乐。

暗消沉的灰色。

在这个令人难受的夜里，她忘记了一切，木讷呆滞地听着那些醉醺醺的叫喊、咒骂、亲吻，还有手风琴嘎吱嘎吱的怪叫。无所谓吗？当时她就在想，生活是在今天还是明天把人逼死，难道真的无所谓？

她在僵硬的床板上翻了个身，被浓烟呛到后咳嗽了几下。隔板那边传来妓女嘶哑的笑声：

“有人在咳呢，也不知道是哪家的小姐。”她那破锣嗓子让人恶心。

干瘦的年轻男人一脸不乐意地探头朝这边看过来，灰眼睛里放射出扎人的精光，刺痛了克拉夫季娅·安德烈耶芙娜。不一会儿，他的脸上涌起了浓浓的鄙夷，转过身去了。

隔板后面传来他醉醺醺又无耻的声音：

“她对着那边咳呢。奇丑无比，可不是什么美女。”

“丑八怪!”妓女嘶哑着声音叫着。

屈辱像根尖刺，狠狠戳穿了女孩那可怜的心。

七

她想起了那个夜晚，屈辱涌上心头，胸口又抽痛起来。她浑身通红，这种痛遍布了她的身体，瞬间又聚集到了那颗最近几天疼痛不止的牙齿上。她早就计划去补牙，却一直没时间。

塔舍夫关心地看着她因疼痛而突然变形的脸。

“您怎么了?”他俯身问道，若有若无的葡萄酒味儿包围了她。

“牙疼。”她说。

两行清泪蓦地流了出来，她嗫嚅着说：

“没什么。马上就不疼了。”

塔舍夫又说了句什么，她只能勉强明白他的意思，仿佛面前有一层深红的雾气，阻隔了话音。

“去喝点儿水，漱漱口。”

她几乎无意识地听从了他的话，左臂被他温柔地搀扶着，朝某个方向走去。厚重的深红帘幕在眼前不停摇晃。

“这儿有水。请允许我帮您。”

沉重的帘子被掀开。他拧了拧开关，这个拥挤的小凹室被天花板上昏暗的灯光照亮了。里面摆着一张巨大的床，一旁的灰色大理石洗脸池上还配有精致的黄铜水龙头。

即使只在这张床旁边站着，人都会感到羞耻。他给她倒了水。她把水含进嘴里，漱了漱口。疼痛消失了。克拉夫季娅·安德烈耶芙娜断断续续地嘟囔着：

“谢谢您。我好些了。没事的。”

说完她转过身去，想走出凹室。一张微笑的脸孔，一口闪亮的大牙扑面而来。

“您等等，别激动，别着急。”塔舍夫说。

他微微屏住呼吸，眼睛里迸射出狡猾又热烈的火苗，伸出炙热的大手，放在了克拉夫季娅·安德烈耶芙娜腰间。他对她耳语道：

“您累了。躺会儿吧。休息一下。这能让您平静下来。”

他紧紧贴住她。温柔又不可抗拒地扶着她，朝那张奢华的大床走去。

恐惧夹杂着羞耻笼罩了她。她猛地把塔舍夫推开，从凹室里奔了出来，浑身通红，颤抖不已。

她一把抓过礼帽。塔舍夫慌张地重复道：

“克拉夫季娅·安德烈耶芙娜，这是怎么回事？您怎么了？您放轻松，我是真的不懂。是不是我……”

克拉夫季娅·安德烈耶芙娜的双手抖个不停，无措地想把帽子戴上。帽簪从她颤抖的手中掉到地板上，叮当作响。簪子蓝色的玻璃头闪闪发亮。

塔舍夫有些生气，嘴里嘟囔着什么，朝克拉夫季娅·安德烈耶芙娜走去。她害怕地尖叫，抓着自己的薄披肩从包间里跑了出去，塔舍夫在她身后叫道：

“我就不明白了！上帝才知道这是怎么了！为什么！”

餐厅服务员们都惊讶地望着这个跑得飞快的小姐。

八

克拉夫季娅·安德烈耶芙娜在喧闹的城市街道上走着，她脚步很快，几乎像是在跑。她选的全是自己熟悉的路，终于跑到了奥普立齐娜家楼下，她爬到一半，忽然又转身回到了街上。

她走一会儿停一会儿，把歪掉的礼帽整理好，用仅剩的帽簪固定住。接着，她登上了身后驶来的第一辆电车，就那么愣愣地坐着，脑中一片空白，满脸通红，一看就是个不幸的女人。直到所有人都开始下车，有人在暗处用干涩又恶毒的嗓音说：

“到站了。不能再往前了。”

她下了车，环顾四周。

这里是城郊，房屋都低矮阴沉。人行道十分狭窄，上面的石板磨损得厉害。石头缝里的小草尽管瘦小却绿意盎然，青翠的绿色在傍晚的雾气中都清晰可见。

她满身疲累，不辨方向，十分随意又沉默地朝前走着。入夜后，周围一片寂静，半明半暗。悲伤降临大地，空虚的深蓝笼罩四野。

似乎有个被遗忘、被抛弃的人在哭泣。空气很潮湿，安静又悲伤。不远处传来芦笛般的呻吟，划破了寂静的夜色。

克拉夫季娅·安德烈耶芙娜听出这是小提琴的声音。有人在拉琴，琴声如泣如诉，仿佛在送别逝去的爱人。她循着声音的方向走去。

就是这间破败、安静的房子。一片漆黑，一扇小门。院中传来小提琴尖细的哭声。

克拉夫季娅·安德烈耶芙娜走进小院。深处窗帘后透出微弱的光亮。克拉夫季娅·安德烈耶芙娜踏着窄桥上晃晃悠悠的木板走向窗户。她在窗边停下脚步，听了很久。

小提琴的呜咽停止在了一个高长的音符。接着，拉琴的人把小提琴放到了地上，磕出一声轻响。随后她听到了一阵一会儿向前，一会儿向后，快速又不均匀的脚步声。

是微风吹起了帘角？还是克拉夫季娅·安德烈耶芙娜轻轻用颤抖的指尖掀起了它？她看见了拉琴的人。

这是个穿着学生制服的年轻人，苍白的脸上满是疲惫和焦躁，浓密的头发在高高凸起的额头上方支棱着。他激动而笨拙地挥舞着干瘦的双手，本就凌乱的头发随着他的动作变得更乱了。他在房间里走来走去，身影浸透着苦闷，脸上涌动着极其沉重的烦恼。

年轻人幽深的目光在克拉夫季娅·安德烈耶芙娜脸上停留了一分钟。很明显，大学生并没有发现她的存在，没有看见这个在深夜偶然造访的姑娘。他的眼底满是痛苦，人在生命即将终结时才能体味的痛苦。

九

这间陋室里存在着某种无法明言又不能忽视的东西，一种古怪而悲伤的混乱无序。只有将死之人所在的地方才会呈现出这样的状态。

一张桌子摆在各种家具和书籍中间，桌上有一盒烟，一杯没喝完的茶，烟盒与茶杯间放着张明显是刚刚写好的字条。抽屉被轻轻拉开。不知为何，这个抽屉特别引人注目。

克拉夫季娅·安德烈耶芙娜觉得它很特别，因为她刚注意到它，大学生就已经走到了它旁边，不自然地弓起身子，伸手在里面翻来翻去。

克拉夫季娅·安德烈耶芙娜好奇地等待着，想看他能从抽屉里拿出什么。她的太阳穴突突跳动，一个十分常见的词宛如不祥的暗示，一直不停地在她心中回响：

“手枪，手枪。”

不祥的预感成了真。大学生离开桌子，手上拿着的东西闪烁出金属的光泽，那是把袖珍而优雅的武器，就像孩子的玩具。

大学生扒了扒固执的卷发，拿起手枪对准了自己的太阳穴。

他的眼睛睁得很大，手在发抖，把枪口顶到了一个舒服的位置。

接着他放下双手，朝枪口里看看了看，再次用力扒了扒头发，大声叫道：

“就这样吧！”

坚定地用手枪抵住脑袋。

他忽然听到一声女人的尖叫，惊得浑身一哆嗦，随即便开始仔细地查看周围。

十

年轻人一把拉开窗帘。克拉夫季娅·安德烈耶芙娜绝望地大叫：

“朋友，朋友！为什么？别这样！”

大学生看见一个陌生的丑女两手抓着窗框，姿势怪异地趴在窗边。她的衣服被什么东西勾住了，散乱的头发上挂着一顶帽子。她满脸通红，神情慌乱凄楚，哭得面目狰狞，泪若连珠。

她趴在那里，样子十分滑稽。

她哭成了个泪人，嘴里还不停念叨着：

“朋友，别这样，别这样！”

大学生把手枪塞进抽屉，嘴里喃喃地说着什么，跑到窗边帮这个不速之客爬过窗台。

最近几天积累的情绪爆发了。她扑过去抱住他，边哭边说：

"朋友，您是好人，别这样，活下去吧，爱我吧，活下去，我也是个不幸的人。"

"对不起，"大学生说，"您冷静一下。要不要喝点儿茶？"

克拉夫季娅·安德烈耶芙娜笑了，边哭边笑。她说：

"不用，不用，什么都不用。这个小玩具也别用。您真的不想活了吗？其实我也是。难道我们不能按照自己的意愿来生活、恋爱和死亡吗？即使我们愿意也不行？您听我说。"

她给他讲了自己的故事，讲了很久，讲得很详细，尽管语无伦次，却像孩子一样把一切都坦诚相告。她的心里充满愤懑，似乎有成千上万根蜂针在戳刺着她的心。她又哭又笑：

"他说：'冲着那边咳嗽呢，奇丑无比。'我是因为被他的烟熏到才咳的。那个女的还说：'丑八怪。'接下来两人都开始大笑！奇丑无比！算了，无所谓了。"

大学生捋了捋自己的乱发，举起手，摆出自己惯用的那个突兀的姿势，嘴里安慰她说：

"管他那么多呢。我这脸也不好看啊。"

两人都笑了。在他的眼中和她的心中已经没有了那种死一般的疲累。他走近她，一把抱住她，用力吻向她那因为喜悦而颤抖的嘴唇。他说：

"让这些胡话都见鬼去吧！"

他愤怒地关上了抽屉。

她吻了他，重复道：

"朋友，我的朋友！爱我吧，爱我吧，吻我吧。让我们一起生活，一起死去。”

“二人同行，会轻松些许，
若我们已无法迈步，
便在途中一起死去，
一起死去！”

通往以马忤斯之路

一

受难周①到了，西涅果洛夫家一到过节就会很热闹。他家孩子不少，最小的两个叫瓦洛佳和列娜奇卡。瓦洛佳 12 岁，正在念中学，列娜奇卡只有 10 岁。俩孩子的心情都特别好。

大人们领着孩子做了彩蛋，给蛋壳印上各种图案，用五颜六色的丝巾和缎带装饰它们。胭脂虫在热水里释放红色血液的方式非常滑稽。罐子里盛着还没被模具压过的酸奶渣糕，两兄妹拿大木勺子舀了些出来尝鲜，尽管有点儿生，味道却又香又甜，十分有趣。

妈妈忙着为亲戚和仆役们准备礼物，她既想让所有人满意，又不想花太多钱。父亲掏钱结账时很不高兴地皱起眉头，嘟囔道：

“我受够这些节日了！真想废掉它们。”他一边说着，一边搓着白发之下红通通的后脑勺，“听到有人说要减少节日数量，我很高兴。不管尼孔·瓦拉贡兹基写什么，我们都必须这么做。”

---

① 复活节前的一周。

中学生瓦洛佳一本正经地反驳道：

“复活节又不会被取消。无论如何，这个节日肯定会被保留下来。”

亚历山大·加拉克吉翁诺维奇·西涅果洛夫看着儿子无忧无虑的酡红脸蛋儿和调皮的微笑，眼神里不由自主地带上了些羡慕的意味，他生气地说：

“不，这个节日首当其冲，必须废除。就这天花的钱最多。”

他的妻子，叶卡捷琳娜·康斯坦丁诺夫娜截住了他的话头：

“萨沙，你快别说了！当着孩子的面你说这些干什么！这可不是你能说出来的话，你又没这么吝啬。再说以前你可是很喜欢这个节日的。”

二

就在这时，尼娜·阿列克桑德罗芙娜，西涅果洛夫家的大女儿走了进来。她身材高挑，面色苍白，长着一双黑眼睛。仔细听了听大家的谈话，她冷冷一笑，轻声说道：

“是啊，在这件事上我完全同意爸爸的观点。节日有什么用？复活节有什么用？真有人要听那句‘耶稣复活了’，需要我们满怀爱意的拥抱？”

叶卡捷琳娜·康斯坦丁诺夫娜怕得尖叫起来：

“尼娜奇卡，尼娜奇卡，你在说什么！你怎么能这么说！这些话是必须说的，要对所有的亲戚和朋友说。”

尼娜心碎道：

“唉，我亲爱的妈妈！对他们说了又有什么用！这可是全世界的节日，所有人的节日。大家都要去教堂，要领圣餐，还要宽恕所有敌人，宽恕所有加害过我们的人。我能怎么办？你看，我的未婚夫被处决了，我宽恕了那些杀害他的人，心中不再怨恨。呵，法官和刀斧手，上帝保佑他们！可是，我怎么能敞开怀抱去亲吻他们？”

妈妈严厉地说：

“尼娜，不管怎么说，耶稣都复活了。如果你的信仰很虔诚，你早就不用这么痛苦了。”

尼娜扯了扯嘴角。她很清楚，安慰她的话从来就不会有新意。于是她默默地回到了自己的房间。

三

古老、睿智的信仰哟，你得不到理性的认同，却仍旧凌驾于理性之上，为何你无法让我得到真正的宽慰？

“看啊，我的心上人被杀了，他承受了耻辱的刑罚，满怀着骄傲和希望走向了死亡。数百年来有多少人同他一样，在奔赴冥国时还抱有复活的期望！深重的忧郁和烦闷充塞着我的心扉，难道只有我一人如此？”

她心烦意乱，脑海里浮现出儿时的记忆。她忽然很想读一读《福音书》。

尼娜找出了本小册子，翻到《路加福音》，读完了两个门徒从耶路撒冷到以马忤斯途中见到耶稣的故事。故事朴实而感人。

“我们的心难道不是火热的么？”

尼娜合上了书。甜蜜又晦暗的不安折磨着她。她戴上帽子，披好大衣，走上街去。

四

安息日，天色已晚。

两个年轻人高高兴兴地从理发店出来，脸上抹得油光发亮，头发卷得十分夸张。为了让节日的街道更加美丽明亮，治安员们正在灯柱间的铁线上悬挂五颜六色的玻璃油灯。年轻的女裁缝们嘻嘻笑着，脚步飞快。马车夫们喝得醉醺醺的，满脸通红。

年轻的电报员正陪同两位小姐去某个地方，她们身上的连衣裙漂亮却不保暖。他对她们说：

“我们那儿的教堂要好得多。”

“得了吧，不能这么比！”

风卷走了她们的话音，尼娜没听见两位小姐接下来说的话。

到处都是一副过节的样子，大家都在为庆祝这个古老的节日做准备。它极其重要，必须隆重又隆重。当然了，它不过也就是个休息日，是日常生活的一部分，枯燥乏味又无法逃避。

我的心难道不是火热的么？

五

两条喧闹的街道在此处交汇，有个似曾相识的人走到了尼娜身边。她的记忆里一片模糊，眼前仿佛翻腾着隐形的浓雾。她满腔愁绪，甚至不愿花精力去回忆自己曾在哪儿见过这个偶遇的同路人。

此人毫无特点，她根本想不起来他是谁。他穿着普通，像个知识分子，黑眸里放射出的目光却如此深邃，似乎直接刺进了尼娜灵魂的最深处。她的心中一片火热。

他轻声问尼娜：

“您在想什么？为何您如此悲伤？”

尼娜对他说：

“这有什么可惊奇的？您又不了解这些年来我们遭遇了什么。”

他问：

“遭遇了什么呢？”

尼娜自言自语似的说了很久，又是抱怨又是哭泣。她的眼睛盯着街面上的黑影，那些影子被艳红的火光切割得遍体鳞伤。颤抖的心中一片火热。

尼娜住了嘴。他开始轻声对她说话，声音里有种强大的力量。

“这不就是意志薄弱的体现吗？真理必须以这种方式降临世间，它存在于弱者无法忍受的苦难中，存在于人力所不能及的功勋中。难道您在聆听智者和导师的训诫时，心中还期待着轻松和愉悦之事？难道他们没有告诉您，世上没有任何力量能够逆转智慧之书中的预言？”

他不停引述书中的话，还不停解释其含义。她的心中一片火热。

她怯生生地问：

“那他呢？我的爱人，我那被处决的未婚夫，他在哪里？”

他回答说：

“他和你在一起。”

她满眼惊讶，盯着与她同行的男子。他接着说道：

“我一直和你在一起，我亲爱的未婚妻，不要伤心！我是悄悄过来找你的，你是不是没认出我来?”

尼娜内心涌出一阵喜悦和激动，问道：

“你到底是谁?”

尼娜身边已空无一人。行人来去匆匆，喧嚣的街道上光影斑驳，令人不安。同行的男子就这么消失了。一个留着黑色短胡子的大学生听见了尼娜兴奋的喊声，回头看了她一眼，笑了笑便转过身去，冷漠地走开了，走时嘴里还叼着支香烟，不时地吸上几口。

尼娜满心欢喜，黑色的双眸欣悦异常。他和她在一起，他一直和她在一起。他在她的心中，在她的思想和行为中，她的爱人无处不在！别害怕，别沮丧，相信他，做他所做，爱他所爱！同他分享失败的悲伤和胜利的喜悦。同他分享，永远都要同他分享！

六

尼娜踏着复活节欢乐的钟声回到家里，满心的喜悦幸福和甜蜜忧伤令她泪落不止。她对着明亮的节日火光，对着喜悦的春日轻风悄声耳语，虽然语无伦次，却满载着幸福：

“啊，我真幸福！我一直走在我的以马忤斯之路！在这条暗淡无光的路上，他悄悄来到我身边，与我交谈。在我的以马忤斯，我，幸福的，幸福的新娘，得到了他！”

天真的约会

一

这里只有他和她。当然，她还很年轻，而他更年长。可他们的年龄重要吗？

有两三次相见、有几个瞬间令他永生难忘。

岁暮天寒。雾霭缭绕的北方都会。十字路口。一瞬间云开雾散，他看见了她，当时的场景一直徘徊在他心头。

行人们把自己包裹得臃肿不堪，神情冷漠、行色匆匆。她穿着明灰色的薄裘，独自在人群中穿行。她的脸颊被冻得通红，两团红晕熠熠生辉，墨色双眸饱含着纯真和快乐，焕发出迷人的光彩！她红润的唇微微笑着，同严寒、太阳、人群和青春分享自己的喜悦。她边走边笑，全身都洋溢着幸福，这是一种油然而生、充满朝气的幸福。不，这甚至都不是幸福本身，只是幸福将至前那喜悦的预感。

她美丽的脸蛋儿上满是陶醉，与马奈画笔下的伊丽莎白如出一辙。轻松惬意的生活和不断变化的世界都令她雀跃不已。

两人逐渐接近，她没注意到他。他们几乎就要擦身而过，忽然，她充满笑意的墨色眸子里倒映出了他的身影。快乐划过二人心田。刹那间万籁寂静、天地失色，他眼中只剩下她冻得通红的脸庞，以及那温柔红润的唇瓣。这一刻，他的世界里只有她脸上的那份喜悦，以及她对幸福未来的预感。

他走到她身旁，隔着温暖的手套握住了她的纤手。他们聊着天，聊天的内容并不重要！

他问她：

“您很开心？心情很好？”

她欢快地回答道：

“今天我太想开心，太想笑了！即使有什么痛苦的事情，即使要流泪，我也会开心地笑。”

他轻声问道：

“为什么呢？”

他总是疲累不堪，很难开心起来，即使开心，时间也很短暂。在他看来，生活就是一个披着美丽外皮的邪恶女王，大肆散播着不幸和痛苦。

她看着他，惊奇地睁大了快乐的双眼。他又问了一遍：

“为什么会开心呢？”

“不知道。”她说，“我想开心啊，难道这还不够吗？您呢？您不开心？”

“遇见您我很开心。”他说。

她笑起来说道：

“您说笑了。对了，您说实话，您真的笑不出来，高兴不起来吗？”

“所求太多吧。”他说，“您倒是一身轻松、无牵无挂，也没什么伤心事。”

“哎呀，怎么会没有！”她叫了一声，“我有时也会哭呀，可那又怎么样嘛！”

“您最后一次哭是为了什么呢？”他问。

“没什么大不了的！我妈妈遇到了点儿事情。她当时心情非常糟糕，出事了嘛，情绪特别容易激动。哎呀，真不想提这事儿！”她说话的语气中透露出一丝愉快的谴责。

他们边走边聊。她全身都洋溢着张扬而恣意的喜悦，这种情绪也传递到了他的心中。

二

时光飞逝，冬去春来。他们又见面了。

田野上薄雾漫漫。花园围栏边一片寂静。围栏门前的马路上，一棵小小的松树正打着甜甜的盹儿，沉浸在可爱的迷梦中。晶莹的松脂凝在树皮上，就像一滴滴泪珠。只有上帝知道它为什么会落泪。路面灰蒙蒙一片，车辙在朦胧的夜色里显得温柔了许多。

晚霞已告别天幕，幽幽雾气中渗透着对寂静晚霞的思念。雾的心绪飘荡在二人上方，无声地散发着春日的喜乐。

他们坐在篱笆旁的长椅上。他穿着明灰色西装，浆过发硬的白色衣领下系着条红色领带，淡黄礼帽在他脸上投下一团暗影。

她穿着薄薄的白色连衣裙。匀称的双手伸展着，精致的脸上没有被太阳晒过的痕迹，双脚的皮肤裸露在外，白皙柔美。

他们时而聊天，时而沉默，时而一起倾听远处小河的汩汩水声，石滩处水石相击，泡沫飞溅。

“该回家了。”她说。

“再坐一会儿吧。”他请求道。

“好吧，那就再坐五分钟。”她说。

他看着她白皙的赤足，问道：

“您不冷吗？”

她微露赧色，把脚收进裙摆，说道：

“我还不太习惯这种脚上湿湿的感觉。妈妈有时会骂我，可我无论如何也不想穿鞋。光脚走路多开心呐。不过，这么做还挺不好意思的，可心里高兴啊。泥土特别软和。”

“那沙子呢？”他问。

“我还没太习惯呢，有些疼，”她说，“还有点儿痒。不过我很希望我能习惯。”

“您为什么要这么做呢？”他问。

他是个城里人，早已习惯了首都遍地的沥青和石质路面。

她微笑着说：

“我想这么做啊。特别想。我爱这片土地。她深沉、温柔、严厉。就像母亲一样，既温柔又严厉。她会心疼你、抚摸你，又绝不会溺爱你，有时甚至还要折磨你。然而她给予的一切都是快乐的。”

他轻声说：

“它也会带来死亡啊！”

她欣喜地说：

“啊，她带来的一切都令人快乐！我是城里人，却在这里找到了自我，感受到了令人陶醉的快乐和幸福。我总是迫不及待地享受这里的空气和光明，就连去冰凉的河里潜水，甚至光脚踩在地上都让人心花怒放。真想当一个快乐又简单的人，就像远方大洋中某个小岛上的部落姑娘那样。”

说完，她一脸幸福地止住了话音。

他看着她，欣赏她。她靠在椅背上，面带憧憬地望向前方。轻盈、纤瘦、白皙的双脚叠放在一起，再次从裙摆下方探了出来。

他轻轻碰了碰她交叠在膝盖上的手，轻声问道：

“为什么您今天白天不想和我一起散步呢？”

她笑了笑，轻轻说道：

“就是不想嘛。”

“那明天呢？”他问。

“明天还没到呢，到时候再说吧。”她说。

“为什么？”他问。

她一脸天真率直，开口道：

“我害羞呀，我的腿太白了，看起来既傻气又可怜。我正等着它们晒黑呢，黑一点儿都好，真不想穿鞋。我爱这片土地。”

她轻声重复着：

“我爱这片土地。我爱她。爱她。”

她满心欢喜，胸口不规则地起伏着，浑身颤抖不已，墨黑的双眼带着憧憬望向升腾的雾气，红润的嘴唇重复着甜言蜜语：

“爱她。爱她。”

快乐的爱语像笛声般颤抖着，不停激荡起新的心绪，一次比一次甜美愉悦。她仿佛就要窒息在这欢愉和甜蜜的忧伤中了，言语间夹杂着呻吟和叹息：

“爱她，啊，爱她！”

他靠近她。她毫无防备地靠在他身上。他端详着她苍白的面庞。她笑着、哭着，眼角淌下泪水。她的泪水饱含着青春的喜悦和甜蜜的春日忧伤。

他抱着她，吻了吻她柔嫩的面颊，说道：

“亲爱的，亲爱的！”

他感到她的身体在颤抖，听到她在轻声呻吟：

“我爱她。”

他又问：

“你爱我吗？”

“啊！”她叫出声来。

她一副心醉神迷的样子，颤抖着，温柔地吻着他，嘴里还念叨着：

“我爱你，爱你！”

她忽然轻轻一挣，脱离了他的怀抱，悄声说道：

“亲爱的，再见！明天见。”

围栏上的铁门发出一阵轻轻的轧轧声，打开又关上了。她走进花园。层层叠叠的树荫把她的连衣裙衬得白了些许，白皙的赤足在深沉潮湿的土地上交错迈动。她的身影没过多久便消失在了道路尽头的拐弯处，凉台的灯光在大树后若隐若现。

他在铁门边站了很久，望着花园里那些替她遮蔽身影的树木，望着那些嵌着她足迹的小路，无穷的快乐与悲伤自心底而起，浸润着满心的憧憬和畅想。

他习惯性地从马甲兜里掏出块表来看了看，心里思忖着，已经晚了，该睡觉了。想到这里，他立即动身回家。此时的他嘴里叼着烟卷，走着走着还会轻挥几下手杖。

田野里暖雾弥漫。有人一直在远处淘气地拍打着永恒奔流的河水。

他静静走着，一颗心里全是对她的憧憬。每跨一步都会将靴跟轻轻踩进乡间小道上的柔软泥土里。红色的烟头在雾气中划出不规则的线条。

这个身着明灰华服的男人很想和她一样，做个简单又快乐的人。何处才能拾到这种天然无雕饰的纯真呢？

师法自然吗？

自然沉默着，烦恼着，它一直在等待，等待着应该来的人，等待着还没来的人。

三

日子匆匆过去。晴朗炎热的一天，他和她在田地里散步。他依旧穿着那套明灰西装，戴着浅黄礼帽。她则穿着轻薄的白连衣裙，头戴花俏的丝质头巾。

她赤裸的双足略略晒黑了些。

她红润的双唇再次发出快乐的笑声，黑色的眸子里全是喜悦，双颊发红。他们在聊天，聊的内容并不重要！

他又问：

“你爱我吗？”

还是那个甜蜜的回答：

“我爱你，爱你。”

她笑着，对着晴朗的天空、碧绿的草地、拂面的清风微笑，对天上的飞鸟与云朵微笑，对世间万物微笑。她轻快地说：

“我爱这片土地，爱这些石头和泥土，爱这里的青草和鲜花，爱这里的三叶草和洋甘菊。”

她笑着说：

“亲爱的三叶草和洋甘菊，我爱你们。你们爱我吗？”

一阵微风吹过，花儿们轻轻摆动，傻乎乎地晃悠着它们的小脑袋。

“大家都爱你。”他对她说，“你走路的模样就像快乐王国的风中女王，连大地都匍匐在了你的脚下，亲吻你的双足。”

她笑着走过了麦田和草地，浑身散发出无边的快乐，如同远方快乐国度的女王。轻风亲吻着她的纤足，碧空中的太阳将温柔的金光洒在她身上。

然后……然后发生了什么还重要吗？生活嘛，很多事已经发生，还有很多事将要发生。时光一天天流逝。心怀憧憬时的愉悦总会在尘世喧嚣中淡去，快乐终将烟消云散。没关系！这些天真的时光，欢乐的相遇，还有那满载梦想和幸福的低语，它们永远不会被忘尘掩埋。

幸福永在。

棺材匠女儿的故事

年轻官员列昂季·瓦西里耶维奇·叶利尼茨基爱上了小市民家的姑娘卓雅·伊里因娜，这一点儿也不奇怪。她可是个举止优雅又有教养的姑娘，念过中学、懂英语、爱阅读，还讲过课。这个女孩很有魅力，至少对于叶利尼茨基来说是如此。

他经常去找她，很快便适应了那些最初让他觉得压抑的东西。他很会自我安慰，心想不管怎样，卓雅的父亲，加夫里尔·吉利洛维奇·伊里因做棺材的手艺在本市还是数一数二的。

加夫里尔·吉利洛维奇说：

“我这行当可不会昙花一现，它长长久久、实实在在。是人就要来买我做的东西。更何况我做的棺材质量上乘，没有异味，放在屋子里还能净化空气咧。”

加夫里尔·吉利洛维奇手里有很多上好的锦缎，他给卓雅做了很多漂亮衣服。

为了以防万一，卓雅家的库房里总是存着些成品棺材，她不仅自己常去库房待着，还经常领着列昂季·瓦西里耶维奇去那里。

“咱们去库房吧，列昂季·瓦西里耶维奇。”她说，“库房里既暖和又干燥，每块木板的味道都引人遐想。只要在那儿我就不由自主地想讲故事。”

他们去了库房。卓雅给列昂季·瓦西里耶维奇讲了从书中读到的故事和童话。讲故事的时候她总会发挥自己的想象添油加醋，将故事内容改得面目全非。起初，叶利尼茨基还会尴尬地缩起身子，不停环视周围，然而没过多久，他便开口在卓雅面前高谈阔论起来。

卓雅的父亲有时也会过来，要么是有事，要么就是来听他们在聊什么。如果他有事，卓雅和叶利尼茨基就会去别的地方；如果没什么事，他们就继续聊，老人则会站在一旁听他们说话，一边听一边伸手抚弄灰白的长胡须。他那双仍显年轻的蓝眼睛里闪动着快乐的光芒，只要认真观察这双眼睛，就会发现它们饱经风雨、历尽沧桑。

一天，他们三人都在库房，老人对叶利尼茨基说：

“我什么都看得见，什么都知道。像我这样的小人物就无所谓了，至于咱们市里那些有名望的人，我知道他们每个人的大限和尺寸。人刚死，我这儿就能把一切都准备好。当然，为了做做样子还是会去装模作样地量一下。告诉你个秘密，其实根本不用再去惊扰死者，只需要按照亲属的要求把东西摆好就行。”

列昂季·瓦西里耶维奇的笑容中透出怀疑。老人继续道：

“您看，这里放着各种尺寸的棺材，长度、宽度各不相同，总会适合某个人。我看得很准，更何况我还有把活尺子。”

卓雅轻轻微笑着，脸颊有些发红。列昂季·瓦西里耶维奇问道：

“什么活尺子？”

老人很乐意地解释道：

“我带我家卓雅去教堂，去游园会，去剧院。她往需要测量的人身边一站，我就能看出高度和宽度上的差别，一厘米都不会差。当然，城里住着那么多人，尺寸也有相似的，一个棺材通常有好几个人选。我还造了份名单呢。”

列昂季·瓦西里耶维奇想起这几天卓雅走到他身旁，老人认真看着他俩的样子，一丝凉意滑过脊背。他飞快地看了卓雅一眼，她转过身去，手轻轻指向一副棺材。

“这是我的尺寸。”她轻声说道。

“您不害怕吗？”叶利尼茨基问道。

“我可是在这儿长大的。”她平静地回答道。

叶利尼茨基当天晚上回家时，心想自己再也不会去卓雅家的仓库了。然而第二天卓雅去仓库的时候，他又顺从地跟了过去。他满眼不快地盯着棺材，努力装出一副开玩笑的口吻问道：

“哪一个是我的尺寸啊？”

听见自己的声音在发抖，他有些沮丧。

“离那天还早着呢。”

她说得如此自信，就好像她知道一样。她的话居然让叶利尼茨基平静了下来。卓雅温柔地抚摸着自己棺材的边沿，说：

“躺进这里的会是别人而不是我。有点遗憾，因为我已经习惯它了，甚至记得每块木板上的纹路。”

叶利尼茨基一天比一天清楚自己对卓雅的爱。他相信她也爱他。他们的约会频繁快乐，谈话直率坦诚。他们有时会不自觉地用“你”

来称呼对方，却都绝口不提“爱”字。不知为何，叶利尼茨基总是开不了口。卓雅静静地等待着，她有的是耐心和信心，似乎她真的了解一切来临的期限。

一天，叶利尼茨基问她：

“卓雅，你是个爱幻想的人，可在这么阴暗的环境中能产生对爱情的幻想吗?”

卓雅认真而温柔地看着他，用甜美又洪亮的声音说道：

“坟墓上都能盛开玫瑰，棺材边当然能萌生爱情。无论我们盛开或凋零，大地母亲对我们的爱始终如一。每当有新生命降生，她都会喜悦地颂扬上帝。”

十二月中旬的一天晚上，叶利尼茨基来找卓雅。她家里的灯亮着，一片寂静。他走进库房，发现卓雅不在里边。

他知道卓雅在家，于是走过堆放在一起的棺材，想要坐在壁炉边暖暖身子，等她回来。原本漫不经心的目光忽然粘住了一口放在长椅上的棺材。发现卓雅躺在里面之后，他浑身一颤，僵在原地。

女孩直挺挺地躺在棺材里，双手交叠着放在脑后。嘴唇温柔上翘，呼吸轻柔平稳。

叶利尼茨基轻轻呼唤道：

“卓雅!”

女孩睁开了眼睛。

“啊，是你啊。”她说着，把身子抬起来了一点儿，“今天我很累，累的时候能躺在这些光滑的木板上休息真是再好不过了。”

“出来吧。”他温柔地说，说完便抓住她的肩膀，想让她靠在自己身上。她灵活的身子轻轻一跃，跳下地来。

“我差点摔一跤。”她说，“你拽得太用力了。你们都这么残忍吗？”

“残忍？为什么？”叶利尼茨基很惊讶。

“所有人都是如此。”卓雅说，“无处不显露自己残忍的本性，只不过体现方式不同，程度也强弱有别。匕首刺进心脏或眼睛，啃咬、亲吻，都是为了达到同一目的的不同环节。你今天读报时候看到护士被折磨的新闻了吗？”

“什么？没有，我没看到。”叶利尼茨基说。

卓雅拿起了一张摊开的《言论报》递给他。

“看吧，看这儿。”

看完后，他心中忽然涌起一阵愤怒，大声说道：

“这些恶棍！”

卓雅说：

“想象一下她遭受的折磨吧！夜里温度很低，她被绑在树上，一丝不挂。那么多盏灯照着她，十个身强力壮的年轻人站在一旁哈哈大笑，还朝她扔刀子。这种所谓的娱乐持续了很久，她浑身是血，刀都插到她的眼睛里了。想象一下吧！你说，这有没有可能是假新闻，是未经证实的夸张谣言？如果是假的，报纸怎么敢刊登出来？如果是真的，为什么全世界的人没有暴起反抗，毁灭这邪恶的种族？”

“别这么说，卓雅。”叶利尼茨基反驳道，“每个国家都有歹徒和罪犯。”

卓雅摇了摇头。

“如果每个国家都有这种情况，如果法国人或英国人也会像这样凌辱一名护士，那就太可怕了。这种事情会把人逼疯，让人忍不住诅咒全人类的。我知道，大家看到这件事的感觉和看到其他罪行没什么区别。个别人会稍微激动一下，绝大多数人还是觉得无所谓。只要与己无关，就没有所谓。所有人都是残忍的野兽。”

叶利尼茨基的脑子转得飞快，有很多话都可以用来驳斥她荒唐又偏激的言论，然而不知为何他就是不想开口。

卓雅看着他，冷冷地笑了：

“我看得出来，你不同意我的观点。行吧，听着，我给你讲个这本书里的故事。你读过这本书吗？”

壁炉旁是一张未经粉刷的白桦木桌子，叶利尼茨基从桌上拿起一本白色的书，封面印着金绿两色的图画。叶利尼茨基把它的名字念了出来：“图提那玛。鹦鹉之书。莫斯科。康·费·涅克拉索夫出版社。”

“没看过。”

卓雅照例将故事做了很大改动。讲故事的时候，她语气平缓，不疾不徐：

“巴格达有一个名叫哈里斯的商人。他善良、富有，把所有的财产都分发给了托钵僧、穷人和孤儿们。他没有孩子，有再多的钱也没用。你发现了吗，人做事经常会做过头。他把全部家产都分了出去，你明白吗，真的是全部家产，只留下了一栋空空的房子，没有食物，也没有钱。他当时心想：没什么，把房子卖了，把钱分了，一个人怎么都能活，自己吃饱全家不饿。他已经和另一个商人约好，让那人明天把钱带来，哈里斯收了钱便会把房子转给他。那个商人很贪婪，他发现哈里斯着急卖房，决心好好利用这个发财的机会，给哈里斯报了个比房子本身价值低很多的价格。哈里斯没有讨价还价。他夜里做了个梦，梦见了一个浑身珠光宝气的人。起初他很害怕，以为那个人是来取自己性命的。随后他平静了下来，心想：又能怎么样呢，反正我什么都不想留下。男人读懂了他的心思，告诉他：'神不希望你死，也不希望你忍受贫穷。你会继续在这间屋子里居住，会娶个妻子，她会为你生下很多儿子和女儿。听仔细了，明天我会变成个婆罗门来找你。你用棍子打我的头，我会变成一堆金币。'哈里斯记住了他的话。你想想，我的朋友，为了得到财富居然得打人。这多么准确地反映了人性的恶毒和残忍！"

卓雅沉默了一会儿，轻声说：

"可能我已经不需要把故事讲完了，你自己也能猜到接下来将会发生的一切。善有善报，恶有恶报嘛。"

她沉浸在故事里，继续道：

"你问我贪婪的人受到了怎样的惩罚？是这样的。第二天清晨，商人带着钱来了。他很着急，想尽早交易，因为他担心会有人出价比他高。一个婆罗门跟着他走进哈里斯家。婆罗门穿着金黄的绸衣，金黄的脸上满是皱纹，金黄的缎面帽子下露出了几绺少见的金黄头发。就连他的手也是金黄的，仿佛他整个人都是用黄金浇铸的一样。他对哈里斯说：'哈里斯，赶走这个商人吧，他出的价太低了。'哈里斯说：'我和他已经约好了，我必须拿他的钱，把房子给他。'婆罗门站在哈里斯和贪婪的商人中间，不让他们交易。哈里斯想起自己的梦，抓起棍子叫道：‘不想挨打就给我出去。’他是个善良的人，抬手打人之前一定要出声警告。婆罗门坚持己见、拒绝离开，哈里斯于是打了他的头。婆罗门的身体开始发光，脑袋里叮当作响。他委顿在地，突然散落成了一大堆金币。哈里斯数出 99 枚金币递给贪婪的商人，说：‘你自己也看到了，我必须这么做，因为金币变成婆罗门的样子来找我，命令我这么做。这些钱给你，不要向任何人透露你在这里看到的一切。’商人说：‘好，冲着这 99 枚金币咱们的交易就取消吧，不过你得把你的棍子给我。’哈里斯同意了，他心里清楚那就是根普通棍子。贪婪的商人以为棍子上附有神奇的魔力，用它随便敲打婆罗门的脑袋，就能把他变成金币。商人回家后派仆人去拜访所有他认识的婆罗门，请他们晚上来他家赴宴。大家都来了，商人拿了很多酒给他们喝。等他们都喝醉后，商人故意和他们发生争执，抓起哈里斯的棍子就打他们的脑袋。血倒是流了不少，却连一枚金币也没见着。婆罗门们吓得大叫，招来了很多人。他们把商人看管起来，第二天清早送他去见了法官。法官问：‘你为什么打婆罗门？’商人回答说：‘哈里斯教我这么做的。’他把在哈里斯家看到的一切都说了出来。法官让人把哈里斯带来，说：‘你听此人的供词，看他怎么说你的。’哈里斯听完商人的话，对法官说：‘先生，你可以问问我的邻居们，了解一下是否有人看见婆罗门进过我的屋子，你还可以去问那些婆罗门，看有没有人失踪。’结果没人看见有婆罗门进入哈里斯的屋子，也没有婆罗门失踪。法官吩咐对商人施用杖刑，还取走了他所有的金子，分发给了惨遭不幸的婆罗门们。”

卓雅讲完便不再开口。叶利尼茨基说：

“卓雅，你每天都给我讲故事。可最好的故事是什么，你知道吗？”

“知道。”卓雅说，“是那些来源于自己生活的故事。”

“卓雅，”他问，“你爱我吗？”

“我不知道。”卓雅说，“你从没想过要我成为你的宝贝，成为你的财富，从没打过我的头，也没伤过我的心。”

她笑了，看向他的目光大胆又挑逗。

“我怎么可能打你？”他窘迫地说。

“那你就什么宝贝都得不到咯。”卓雅接着说道。

她站在叶利尼茨基面前，嘴边挂着戏谑的笑容，幽深的眼眸里透着邪气，一直盯着他，挑逗他。

他感觉自己头晕目眩，心脏都快停止跳动了。一股邪恶的力量控制了他的身体。卓雅笑了起来，她的笑声很刺耳。

“哦！”她叫道，“我也不是毫无防备。你看，桌上有把刀。它很锋利，我能轻易用它刺穿你的心脏。”

她脸色惨白，嘴唇发抖，向刀伸出手去。

“恶毒的巫婆！”叶利尼茨基叫道。

就像是被人下了蛊，他给了卓雅一个响亮的耳光，力道出乎意料地强。叶利尼茨基的手甚至都感觉到了卓雅脸上忽然迸发的热气。卓雅的身子晃了一下，闪身朝旁边跑去。叶利尼茨基被这一切吓坏了。

“我做了什么？我打了心爱的姑娘！真丢人！”他心里闪过这几

句话。

卓雅突然尖叫起来，抓起刀扑向叶利尼茨基。她的表情十分狰狞，湛蓝的双眼中仿佛汇聚了两圈锋利的闪电。叶利尼茨基看向卓雅的目光中夹杂着恐惧和欣喜：卓雅从未像现在这么漂亮过。他抓住了她拿刀的右手手腕，制住她的手时，刀尖割开了他的衣服，在他胸口划出了一道血痕。他用另一只手牢牢把住她的肩膀和脖颈。她在他怀里不停挣扎，全身的重量都压在他的胸口。他的左腿突然一痛，大吼一声倒在地上，连卓雅也被他带着摔倒在地。他的头撞到了椅子边儿，听到卓雅发出了一声绝望的叫喊后便彻底失去了意识。

醒来后，他发现自己躺在客厅的沙发上。卓雅跪在他面前，哭着亲吻他的双手。老人好笑地看着他俩，说：

"没事儿，两处轻微的擦伤而已。婚礼之前能长好的。"

叶利尼茨基笑了起来，他想起了自己还是个小孩的时候，老保姆也用这些话安慰过他。

"卓雅，"他说，"你是我的宝贝。你什么时候会把你的故事说完?"

"卓雅爱讲故事。"老人替她回答道，"她会给自己的孩子讲很多故事。"

"卓雅会告诉自己的儿子，"叶利尼茨基静静地说，"告诉他父亲参军去了。看吧，卓雅，我猜到了。很遗憾我这么晚才想到。我终于知道了怎样才能伤你的心。要想让你伤心，要征服你，就必须离开你。"

“你会回来的。”卓雅的语气中带着奇怪的自信。

“我不知道，卓雅。”他回答道，“无所谓了！”

年迈的棺材匠摇了摇头，说道：

“还早呢，孩子们，你们离死还早呢。”

塔尼亚的理查德

八月初的一天清晨，上校家年轻的女儿，塔尼亚·戈尔娜娅怀着满心的愉悦和幸福从睡梦中醒来。父亲和两个兄弟都上战场去了，母亲终日以泪洗面，两个姐姐也一直沉浸在悲伤和忧虑中，所以她有些惭愧，因为她和大家的心情完全不同。不知为何，塔尼亚就是知道父亲和兄弟们会平安归来，知道幸福的时刻终将来临。她从孩提时代起就具有特别的能力，可以预知未来。她的预感次次兑现，从未让人失望。她有时会做一些有预示意义的梦，姐姐们经常嘲笑她，她本人也不大愿意谈论自己的梦境。

天亮之前，塔尼亚做了个充斥着耀眼光芒的梦。在非凡的亮光中，一个士兵出现在她面前，他穿着闪闪发光的甲胄，手持熊熊燃烧的烈焰之剑。士兵的脸同她的朋友，英国人理查德·泰特一模一样。他走到她身边，说：

“什么都别怕，塔尼亚。”

“我什么都不怕。”塔尼亚在梦中回答道。她和理查德总是吵个不停，所以忍不住开始反驳这个长得像理查德的陌生军人。不过她马上就想起这是名士兵，不是工程师理查德，两人只是长相相似而已。她已经猜到他此行的目的——为了通知她一些事，所以她为自己还在同他争论而感到羞愧。她跪坐在了浑身发光的士兵面前，他对她温柔一笑，说：

“我们会胜利，我会给你带来极致的快乐。”

塔尼亚随后便醒了。卧室的窗帘没有拉上，她透过窗户看见了仍然匍匐在地平线上的太阳。

塔尼亚很开心，她迅速穿好衣服，编好辫子，赤脚走进花园。想到自己身体如此健康，她感到十分快活，脸颊发烫。保姆昨天说的话在她耳边响起：

“塔涅奇卡①，无论你怎么祈祷，修道院都不会收你。你越祈祷还长得越胖。”

塔尼亚高兴地想：“上帝爱我，赐予我健康。”

意识到自己的想法太不谦虚，她一阵羞愧，用麦色的胖手捂住了通红的脸颊，跪在沙地上开始祈祷。

她刚想起身，突然发现自己方才认为士兵容貌酷似理查德的想法是有罪的，于是再次用双手遮住眼睛，祈祷了很久。

她站起身，沿着仍然有些潮湿的沙路朝花园围栏走去，想看一眼远处那条宽广的大河。此时的她心情仍旧很好，理查德的脸又浮现在她的脑海，不过她已不再为此自责了。

“这是怎么回事！”她想，“我又不爱他。即使他想和我在一起，也是因为喜欢和我争吵，爱刺激我，而我还得忍着。那个神奇的士

---

① “塔涅奇卡”为“塔尼亚”的爱称。

兵之所以像理查德，可能是想让我别再和他吵架了，因为信仰不需要用这种方法来捍卫。他那么善良可爱，如果我能温柔一点儿，谦虚一点儿，说不定他就会理解我了。”

园中一个人都没有，围栏后的小路上空空如也。塔尼亚站了很久，困意袭来，眼皮不住下坠。她忽然听到一阵快速而坚定的脚步声。铁门吱嘎一响，一个穿着浅色夏装，酷似梦里士兵的人微笑着出现在了塔尼亚面前，理查德来了。

“啊，您今天起得可真早！”塔尼亚说完便挽住他的手。

“和以前一样啊，亲爱的塔尼亚，比您早。”理查德回答道。

“嗯。”塔尼亚本想和他争几句，却忆起了自己不久前的所思所想，脸变得更红了，笑了起来。

“您今天梦见了什么？”理查德问道。

“想嘲笑我？”塔尼亚心想，“就让他笑吧。”

塔尼亚凝神看了看他的脸，发现他的表情异常严肃和凝重。似乎预感到了什么，她的心跳加速了。她开口说话时，声音止不住地颤抖：

“理查德，您知道吗，我梦见您了，在我的梦里您穿着浅色的军装。”

理查德没有笑，他吃惊地看着塔尼亚。

“塔尼亚，”他说，“您的梦可真惊人。我就是为此来找您的，因为我想告诉您，我以志愿兵的身份参加了俄军。”

塔尼亚浑身一颤。

“冷？”他关心地问。

她默默摇了摇头，心跳得很快，胸口有些疼。她把梦里那个浑身发光的士兵对她说的话都告诉了理查德。

“塔尼亚，”理查德温柔地看着她的眼睛，问道，“他还有没有说别的什么？”

“没了，别的什么都没说。”塔尼亚低声说道。

心中百感交集，羞怯害怕又幸福甜蜜，她知道他马上会说什么。

“没说我爱您？”理查德又问。

塔尼亚忽然开心起来。她看着他的眼神就像在看天上的太阳，含羞带怯的，混杂着害怕和喜悦，她说：

“理查德，您不需要对我说这个，我知道的。”

理查德脸红了，他说话的声音开始发颤。他平时一直都表现得很冷淡，塔尼亚还是第一次见他这个样子。他问道：

“您呢，塔尼亚？”

她垂下了双眼。轻声说：

“这还用问吗？”

她大声又勇敢地说：

“理查德，我的心从未欺骗过我。我笃信上帝，时常祈祷，上帝对我也十分垂爱。我知道你会回来，你会活着回来。”

她忽然感到一阵害羞，学着农村姑娘的模样，用手肘掩住脸庞。

“我在说什么呢？”她心想。

她终于明白了。心爱的理查德要为俄罗斯而战，听到这个消息，她万分激动和高兴，因为她对俄罗斯的爱异常虔诚。灵魂上的枷锁似乎全都被卸掉了，现在的她可以爱他，也想要爱他。

塔尼亚又哭又笑，不是因为痛苦，而是因为获得了极致的快乐。他有力的手握住了她滚烫的手肘，她想反抗却没反抗多久，毕竟他比她强壮得多。他拉开了她的手肘，径直看向她快乐的眼睛。

塔尼亚笑了起来，朝他伸出手。

“希望你一路顺利，祝你成功。”说完，她用力握了握他的手。

“塔尼亚，你都不亲我一下?”他把她拉向自己，问道。

她用双手搂住他的脖子，温柔而幸福地哭泣着，边哭边亲吻他，这个吻持续了很久。如果不是听到了旁边小路上姐姐们的说话声和脚步声，她可能会一直没完没了地吻下去。

心之真理

一

奥尔格——一个位于芬兰湾南岸的爱沙尼亚小村。1914年的夏天，这里宜人又平静。夏初时节，没人猜到战争很快就会在欧洲爆发。天气一直很好，晴朗、温暖，偶尔会下点儿雨。来自尤里耶夫和雷瓦尔[①]的德意志人，从首都过来的俄罗斯知识分子们都极尽所能消遣取乐。长期在此居住的人对这里赞不绝口，一望无际的大海、漂亮的花园、日落时分的美景，只要是能夸的都会被夸上一遍。第一次来的人则会抱怨这里太无聊。

奥尔格实际上是个很偏僻的小村子，没什么地方可供娱乐。别墅区管理协会刚刚建立，只在两个地方挂上了禁令“禁止在人行道上骑行”，还修了个很不怎么样的网球场。火车站远在七俄里开外，去一趟要走很久。唯一的安慰就是这里的沙滩很不错，几乎同乌斯

① 爱沙尼亚首都塔林的旧称。

季-纳尔瓦[①]的海滨浴场没什么区别，协会建的那个网球场就在离海不远处的草地上。

几个年轻人想免费使用网球场，因此还和药店老板吵了起来。药店老板是奥尔格别墅区管理协会的财务主任，他威胁说要把网取下来。此人对自己的形象非常上心，他有个德国姓氏，不愿被大家认为是爱沙尼亚人。

年轻人说：

“我们不能付您球场使用费。球网都旧成这样了。”

药店老板一步不让：

“不，你们必须给。协会可没钱买球网。”

“房钱您就收了 3 卢布。”一脸阳光的大学生布边奇科夫说。

“您可是收了我们 5 卢布呢。”神色阴郁的科佐瓦洛夫说。

药店老板解释道：

“嗨，这里面包含了收寄邮件的钱。你们也知道，邮局没在这儿设点。我们一直在想办法解决这个问题，明年这里会开一个邮政电报处。你们还想怎么样？”

“我们才不管这些。”年轻人们说，“反正您不能没完没了地收钱。”

他们吵了很久。药店老板终于撤掉了球网，还在球场旁的柱子上挂了一张纸，上面写着：“未经管理协会允许禁止打球”。

---

① 即纳尔瓦约埃苏，是爱沙尼亚东维鲁县的城镇，位于波罗的海北面海岸，毗邻俄罗斯边界。

作为报复，轻狂的年轻人在第二天夜里把一张字条钉在了药店门口——“无处方严禁进店”。

来此地避暑的人往往会带上几张从药瓶上撕下的标签儿。很多人看见字条后都专门走进药店，询问为何没有医嘱不能进去。其实很多人进药店不是为了买药，而是为了买点儿风景明信片、彩灯、肥皂、花露水之类的东西。

药店老板出离愤怒，他告诉大家即使没有处方也可以进店购物，收钱的时候一直在痛斥那几个年轻人。

每年夏天，当地消防协会的楼里都会举办两到三场业余话剧表演和舞会，这就是所有的娱乐项目了。剩下的时间只能待在家里自己找乐子，散散步，看看风景什么的。这种事很少有年轻人感兴趣。

二

丽莎·斯塔尔金娜年轻漂亮，父亲是位海军军官，正在远方航行。面对追求自己的两名年轻男子，她很是犹豫，不知应该选择谁当男友。两人都是大学生，布边奇科夫和科佐瓦洛夫，一个学法律，一个学数学，各有各的魅力和特点。丽莎的母亲，安娜·谢尔盖耶芙娜更喜欢殷勤开朗的布边奇科夫。丽莎也觉得他不错，可她又无法舍弃阴郁的科佐瓦洛夫。后者尽管有时会说些粗话，却十分聪明机智，愿意为她效劳。殷勤开朗的布边奇科夫则是个自私的家伙，一让他出力他就寻隙开溜。

丽莎有时觉得两个人都挺无聊的。她甚至认为他们在毕业之前都不可能活得有多真实。真正的人生只有在他们通过国家考试，找到不错的工作后才会开始。

丽莎迫不及待地想谈恋爱，毕竟年龄到了。她几乎每天都来到沙滩上，脱掉短裙和凉鞋，一会儿为布边奇科夫，一会儿为科佐瓦洛夫，一会儿又同时为两人跳东干舞。丽莎应该是学过些戏剧表演的。她的皮肤晒成了小麦色，舞姿活泼漂亮，身段纤细匀称，在暗金色的平坦细沙地上显得十分轻盈。

丽莎还有第三个追求者，他的追求比前两人更加热烈和忘我。这是个本地人，名叫保罗·谢普，但在丽莎心中他暂时还什么都不是。

保罗·谢普 28 岁。他长相俊美，身材高挑，肩宽背阔，孔武有力，是个和善又稳重的人，只是动作稍稍有些不灵活。他的发色很浅，眼睛是亮蓝色的，既不抽烟也不喝酒，不知骄奢淫逸为何物。此人毕业于某个农业学校，阅读量很大，看了很多俄文和德文书籍。他喜欢文学和哲学，会弹钢琴，能唱男中音。他还有两个年轻的妹妹，不久前也都从中学毕业了。

初春时节他就爱上了丽莎·斯塔尔金娜。他曾在海崖边见过她，当时她的皮肤还没被晒黑，白白净净的，穿着条舞裙，满脸笑容。他一看到她便坠入了爱河。可他只是个普通的农民，是个爱沙尼亚人，和两个妹妹一起耕种着自家的田地。他家的地大概有 30 俄亩，夏天忙不过来了还会雇几个人帮工。

他尚未婚配，纯洁得像个孩子。每年冬天他都会畅想远方的美女，每年夏天则会爱上一个俄罗斯姑娘，现在他爱上了丽莎。不知为何他对德意志女人就是没兴趣。

三个人同时爱上了丽莎，她这辈子还从未如此骄傲和幸福。丽莎没有拒绝保罗·谢普的追求，因为她想给另外两个人营造点儿危机感。她想刺激他们，于是对他们说：

“我想嫁给那个爱沙尼亚人。”

一句笑言戏弄了三个男人，她做事儿的风格就是这么可爱迷人。

听丽莎讲了自己和爱沙尼亚人的事情后，安娜·谢尔盖耶芙娜特别生气，她大叫道：

“丽莎！你父亲可是海军上校，你居然说你要嫁一个爱沙尼亚人。”

丽莎哈哈大笑，说：

“我和保罗会一起割草种粮、放牧牲口，一起聊席勒和康德。”

“太可怕了，太可怕了！”安娜·谢尔盖耶芙娜尖叫道。

丽莎继续刺激母亲：

“我还要去挤牛奶，每天早晨都会过来给你送纯净又浓稠的鲜奶。到时候你就知道它有多美味啦。”

安娜·谢尔盖耶芙娜用手指堵住耳朵，转身离开了。

三

丽莎母女、布边奇科夫、科佐瓦洛夫等几人在一个花园里散步。花园主人是波罗的海沿岸地区的男爵。进花园得买门票，票都在管家那里。管家是个原籍里加的德意志人。

男爵居住的房子是栋富丽的白楼，修建在志留纪①时期形成的悬崖上。几人好好品鉴了一番，只有科佐瓦洛夫固执地说自己不喜欢这栋楼，认为它唯一的用途就是陈列品味奇差的展品。大家都不同意他的观点，然而他是对的。他的欣赏水平向来不错，这栋楼建得的确有问题，与周围的景致格格不入，令他很不满意。

看到蔚蓝的海水后，科佐瓦洛夫指着棵形单影只的大树说道：

“这就是那棵树了。”

“哪棵树？”丽莎问。

科佐瓦洛夫忧郁地笑了笑，没说话。他此时的样子很神秘，似乎有什么没出口的潜台词。丽莎的好奇心被勾了起来。布边奇科夫又说：

“男爵的马夫今年春天吊死在了这棵树上。他用鞭子把一匹马的眼珠子打了出来。管家说要罚他 300 卢布，还要送他进监狱。哎，当天夜里他就过来上吊了，早上才被发现。这人很年轻，特别谦虚。他还有未婚妻呢，一个叫埃尔扎的本地女孩儿，爱沙尼亚人，勒文施泰因家的侍女。”

安娜·谢尔盖耶芙娜一声惊叫：

“哎呀，太可怕了！您为什么把我们带到这儿来！我晚上会梦见这个爱沙尼亚人的。您为什么要讲这个！”

丽莎懊恼地说：

“妈妈，别人问他了，他能不说吗！”

---

① 古生代第三个纪，约开始于 4.4 亿年前，结束于 4.1 亿年前。

丽莎早就腻了母亲这副一惊一乍的矫情样。

布边奇科夫就像是遇到了什么好事儿似的，兴奋地说：

“现在很多人晚上都不敢去公园了。”

“就算是白天也很可怕啊。”安娜·谢尔盖耶芙娜说，“早知道我就不买票了。”

“哦，即使你不买，我自己也要买。”丽莎回答说。

科佐瓦洛夫幸灾乐祸道：

“年轻的男爵夫人夏天也不来了。”

“为什么呢？”丽莎问。

“她担心爱沙尼亚人被激怒后会报复他们。”科佐瓦洛夫解释道，“这就是必须买票入园的原因，因为他们不敢把所有人都放进来。”

“根本就不是因为这个。”丽莎反驳他的话，“以前所有人都能进的，只是有很多人直接走到城堡旁边，把花都摘光了。”

“哎，你这个人，总是喜欢嘴上论输赢！”安娜·谢尔盖耶芙娜说，“就你知道得多。”

丽莎晚上见到了保罗·谢普，她问他：

“为什么那个马夫要上吊啊？果真是因为男爵的马？”

“是啊，就是因为马。”保罗·谢普回答道。

“不会吧？”丽莎问道，“那些人能把他怎么样啊？农奴制早就废除了！”

保罗·谢普平静地回答道：

“管家是个德意志人。”

“那又如何？”丽莎吃惊地问。

“德意志人都很较真，不会原谅他的。”保罗·谢普说。

他明亮的眼睛里闪过愤怒的光芒。

四

战事将近的传言甚嚣尘上，人们如饥似渴地阅读报纸。德国纵容奥地利进攻塞尔维亚，这件事令很多人焦虑不安。反德情绪日益高涨。数年以来，德国一直让整个欧洲惶惶不安，各国不得不竭尽全力扩充军备。普鲁士人傲慢自大，大家对他们的敌视已累积多年，日前终于显露了出来。本地名流——药店老板和面包铺的老板（他可是寄宿学校的东家）都宣称他们不是德意志人，而是爱沙尼亚人，之前他们只是将这一点小心隐藏起来了而已。

国家颁布了各种动员令，先是局部动员令，接着是总动员令。大家看完四处张贴的告示后，观点不尽相同。

宣战了。傍晚时分送来的报纸中刊印了德国对俄罗斯的最后通牒，言辞极其放肆。入夜前，布边奇科夫骑自行车去了车站一趟，带回了个重大新闻。他快步跨进斯塔尔金家的封闭式玻璃凉台，丽莎、安娜·谢尔盖耶芙娜、科佐瓦洛夫母子正坐在茶桌旁聊天。打完招呼，他又是害怕，又是高兴地宣布说：

“德国对我们宣战了。弗朗茨·约瑟夫死了①。”

安娜·谢尔盖耶芙娜一拍双手，尖叫道：

---

① 此处应为作者特地杜撰出的流言。1914 年德国对俄国宣战前丧生的是奥匈帝国皇储弗朗茨·斐迪南大公。弗朗茨·约瑟夫是时任奥匈帝国皇帝，卒于 1922 年，与费迪南大公是叔侄关系。

“看啊，来了吧，等到了吧！太可怕了，太可怕了！”

“德国人可能会在这儿登陆。”布边奇科夫说，“这里既没有堡垒，又没有驻军。占领这个地方后，德军会再接着进攻彼得堡。”

他说话的样子喜气洋洋的，仿佛在聊什么好事儿。

“太可怕了，太可怕了！”安娜·谢尔盖耶芙娜又重复了一遍，“那我们怎么办？”

科佐瓦洛夫说：

“不，德国人会从南边过来，最先被破坏的应该是铁路。我们的命运如何，谁也不清楚。侥幸躲过炮火轰炸的人就只能寄希望于德国人的秉性了，祈祷他们作为有文化的民族，做不出太过恶劣的事。”

丽莎既不相信德军会登陆，也不信他们会破坏铁路。她有最纯正的俄罗斯血统，镇定又勇敢。她热爱俄罗斯，相信祖国会取得胜利。她说：

“德国人没法在这儿登陆，德军还没推进到我们的铁路就会被歼灭。”

母亲不同意她的看法：

“怎么打不到，丽莎奇卡①，如果从东普鲁士来三个集团军呢！报纸上都写着呢！”

丽莎平静地反驳道：

“我们也有军队！”

---

① “丽莎奇卡”是“丽莎”的爱称。

“哎，我们的有什么用！”母亲说，“德军更厉害，所有德国男人都参军了。”

布边奇科夫说：

“德国人以速度见长。我们刚回过神，他们就已经接近彼得堡了。彼得堡周围的掩体可不是白挖的，树也不是白砍的。”

“是这样吗？”丽莎揶揄地问，“他们为什么要这么做？”

“哎，备战嘛。”布边奇科夫说，“行了，我走了。我得把这个消息告诉所有人，包括利胡京一家。”

布边奇科夫同大家告辞后，沿着昏暗的花园小径飞快跑走了。

“报纸！”丽莎懊恼地说。

布边奇科夫拜访了所有自己认识的人。

大家全都着了慌。入夜后，人们在村子里窜来窜去，相互通报着来源不明却愈发离奇的消息。

安娜·谢尔盖耶芙娜从第二天清晨就唠叨不停，说应该尽快动身去彼得堡。丽莎不愿意，她说：

“这么好的天气！我们去彼得堡做什么？”

“不行，不行，赶快收拾出发！”安娜·谢尔盖耶芙娜被吓得不轻，说话时一脸惊慌失措，“彼得堡现在暂时还没戒严，过段时间说不定就进不去也出不来了。如果现在出发，上帝保佑，我们还来得及从那儿离开。”

丽莎不高兴地问：

“离开彼得堡又能去哪儿呢，妈妈？”

安娜·谢尔盖耶芙娜回答道：

“去沃拉格达，去下诺夫哥罗德，总之去个远点儿的地方。”

丽莎笑了，问道：

“怎么，你觉得他们会打到莫斯科？”

安娜·谢尔盖耶芙娜声音低落了下去：

“唉，丽赞卡，这只是时间问题。”

丽莎吃了一惊，仔细看了看母亲充满恐惧的脸，语带责备地说：

“嗨，妈妈，你可真是个胆小鬼！”

安娜·谢尔盖耶芙娜哭了起来，说：

“丽莎，我不想被普鲁士人打死。”

丽莎耸了耸肩，朝窗户走去。

天气晴朗，花坛里鲜花烂漫，苍翠的树林与古井平静无波。明快安乐的生命与静谧深邃的死亡仅有一墙之隔。然而就在这儿，在自己身边，居然还存在如此可悲的怯懦！真是奇怪至极！

丽莎透过窗户，看见花园主人正沿着树木的间隙行走。这是个温柔和善的人，喜欢喝啤酒却从没发过酒疯。他害不害怕战争呢？

丽莎快步走到他身边，问道：

“安德烈·伊万内奇，您会去参战吗？”

花园主人摘下帽子，鞠了一躬，说道：

“不，我是后备力量，现在还轮不到我，人多着呢。”

“安德烈·伊万内奇，如果德国人来了怎么办？”丽莎问。

魁梧肥胖的爱沙尼亚人笑着说：

“我们不会让他们过来。我拿上枪就能以一敌百。”

丽莎朝着站在窗前的母亲喊道：

“妈妈，妈妈，你听见他的话了吗？”

安娜·谢尔盖耶芙娜挥了挥手。

丽莎回去后，安娜·谢尔盖耶芙娜一直在房间里走来走去，嘴里重复着：

“太可怕了，太可怕了！这儿是无论如何都不能待了。不管是敌军还是友军，来了之后肯定会住进这栋别墅，赶我们走。”

五

日落之前，丽莎母女和年轻人们一起去散步。安娜·谢尔盖耶芙娜借口要买“乔治·博尔曼”牌巧克力，领着大家走进了一家爱沙尼亚人开的小铺，她真正的目的是让丽莎明白此地不宜久留：所有的马匹都会被征用，小铺老板家的马也不例外，到时候就运不了东西，也没法去车站了。如果现在不走，饿死是唯一的结局。

狡猾的爱沙尼亚老板一如既往地微笑着，说马匹被征用后得到的补偿款的确比买马的钱少。丽莎不信。

“可是，”她说，“您冬天就不需要喂马了啊，春天再买匹新的嘛。”

爱沙尼亚人笑得一脸狡黠：

“谁家马不好谁就有赚头，总之我是亏了。”

“还有东西卖吗？”安娜·谢尔盖耶芙娜问道。

“现在还有，不过很快就没了。”爱沙尼亚人答道。

安娜·谢尔盖耶芙娜得意地望着女儿。布边奇科夫建议多买点儿巧克力：

"我们可以做巧克力汤。"

"不，不用买那么多。"科佐瓦洛夫说，"这里乌鸦多，我来打乌鸦吧。"

安娜·谢尔盖耶芙娜生气了。

"你们自己吃吧，乌鸦肉我可吃不惯。"

从小铺出来后他们看见了征兵告示，议论纷纷。安娜·谢尔盖耶芙娜说：

"连行头都没有，居然让士兵自己带靴子。真可怜！和日本开战时也是如此。"

丽莎生气了，不耐烦地反驳道：

"妈妈，你是军人的妻子，说起话来和那些什么都不懂的人真是没什么两样。"

"就你懂得多!"安娜·谢尔盖耶芙娜一副大人训小孩的口吻，"你应该看看那些预备兵们，他们的眼神太疯狂了。"

"我可没见过谁的眼神是那样的。"丽莎回答道。

六

夜幕降临后，大家来到斯塔尔金家，战争是唯一的话题。有人听到传言，说今年征兵的时间比往年早，8 月 13 号以前就要开始，还说大学生们缓服兵役的政策会被取消。听了这话，布边奇科夫和科佐瓦洛夫很是郁闷。如果这是真的，他们两年后的兵役将会被提前到现在。

他们不想上前线。布边奇科夫对目前的生活状态十分满意，认为年轻人的生活就应该如此，既美好又难得；科佐瓦洛夫则极其厌恶军队那种太过严肃的环境。

科佐瓦洛夫沮丧地说：

“我去非洲吧，那儿没有战争。”

“我要去法国，”布边奇科夫说，“再换个法国国籍。”

丽莎大为光火，高声说道：

“你们怎么这么不知羞耻！保护我们才是你们应该做的事，居然在想自己能躲到哪儿去。再说了，去了法国你就不用上战场啦？”

“是啊，的确是个问题！”布边奇科夫忧郁地说。

科佐瓦洛夫的母亲身材丰满、内心豁达，她温和地说：

“他们开玩笑的。入伍后他们会成为大英雄，战斗起来不比任何人逊色。”

布边奇科夫和往常一样，苦着脸扭扭捏捏地问丽莎：

“您是不建议我去法国咯？”

丽莎生气地回答道：

“对，不建议。您在半路上就可能被俘获枪决掉。”

“为什么啊？”布边奇科夫傻里傻气地问。

安娜·谢尔盖耶芙娜生气地说：

“他们还得学习怎么照顾自己的母亲呢。战场上可没什么需要他们做的。”

获得支持后，布边奇科夫很高兴，他皱起眉头傲慢地说：

“我不想聊战争了。我只想做自己的事，这就足够了。”

“更何况我们又不想当英雄。”科佐瓦洛夫说。

“为什么女人不能上战场!”丽莎叫道，“古代还有亚马逊女战士呢!”

“我们也有女骑兵度洛娃呀。”科佐瓦洛娃[1]说。

安娜·谢尔盖耶芙娜嗤笑地看了看丽莎，说：

“我的女儿真是爱国!”

她的语气听着像是在责备丽莎。科佐瓦洛娃笑着说：

“今天早晨我在澡堂对女老板说：‘您看，玛尔塔，德国人来的时候，您可不能对他们太客气。’她很生气，把盆子一扔，说：‘您说什么呢，太太！我要用开水泼他们!’”

“太可怕了，太可怕了!”安娜·谢尔盖耶芙娜又重复了一遍。

七

奥尔格共有16人应征去前线，包括丽莎的追求者之一，爱沙尼亚人保罗·谢普。丽莎听说后忽然觉得有些羞愧，因为她曾经嘲笑过他。她忽然想起了他那双明亮、纯洁如赤子的眼睛。远方战场上的情景忽然清晰地呈现在她面前：身材高大、孔武有力的他被敌人的子弹射中，倒向地面。丽莎心中涌起一阵心疼和怜惜。她略微忐忑不安地想：“他爱我。我呢，我做了什么？猴子似的蹦来蹦去，笑个不停。他就要上战场了，说不定还会死。弥留之际，他会想起谁呢？会对谁轻声说那句‘再见，亲爱的’？肯定是某个远在天边的俄罗斯姑娘，而不是我。”

---

① 科佐瓦洛娃即科佐瓦洛夫之母。

丽莎忽然就伤心了，想要哭泣。

士兵们出发的那天清晨，保罗·谢普去找丽莎道别。他明亮的眼神透着勇敢，丽莎看着他的目光中则夹杂着同情和好奇。她问他：

“保罗，你害怕上前线吗?”

保罗微微一笑，说：

“伟大之物都十分可怕，然而死亡不是。如果我在关键时刻感到恐惧，这才是真正值得害怕的事情。不过这种情况不会发生的，我知道。”

“您怎么知道的呢?”丽莎问道。

“我了解自己。”保罗回答说。丽莎又问：

“你们爱沙尼亚人不想开战吧?”

保罗·谢普平静地回答道：

“谁会想打仗呢? 不过既然都征召我们了，我们就得去战斗，去赢得胜利。俄罗斯肯定能赢。”

丽莎想说：

“您也不是俄罗斯人啊。”

不知是因为犹豫还是没来得及，总之她没把这话说出口。保罗似乎猜到了她的心思，说：

“我们爱沙尼亚人非常厌恶德意志人。这种感觉是会遗传的。他们在这里做了很多残忍的事情。”

丽莎说：

“都是本地德意志人干的，他们又不是德国人。德国人也没做什么吧? 你们不也喜欢贝多芬和歌德吗?”

“两者并没有区别，全都残忍、狡猾又阴险。”保罗说，“他们打败法国，占领阿尔萨斯和洛林之后，就好像喝了某种毒药一样。这个民族似乎已经不再是培养出贝多芬和歌德的那个民族了。我们就看一条：除了德国之外，任何国家都没有针对双重国籍立法。”

丽莎不知道什么是双重国籍，保罗·谢普给她解释了一番。听完他的话，丽莎很吃惊。

“这是卑鄙的谎言啊！”她尖叫出声。

保罗·谢普耸了耸肩。

“这就是德国的法律。”他说，“当然，他们认为自己的观点是正确的，只是我们很难接受，无法理解他们所谓的真理，觉得那是谎言。希望德国的作家、工人中有人能站出来阻止这些丧失理智的举动。”

八

为应征者送行的仪式搞得很隆重，整个村子的居民都来了。很多人发表了讲话，本地的业余乐队演奏了歌曲。避暑客也几乎悉数到场。女人们都打扮得漂漂亮亮的。

保罗唱着歌，走在队伍的最前方。他的双眼闪闪发光，面庞如太阳般明亮。礼帽被他捏在手里，清风扬起他浅色的卷发。他看起来异常俊美，平日里的笨拙姿态不见踪影。很久以前海盗们行军时就是他这幅样子。他唱着歌。爱沙尼亚人们精神振奋地唱着国歌。

安娜·谢尔盖耶芙娜边走边轻声说：

“太可怕了，太可怕了！你们看，他们的眼神太疯狂了。他们知道自己肯定会送命。”

“你在说什么呢，妈妈！”丽莎反驳道，“你怎么想的？他们的精神如此振奋，难道你看不见？”

人群走到了村外的小树林。女人们逐渐回去了。战士们分别坐上马车。片片乌云在空中浮现，天空皱起了眉头。灰色旋风腾空而起，沿路而来，似乎在引诱着，戏弄着什么人。安娜·谢尔盖耶芙娜说：

“我们走，丽莎，回家。开始掉雨点了。”

丽莎轻声回答道：

“等一下，妈妈。”

“有什么可等的！”安娜·谢尔盖耶芙娜恼怒地说，“送也送了，劝也劝了，能做的都做了，够了。让这些人单独呆着吧，流点眼泪说不定还能轻松些。”

丽莎笑了起来，开心地说：

“不，妈妈，他们可不会哭，因为他们心中所想的不是死亡。即使是，那他们也会觉得死亡是美丽的。”

丽莎拦住了谢普：

“保罗，你过来一下。”

保罗拐到旁边的小路上，与丽莎一起往前走。他的脚步十分坚决，双眼勇敢地看向前方，似乎有雄壮的军乐在他心中回荡。丽莎看着他的眼神充满爱意。他说：

“什么都别怕，丽莎。只要我们还活着，就不会允许德国人走得太远。谁敢踏上俄罗斯的领土，遇到了我们都会是灾难。来得越多，能回德国的就越少。”

丽莎的脸忽然涨得通红，说：

“保罗，这些天里我爱上了您。我要和您一起走，去当护士。有机会我们就结婚。”

保罗激动得面红耳赤。他俯身亲吻丽莎的手，不断重复道：

“亲爱的，亲爱的！”

他再度看向她的脸，明亮的双眼湿润了。

安娜·谢尔盖耶芙娜后退了几步，抱怨道：

“对这个爱沙尼亚人可真是温柔！天知道他心里在想什么。真做得出来，居然学骑士亲吻女士的手！”

布边奇科夫正在学保罗·谢普走路。安娜·谢尔盖耶芙娜发现他学得很像，被逗得笑出声来。科佐瓦洛夫也恨恨地微笑着。

丽莎朝母亲转过身，叫道：

“妈妈，你过来！”

她和保罗·谢普停在路边。两人的脸庞都散发出幸福的光芒。

科佐瓦洛夫和布边奇科夫同安娜·谢尔盖耶芙娜一起走了过去。科佐瓦洛夫对安娜·谢尔盖耶芙娜耳语道：

“好战的情绪真适合我们的爱沙尼亚人。看啊，多帅气，和珀西瓦尔骑士一样。”

安娜·谢尔盖耶芙娜懊恼地抱怨道：

“嗯，美男子！怎么了，丽宗卡①？”她问女儿。

---

① “丽宗卡”为“丽莎”的小名。

丽莎高兴地微笑着说：

“这是我的未婚夫，妈妈。”

安娜·谢尔盖耶芙娜吓得用手连连画十字，嘴里嚷道：

“丽莎，你别作孽了！你在说什么呢！”

丽莎骄傲地说：

“他是祖国的保卫者。”

安娜·谢尔盖耶芙娜慌了神，一会儿看看保罗，一会儿看看丽莎，不知道应该说点儿什么。最后她开口道：

“现在是说这个的时候吗？这是他应该思考的问题吗？”

布边奇科夫和科佐瓦洛夫讥诮地笑了。保罗充满傲气地挺直了脊背，说道：

“安娜·谢尔盖耶芙娜，我不想利用您女儿的一时冲动。她是自由的，但我这一生都不会忘记刚才那一分钟。”

“不，不！”丽莎叫道，“亲爱的保罗，我爱你，我想嫁给你！”

她紧紧搂住了他的脖子，号啕大哭起来。安娜·谢尔盖耶芙娜嚷道：

“太可怕了，太可怕了！真是心理有问题！”

悲伤的未婚妻

奇怪吊诡之事如果现在不发生，要等到何时才会发生呢？生命中的各种可能无穷无尽，这种日子真是残酷而悲伤。

几个年轻姑娘建了个小组，进组的资格很难取得，当然，她们的行为也称得上怪异。

只要城里死了单身的年轻男子，组员之一就要穿上纯黑丧服，像未婚妻一样参加葬礼。

死者的亲戚总是十分震惊，其他熟人倒没这么惊讶，不过他们全都相信新坟之旁有个美丽而悲伤的秘密。

尼娜·阿列克谢耶夫娜·比耶松诺娃也参加了这个小组。她很年轻，不知为何总是闷闷不乐。她的脸蛋儿虽不漂亮，却挺讨人喜欢。她的爱慕者不少——除了谈情说爱，那些半大不大的学生们也没别的事情可做了——然而她仍旧很无聊。

喏，现在轮到尼娜去墓地送别素不相识的未婚夫了。

“下一个就是您。”大家告诉她。

这是个美丽而伤感的任务。没抽到签的人都很羡慕她，已经送别过亡人的女孩儿们则不然，她们看着她的眼神里总是浸透着同情和悲悯。

一天，尼娜回家时情绪异于平常，十分激动。

漫长苦闷、伤心痛苦的日子开始了。

不祥的预感折磨着她，象征着失去、落泪和爱人丧生的预兆随处可见。

再过些时日，一个陌生而珍重的人就会丧命，多么令人痛苦！他一死，幸福也会随之而去。

会是谁呢？为何他注定无法在躺进坟墓之前同她见面？说不定她能拯救他、保护他，能祈求残酷的命运多给他们一些时间来伤心和温存。

尽管不知道他是谁，却还是很可怜他！尼娜伤心得无以复加。

年纪轻轻，竟被无情的死神盯上。它窥伺着、等待着，然后发出致命一击，谁都无力回天！

组内很多姑娘已经完成了这个甜蜜而忧伤的仪式，她们只需在丧期结束前穿着自己轻薄美丽的丧服就好。尼娜有时甚至会羡慕她们，因为丧服与她们的面容如此相衬，就连街上的行人都会驻足观看。

事发时间无法预知，必须提前做好准备才能说走就走，不能迟到。因此尼娜偷偷为自己定做了一整套参加葬礼用的服饰。她不想瞒着家里人，这么做让她很难过，可她不得不这样。

尼娜没有费心去筹措做衣服的钱，也不需要她操心，因为这笔钱将由小组来出。小组的体系完备，组员每月都要缴纳会费。同其他社团一样，小组偶尔还会有其他收入。

做丧服的一大笔钱不是问题，结账后她还能在家里找个地方把衣服藏起来。尽管如此，时候到了，她还是得要穿上它。提前知会一声当然会好很多，然而不知为何，尼娜面对母亲时总是难以启齿。

这事儿要怎么说啊！要说就必须解释来龙去脉，然而组规不允许她们将自己所做的事情和目标告诉组员以外的人。没办法，她只能胡说八道、撒谎骗人了，尼娜很不喜欢这样，所以她一天天拖下去，后来便决定听天由命了。

“总会应付过去的。”她心想。

尼娜挑了个母亲不在家的时候让人把衣裙送了过来，藏到了自己的房间里。

每天晚上她都会把葬礼上要穿戴的东西摊到床和椅子上。房里的东西全是白色和粉色的，轻薄透明的窗帘轻轻晃动着。精致的花瓶中插着些野花，散发出温柔的甜香。窗外，落日的余晖在远方蔚蓝的海面上燃烧着，就像女孩儿通红的脸颊。一切都纯净而光明，除了这可怕的黑色丧服。忧伤的眼里很快便涌出泪水。

她看着这片黑色，哭了很久。

有时她会穿着丧服照镜子。深沉的黑色，低调严肃的式样很衬她的长相。所以她更伤心了，哭泣的欲望愈加强烈。

每天早晨，她在睁眼睛的刹那都会感到隐秘的恐惧，会在内心深处询问自己，那等待已久的悲痛是否已经来临。太阳高高挂起，猛烈的日光倾泻而下，花园里一片死寂。透过轻盈透明的淡粉色窗帘，可怕的日子在向她招手。不祥的预感挥之不去，尼娜对着新的一天，对着狂躁的生活倾吐出了心中的毒液：

"啊，我的爱人，他很快就要死了!"

她心烦意乱地走进饭厅，脸上纠结的表情与轻便亮丽的打扮格格不入。

母亲不解地看着她，问道：

"你在烦什么呢，尼娜奇卡[1]？在担心什么？你怎么了？"

尼娜一言不发，嘴角带着神秘而悲伤的微笑坐到桌旁，如此安静、温柔、美丽，穿着和发型都十分得体。她的模样像极了长篇小说里的女主人公，然而作品如此开头，其结局定然不幸。

尼娜怎么了，母亲没有了解到真相。

一天晚上，尼娜和母亲坐在别墅凉台上喝茶。有人在对面不远处放烟花庆祝命名日[2]。漂亮的烟火让尼娜心生波澜，北方静谧的白夜似乎对她施了魔法，悲伤也令她的心志不复往日坚定。尼娜心底忽然涌起一阵倾诉的欲望，她靠向母亲，温柔的白色身影重叠在母亲暗灰色的裙子上，仿佛在上面缀了个淡雅素净的色块。尼娜忽然哭出声来，边哭边轻声说：

"太难过了！我有预感，似乎有什么事情要发生……可怕又……让人心痛。"

母亲紧张起来，她把尼娜揽进怀里。就像安慰小孩那样温柔地安慰着她：

"你在说什么呢，尼娜奇卡，上帝会保佑你的，怎么了？会出什

---

① "尼娜奇卡"为"尼娜"的爱称。

② 东正教的日历上会标注某位圣徒的纪念日在某天，这天就是与圣徒同名之人的命名日。

么事？你啊，我的孩子，别相信什么预感，你又不是老太婆。现在谁还信这个啊？”

尼娜擦干眼泪，挤出笑容，强装镇定地说：

“是啊，妈妈，我自己也知道这样很愚蠢，可我还是觉得他马上就会遭到不测。”

“谁啊，尼娜？”母亲问。

母亲稍稍起身，皱起轻度近视的灰色眼睛看着女儿。尼娜说话间又差点哭出来：

“我的心上人，我的未婚夫。”

“你在说什么，尼娜奇卡！”母亲惊讶地说，“什么心上人？你哪儿来的未婚夫！”

“我没有未婚夫。”尼娜懊恼地说，“不，我们怎么说到这儿的？啊，我有种预感，觉得我会爱上一个人，他会比全世界都美好，比我的生命更珍贵。然而他会忽然死去。”

尼娜又不可抑制地哭了起来，母亲虽很惊讶，却依然爱抚着她，劝慰着她，还倒了几滴药给她喝。母亲一脸惊吓和关切，看上去有些滑稽，尼娜盯着母亲看了一会儿，笑了起来。

这天晚上，尼娜没再欣赏丧服便平静地沉入了梦乡。清晨，她刚睁开眼睛，鸟儿们叽叽喳喳的鸣叫便传入了耳朵，还有明卡和金卡吵吵嚷嚷的声音，心中一阵厌烦。

明卡和金卡是她的弟弟，正在上中学。他们都嘲笑过她那莫名的悲伤，捉弄过她。

孩子们的嗓门特别大，又蠢又烦又不懂事，然而她太过伤心了，甚至都没顾上生气。

天色将晚，夏日的大地仍然炎热、明亮，充满节日气氛。教堂硕大、安然的圆顶肃穆庄严。尼娜站在一望无尽的沙滩上，看着海天相接的远方。

一群身形小巧的鸟儿快速飞过，似乎正在为什么事情奔忙。它们尖细的鸣叫在尼娜头顶混作一团，久久不能散去。

海浪把细密的沙粒拍成了平坦、脆弱、温暖又湿润的浅滩。双脚不断碰触沙地，柔嫩的肌肤些微发痒，却尚未变得粗糙。

人们迷失于遥远的未来，就如同沉没在温柔的大海。

天晴无风，海浪轻轻起伏，拍打着堤岸，亲吻着尼娜匀称的麦色双腿。她身着轻衫，高高挺起晒得黝黑的胸脯，快乐又自由地呼吸着。

她站在那里，眺望着蔚蓝的远方，心中盘旋着烦恼、甜蜜、忧伤的念头。

我的爱人，他会是谁，我会为谁送葬，会在谁的坟头哭泣？他的眼睛永远不会睁开看我，他的嘴唇永远不会对我展露微笑。

他不会抱着我，对我说：

“亲爱的，我爱你！亲爱的，你比我的生命更重要。”

晦暗而悲伤的预感纠缠着心脏，很想哭，然而现在她还没什么可哭的。

能倒在沙滩上恣意哭泣，把心中的抑郁苦悲都告诉这片风浪是件多么令人欣悦的事情！

她想起自己前一天和朋友聊天的内容。一个女人爱过奥尔登-乌鲁索夫公爵，她的丈夫即将和他决斗。不能为年轻英俊的乌鲁索夫送殡，真是令人遗憾！公爵爱的是另一个女人，全城的人都知道这段爱情故事，他的爱唯美、动人又疯狂：如果是真爱，那它将无所畏惧，甚至能让人献出生命。

是啊，有可能谁都杀不死谁，所有的问题都会圆满解决。让他们活着吧，和她有什么关系！

心中的预感愈发强烈，难以忍受。

晚霞在冰冷荒芜的天穹下熊熊燃烧，日光耀眼斑斓，如炽热的血流般泼向大地，心中寂静的悲意逐渐湮灭。

尼娜动身回家。沙滩很潮，走在上面不太舒服。心中忽然升起一阵沮丧，因为她把鞋留在了家里。

不，这不是沮丧的原因。心中的烦闷和忧伤很莫名，没有来由。然而这些都是她必须承受的重量。

尼娜在自家别墅旁看到了一个熟悉的身影。娜塔莎·列辛斯卡娅来了。

尼娜既开心又似乎有些恐惧。她来干什么？是不是来告诉自己那个期待已久的可怕消息？

娜塔莎就像命运女神一样，用悲伤折磨着尼娜，把她的心弄得满是伤痕。

远远的就能发现娜塔莎很激动，她脚步急促，一路磕磕绊绊的，定然是知道了某个重大消息。

尼娜紧张得双手发抖，膝盖也阵阵发凉。她想跑过去，心却突然狂跳起来，让她不得不停下脚步。

尼娜的脸涨得通红，她站在原地，双手以一种不怎么舒服的怪异姿势叠合在一起，放在胸前，笑得十分窘迫和刻意。

“娜塔舍奇卡[1]，你来了?”尼娜有些不自然地说道，“见到你真开心!”

话音里的言不由衷令她慌了神，接着便住嘴不再开口。

“嗯，尼娜奇卡。”娜塔莎边说边朝尼娜走过来。她步子迈得太快，稍微有些气喘。

她头上戴着顶黄色的草帽，帽子上还有根黄色的鸵鸟羽毛。原本用发簪别好的黑色头发散了开来，露到了帽子外面。这副样子再加上一脸的关切，给她黝黑的脸庞附着上了某种小男孩儿般的激奋，看起来有点儿自以为是。

“怎么？他死了？我的?”尼娜语无伦次地问道，话音里充满恐惧。

娜塔莎兴奋地说：

“死了。你能想象吗，他是开枪自杀的！真的，有意思吧？你有福了。”

尼娜哭了起来。此时，天地间交织着粉红与湛蓝的光芒，娜塔莎的衣裳非常华丽，像是一朵深浅不一的黄云；尼娜穿的镶白边的深蓝套装则朴素得多。娜塔莎穿着高跟鞋，走得气喘吁吁，满脸通红；尼娜双腿纤细、黝黑，就那么静静地立在那里。两相比较，尼

① “娜塔舍奇卡”是“娜塔莎”的爱称。

娜显得特别茫然无助、惹人怜爱。

尼娜哭泣着轻声问道：

“他是谁？”

她的声音就像哭泣的孩童般尖细、脆弱。

娜塔莎温柔地握了握她的手。

“很遗憾，真的。”娜塔莎说，“是个很年轻的人。大学生伊康尼科夫。”

“只有他一个？”尼娜问。

“是的，他开枪自杀时周围没有其他人。一家子都住在别墅。他白天来到没人的公寓，写了几封信，自己把信塞进了邮筒，又一个人在那儿过了夜。早晨起来就自杀了。他还给在别墅的父母去了信，他们回来后楼里的人才知道出事了。这家人好像在巴甫洛夫斯克住过。”

尼娜没出声，只用带着询问的眼神看着娜塔莎。作为回应，娜塔莎说：

“后天下葬。在彼得堡。”

说完她们便走进尼娜家。

“你哭什么呢，尼娜？”母亲问道。

“他死了。”尼娜简短地回答道。她的声音有些干涩，似乎带着某种敌意。

“谁死了？”

上了年纪的女人一听说有人死了，反应几乎都一模一样。尼娜的母亲浑身如坠冰窖，仿佛有人忽然用清晰、阴沉的声音对她说：

"你也会死!"

"哎，妈妈，"尼娜的声音中有种少见的不耐烦，"反正你又不认识他。"

"连我自己都不认识他。"尼娜心想。

这种想法如同一根滑稽的线，被编织进了悲伤的现实，想到这里，尼娜的心更痛了。

母亲对客人说：

"娜塔莎，您告诉我，谁死了。"

娜塔莎有些没来由的紧张，她对着镜子摘下礼帽，平复了一会儿心情后才开口说道：

"一个大学生自杀了，是我们认识的人，伊康尼科夫。在城里自杀的。原因我还不清楚。特别年轻的一个人。哎，现在自杀的人太多了，真是可惜。这么年轻，谁都不清楚是为了什么。他太阳穴上那个伤口，那个深色小洞，看上去就像是磕伤。死者的表情还特别平和。"

"我要去参加他的祭礼。"尼娜坚定地说。

"尼娜!"

母亲在椅子上落座后，无言地看着女儿，不知道该说些什么。

"我必须去！看在上帝的份上，别拦着我!"尼娜叫出声来。

娜塔莎坐到亚历山德拉·巴甫洛夫娜身边，轻声说道：

"请不要担心。我和她一起去，会一直和她待在一起的。"

尼娜起身回房了。

"她这是怎么了？您知道吗，娜塔莎?"亚历山德拉·巴甫洛夫娜问道，“这些天她一直很抑郁。出什么事了？伊康尼科夫又是谁？”

“她太多愁善感了。”娜塔莎说，“我和伊康尼科夫不熟。不了解这个人，真的。让人难过的事儿太多了。他们两人间的关系如何，我也不知道。”

尼娜很快便走了出来，穿着一身丧服，戴着手套、礼帽和面纱。母亲目瞪口呆地看着她。

“尼娜，你这身丧服是从哪儿来的？”

“哎，妈妈！”

“尼娜，你没回答我的问题。我想知道。你必须告诉我。”

“妈妈，别折磨我了。现在很难给你解释清楚。之前我和你说过我感觉有不幸的事情要发生。我的未婚夫死了。我走了。”

说话时她已经差不多平静了下来。

“等等，至少先把茶喝了啊。再说了，你现在走能坐哪趟车啊。”母亲既迷惑不解，又有些害怕和气恼。

等待的时间十分漫长无趣。茶水难喝，吃食恶心，灯光与奄奄一息的血红霞光混在一处；勺子磕来碰去，响声令人直打哆嗦；明卡和金卡笑个不停，什么都不懂的母亲还在一旁喋喋不休。真是一句话都不想说！

尼娜特别伤心，哭了好几次。娜塔莎关切地低语道：

“你开始得太早了，这样会累的。真到了要哭的时候当心情绪上不去。”

“别说了，娜塔莎。你什么都不懂。”尼娜心烦地低语道。

她和娜塔莎现在正坐在车厢里。

一半的座位是空的。两三个同行的乘客既同情又好奇地看着尼娜。

娜塔莎问：

“尼娜，你还没见过他吧？”

“当然没有啊。”

“那你哭什么？”

“难道参加未婚夫的葬礼是件很轻松的事情吗？”

尼娜忽然笑出声来：

“我没哭，我在笑呢。”

“那你怎么还在流眼泪？”

“笑出的眼泪罢了。”

说完又哭了。

娜塔莎试图让她想一些快乐、开心、滑稽的事情，却没能成功。

“哎，你可真是个眼泪袋子。”娜塔莎说，“快控制一下，我们在坐车呢，你要哭得歇斯底里了我可怎么办啊？”

天色已晚，她们坐着马车在夏日的城市街道上穿行，周围的一切在尼娜眼中就像是逐渐变成现实的噩梦。

苍白的月儿在两团乌云间散发出辉光，运河水面映射出它变化无常的倒影。城市的街道肮脏杂乱、喧嚣无比，毫无声息的漫天星光中似乎溢满了苦涩的毒药。

公园里闪烁着一串串红的、黄的和蓝色的彩灯，白色的围栏单调乏味，灰色墙壁上五颜六色的海报低俗不堪。

衣饰花哨、浓妆艳抹的女人们纷纷靠近，她们的意思大家都心知肚明，无非“便宜的消遣”而已。

会找乐子的大有人在，无论境遇如何，享乐必不可少。

他们的欢乐对于满腔悲苦的人而言简直就是侮辱。这些人太残忍了！一个美好的年轻人头都被打穿了，他们怎么还能如此快乐逍遥！

尼娜在娜塔莎家过的夜，换了个环境似乎要轻松一些。娜塔莎轻声对大家解释说：

“她的未婚夫死了。”

于是便没人再来打扰她。大家都温柔地表示了遗憾，同时又表现出了极大的兴趣。她做了很多梦，温柔的、悲伤的、有些可怕的，甚至是骇人的梦。

天上的太阳对地上的悲伤无动于衷，它耀眼又恶毒，不住往窗户里抛洒因死亡而欢欣颤抖的火焰。暗色窗帘中漏出的阳光在绿色地毯上汇聚成了火气十足的金色光斑，它不停地颤抖着，蔓延着，越来越亮。

这天早晨的一切都预示着即将到来的无望祈祷和伤心操劳。

绿色地毯上的金色光斑蔓延到了床下。尼娜醒了，她醒来时眼中含泪、身体乏力，耳朵里回荡着清晰的话语：

“死了。”

此话并未宣于人口却浸满悲伤，尼娜的心颤抖了一下，狠狠地跌了下去。

泪水夺眶而出……

她心想：

“从今天开始，我这辈子每天醒来时都会想起他，我亲爱的男人。他死了。”

穿衣服时，她发现丧服很衬自己的长相，于是开心地微笑起来。她催娜塔莎快点，俩人要一起坐车去她的爱人家。尼娜的脸虽晒得黝黑，内里却透出一股苍白，她小心翼翼地放下黑色面纱，罩住了自己的脸庞。

他家的楼梯上铺着地毯，摆着鲜花，铜质窗框里嵌着橙色及绿色的玻璃叶片。栏杆是黄铜的，旁边还立着大理石的柱子。悲伤直到最后都是美丽的。尽管刚进楼门的那段楼梯满是猫的气味，却丝毫无损于它的美。

房子在三楼，门边放着白色的棺材板……上楼的时候，尼娜忽然觉得天旋地转，就连这石头砌成的墙壁似乎都颤抖了一下……

娜塔莎扶着她的手肘，轻声说道：

“这里，尼娜，亲爱的！”

尼娜走了进去，长长的黑色面纱罩住了她的脸，满心的伤痛令她说不出话。她目不斜视，径直来到大厅。厅里有座很高的黑色棺台，她的心上人就躺在台上白色的棺材里。

有人在分发仪式时要用的蜡烛，手提香炉的烟雾从侧边的门里袅袅飘出。厅里的人不多，尼娜的出现非常引人注目。没人知道她的名字和来历。见她穿着一身纯黑丧服，泪流满面，所有人都很吃惊。

尼娜走近棺材，在旁边站了一会儿，静静地顺着棺台的楼梯走了上去。罩布、鲜花、蜡黄的面孔。她俯下身，认真地看着死者脸上安静的微笑。

丧失了生命的双唇微笑着，多么可怕，多么冰冷！未婚妻的双唇亲吻他时感觉不到任何温度！无论多么炽热的吻都无法让他的唇再颤动一下！

尼娜仿佛被冰冷的双唇蛰到了，发出一声轻叫。有人将她从棺台上扶下来，走回到泛着肃穆黄光的木地板上。哭泣的女子刚刚站稳，祭奠仪式便在幽蓝的神香烟雾中开始了。

死者的亲戚们窃窃私语：

“谁啊？”

“是这个女的？”

“您不知道？”

“好像谁都不认识她啊。”

娜塔莎站在门边。

有人问她：

“请问这个穿丧服的小姐是谁啊，怎么哭成了这样？”

娜塔莎也低声说道：

“这是死者的未婚妻。”

“可死者的亲戚里没人认识她啊。”问话的人惊讶地低语。

“是啊。这是个悲伤的故事。”

这个消息次第传开：

“这是死者的未婚妻。”

亲戚们疑惑不解，不过也都相信了。怎么能不信呢！

无论亲疏远近，无论情绪如何，无论是悲伤还是漠然，所有人都认为尼娜的确是大学生的未婚妻。英俊的年轻男子不知出于何种原因结束了自己的生命，沉默地躺在精美的棺材里，而尼娜身着丧服，泪流不止，那副样子十分惹人怜爱。没人知道是什么将这副棺材同这个哭泣的女孩联系到了一起。难道他是因她而死？可她的样子感动了所有人。头发灰白的老母亲和因为悲伤而显得呆滞的老父亲，他们的绝望如此强烈，他们的外表如此不堪：双眼通红，头发凌乱，一把鼻涕一把眼泪；而身着丧服，正跪地祈祷的姑娘，她无声的哀恸显得如此崇高和优美。尽管所有人都认识死者的父母，没人认识她，可她却得到了更多的怜悯。她双膝跪地的姿态多么令人感动，她半透明面纱下的脸庞如此优雅，魅力无穷。年轻的死者躺在棺材里，身边萦绕着他已经不再需要的鲜花香气。大家之前还怀疑，觉得是不是这个悲伤哭泣的女子导致了他的死亡，就连这等残忍无情的想法都及不上她晶莹泪珠而唤起的怜悯。她泪流满面、悲痛欲绝，垂头看着冰冷的地板，全身都散发出哀悼之意。噢，如果这份悲伤中还有那么一丝不易察觉的悔恨，怎么，难道不应该更加可怜她吗？因为争执而暂时分开的人还少了？她显然是爱他的。没人会为不爱的人哭泣，也不会穿丧服。爱人之间这种事情很常见。他太残忍了，承受不住这轻微的悲伤，结束了自己的生命，令她的心永远陷入了恐惧和忧郁的回忆！

而她，为了素不相识的未婚夫哭泣和祈祷的女孩儿，整个身心都沉浸在了这人为的悲伤中，她的内心感受又是怎样的呢？

无论她多么愿意承受痛苦，无论她的准备多么充分，她现在面对的一切都超越了此前的想象。

这是张年轻而平静的脸，她曾因那虚假的哀悼俯身亲吻过它。这张脸上的魅力在一瞬间笼罩了她，她感觉自己可能永远都无法摆脱这甜蜜又灼人的魅力了。爱情已经让人不再畏惧冰冷的坟墓和阴暗的墓室，然而还有种比美更美好，比爱更强大的魅力，她感受到了它。这是种难以言表的东西，唯有死神才明了它的根底。年轻男子躺在白色的棺材里，身上铺满了鲜红的玫瑰。神父拿着香炉在他周围来回抖动，深色神香燃烧时散发出芬芳的蓝色烟雾，层层叠叠地包裹住他。尼娜现在知道了，他的确是她期盼已久的，深爱着的未婚夫。

尼娜的心被难耐的痛苦攫住了，当她从黑色棺台下来时，忧郁的双眼看了看周围，想找个地方偷偷哭泣。她走了两三步，觉得头很晕，于是转过脸看向棺材，颤抖的双膝愈发无力，最后终于支撑不住，摔倒在了棺材旁边。白发苍苍的母亲在她身旁哭泣着、抽噎着。神父黑色的长袍在她眼前慢悠悠地晃来晃去。她把脸贴在手背上，双手伏地哭了出来，香炉链子在她头顶上方发出叮叮当当的轻响。助祭的声音低沉、坚定，清亮、美丽、忧伤的挽歌随后响起。歌词动人心弦、意境深远，比人类可怜的信仰更加意义重大，如此智慧，如此宁静，却又如此令人不能释怀。尼娜用手掩住了自己的脸。已逝之人的面庞在缥缈的挽歌和烟气中清晰地浮现了出来，她忽然觉得这张脸十分可爱。她终于看见了活着的他：双目含笑，黑色的胡须半掩住了嘴唇。他在说话，他的语言睿智而真实，令人觉得亲切，值得重视。细细看去，在亲吻他时留在记忆中的面部特征重现在眼前，而且愈发清晰。这张脸上的每个细节都在诉说着绵绵的情话。

仪式结束后，人们逐渐散去。死者的父母被亲朋好友们围在中间，大家不停地小声交谈着，安慰着他们。

尼娜孤身一人站在那里。她感觉周围的气氛很陌生，似乎带着敌意。

茕茕孑立……

该走了？难道要抛下心上的人儿？

她哭了，接着便从客厅走了出来，安静、悲伤的模样惹人怜爱，死者的亲朋好友湿着眼眶，目送她离去。

她边哭边下楼，在二楼的楼梯间里停住了脚步。楼上忽然传来一阵轻微而密集的脚步声。尼娜顺着楼梯朝上看去，某种模糊的预感告诉她，有人来找她了。

这是个穿着印花丧裙，头戴纱帽的姑娘，她的头发是浅褐色的，脸上还长着雀斑，灰色的双眼哭得通红。善良的主人殒命时，女仆们才会如此哭泣。姑娘沿着楼梯快步跑来，在尼娜身前站定。

“小姐，”她轻声说，似乎因为害羞而有些结巴，“我们夫人希望能耽误您一点时间。”

“为什么？”她怯怯地问道。

“不知道啊，小姐。”女仆回答道。她的口气暴露了她的真实想法，她知道原因，也想告诉尼娜。“他们只是非常希望您能回去一趟。”她继续说道，“好像他们那儿有封信。我也不知道信的内容。

真心请您回去一趟。”

尼娜顺着楼梯朝上走去，不安和害怕折磨着她。她顾虑重重，不过这些顾虑同她内心深处的悲伤一比，显得微不足道。她心想：

“莫非他们不愿让我再来？为什么呢？还是他们想指责我害死了我的爱人？”

泪如雨下。她脚下一个趔趄，女仆搀扶住她，关心地看着她的脸。

“让他们指责我吧，”尼娜心想，“我都接受，就不替自己辩解了。我怎么会知道？我又知道什么呢？”

女仆送她来到客厅。

这家人全都住在别墅，来这里只是为了举办葬礼。家具都套着外罩，摆放的位置也很随意。窗间的墙上挂着面镜子，因为房里有人去世，它被人用白布草草遮住了。

尼娜掀开了面纱，她晒得黝黑的脸颊上没什么血色，内心的伤痛让她变得更加瘦削了。她哀戚、脆弱的双眼看向一个瘦骨嶙峋的灰发女人。这个女人很高，看见她后便从沙发上站起身来。

“母亲。”尼娜想着，机械地列数着女人长相的细节，“头发花白。很瘦。眼睛是浅蓝色的。同她儿子长得很像。”

不知为何，她觉得几天前这个满面泪痕，一脸伤心绝望的女人还不曾有白发。老太太往常总是精心打理自己的头发，可能还会染点颜色。现在的她，披头散发的，已不再关注自己的外表和发式了。

老太太请她坐下。老先生则站在客厅的窗边，他个子很高，站得笔直，身体半对着窗户，似乎既想看着客人，又想借助桀骜的神色掩藏内心的悲伤。

“嗯，”老太太说，“我看您，是唯一一个我们都不认识的人。我就在想，谢廖申卡[①]的信应该是给您的。是给您的吧?”

“我不知道。”尼娜说，“我怎么能知道呢?”

她尽力不哭出来，然而泪水再次溢出了眼眶。老太太也哭了。

“我们都觉得很突然。”她说，“我们当时正在等谢廖申卡回来吃午饭，他白天进城来了，忽然……对，我在说信呢。您看……”

老太太从桌上的夹子里抽出了一个狭长的灰绿色信封，她说：

“谢廖申卡的信是给谁的，我们怎么都猜不到。这封信，他把信装在这里面留给了我。他要我把信交给一位我们从来没见过的年轻小姐，说如果她来参加祭祷或者为他送殡，就让我把信给她。他告诉我，说我们能认出她来，说她会穿着丧服，可能还会哭上一会儿。他让我们把信交给那个姑娘。他还说如果她没来，就把信烧掉，不让我看。所以我在想，这封信是不是给您的。”

尼娜毫不犹豫地说：

“是，是给我的。”

她脸上没了血色，满心惊恐地伸手拿过信。她的爱人是否会在神秘的边界那边严厉地斥责她？还是会写一些温柔的爱语和宽慰的话?

她心想：

“如果她，另一个姑娘来了怎么办?”

---

① “谢廖申卡”即“谢尔盖”的爱称。

信封被颤抖的双手握着，沙沙作响。尼娜迫不及待地撕开了信封边缘。将信纸从信封的牢笼里抽出之前，她心中不断闪现着各种念头：

“她来了我就还给她。唉，不会来的。恶毒的女人，她抛弃了他，忘记了他，在他死前也没像我这样被伤心的预感折磨过。只有我才体会过那种感觉。不过如果她来了，穿着丧服哭上一场，我就把信还给她。”

她看信时，老夫妇俩就站在她面前盯着她，似乎想从她的脸上了解他们都惧怕的秘密。

她在看信的内容：

“宝贝，亲爱的，给你写这封信时，我心中可能还抱有不切实际的奇怪期待，希望你能来看我，在我的坟前哭泣，为了我穿上丧服，哪怕就穿一会儿。我为什么这么想？我知道这只是可怕的胡话，可一想到你会来，我就觉得很安心。如果你来，这封信会被交到你的手中。如果你不来，它就会被烧掉。我请妈妈这么做，她是个很好的人，不会骗我，会听我的话。相信你也不会多说一个字来让她伤心。你看，我快要死了。凡事皆有因果，不要责怪自己，亲爱的。我们的分别是我的错，我一个人的错。我没谁可埋怨，只是因为我生命中最主要的那根丝线被人抽走了，一切就跟着散架了。表面看去，我和朋友们没什么区别，似乎并不沮丧和绝望。我甚至还想做一件曾经的我可能很轻松就能完成的事。然而我没做到。杀戮不易，但我知道……有什么可说的！我做了，却做不到。我更愿意杀死我自己。我这么做不是因为那些道德规矩，嗯，那些是人类的神圣信条，不不，可能也有这部分原因。如此晦暗，令人害怕。我太累了。我是个百无一用之人（这话我不记得是从谁那儿听来的，也无所谓了）。我本想对你说些轻松的体己话，你看后可能会流着眼泪微笑，随便吧，我还是很爱你，宝贝。你要幸福，不要总想我，想我的时候也不要伤心。如果你再来这里……嗨，死人能给活人提什么建议呢？尽是胡说八道，是不是？不过，我的朋友，我的爱人，如果一个人洞悉了真理却选择避迹藏时，他一定是个大废物。再见。你的谢尔盖。”

尼娜把信塞回信封。她想一个人待着再看几遍这封信，一边思考一边哭泣。她想走，可身边祈求的眼神阻止了她。

“谢廖沙给您写什么了？”老太太问道。

尼娜没说话，她不知道该说什么。老太太继续道：

“请理解我们可怕的境遇吧。我们完全不知道谢廖沙这么做是为什么，为什么，这太可怕了！哪怕能知道点儿什么，知道点儿什么也好啊！”

尼娜心想：

“我能说什么呢？要是那个姑娘来了？我还得把信还给她吗？最好让她来说吧。”

她流着泪笑了，坚定地说：

“对不起，我很理解你们，可我现在还不能说。我不能告诉您，什么都不能。”

“女士，”一直缄默不言的父亲开口了，他的嗓音有些奇特，刺耳又尖厉，“我们也可以不把信给您。在这种情况下……我们有权利自己拆开看。而您还不告诉我们……”

话没说完便哽咽起来，转过身去。

尼娜垂下眼帘，轻声说道：

“是啊，你们本可以看这封信，可你们没这么做。”

“我们当然不会看了！”母亲说，“这还用说吗！我们可不会去偷看别人的信。但我们的……我们的痛苦……求您了，可怜可怜一个年老的女人吧。”

“看在上帝的份上，”尼娜忽然提高了音量，“再等等，等到明天。我向您发誓，我现在不能说，明天才能告诉你们。明天，当他……当谢廖沙……看在上帝的份上吧。”

她们互相拥抱着哭成一团。母亲忽然推开了尼娜。

“如果这一切是您造成的，那您绝对得不到上帝的祝福！”她哭喊了一声，号啕着冲出了客厅。

父亲跟着她出去了。尼娜独自一人留了下来。

尼娜一整天都神情呆滞、心慌意乱，脑子里糊成了一锅粥。她翻来覆去地阅读着爱人的信。心里有些害怕地想：

“如果那个女人，那个恶毒的女人来了怎么办？”

一想到要把这几张心爱的纸页还给那个女人，她的心中就涌出一阵苦涩。那上面还有他的笔迹呢，他写得很快，字虽小却十分清晰。她又安慰自己道：

“不，她不会来的。”

尼娜迫不及待地等待夜晚的到来，她还要去祭奠他，要往爱人的棺材里放一朵白玫瑰，在棺材边上放一个悲伤的未婚妻为他编织的白色花环。最后她还要再打听一下，那狠心的女人来了没有。

毒日头下的每一分钟都让人烦闷不堪，犹如置身烤炉。

午饭后尼娜对娜塔莎说：

“我仅有的乐趣就是收到爱人的来信。我收到了。”

娜塔莎吃惊地看着狭窄的绿色信封。尼娜第一次发现信封上有字，她读出声来：

“给悲伤的未婚妻。”

那个女人并未前来参加晚上的仪式。白色的花环被放在了棺台旁的黑色阶梯上。悲伤的未婚妻在年轻人的黑发边放了朵白色的玫瑰，这是她给他的礼物。送殡和下葬时那个女人也没有到场。

未婚妻悲伤的美丽没有遭到破坏。

清晨。冷漠的城市。炎热的街道上一片喧嚣。尼娜同未婚夫的父母一起为亡人送殡，他们在遍布灰尘的马路上徐徐前行。伊康尼科夫家的某位亲戚，一位身姿挺拔、穿着体面、留着灰白色唇须的英俊先生一直扶着尼娜。

悲伤的她缓缓行走在灰尘弥漫、炎热无序的街道上，沐浴在天上盘起的远古巨蛇那无穷无尽的光芒中，穿行在深受感动而停步画十字的路人中。命运女神阿特罗波斯对一切都无动于衷，尼娜的美丽却因悲伤而惊人绽放。

她很累，累极了，可她不想坐马车。疲劳让这个悲伤的女孩增色不少，她哀戚的面容在其他人眼里显得愈发动人。

下葬前的祭奠仪式持续了很久，毕竟花了很多钱。唱诗班的吟唱宛若天籁，在美丽的教堂里不断回响。仪式宽慰了众人的心，可尼娜呢，她的未婚夫只是向她表达了爱意，还说了几句自责的话，她要怎样才能宽慰自己？她心想：

“我什么时候再来安慰他呢？不能让他认为自己是个，照他的话说，是个避迹藏时的大废物。”

她感觉自己似乎知道应该去哪儿，知道怎样才能安慰他。

墓地。最后的几捧土被撒了下去。

母亲和未婚妻都在号啕大哭。他的亲生母亲，老了、丑了，鼻子通红，弯着腰，连帽子也朝一旁歪斜着；面色苍白、泪流不止的年轻姑娘，他生前与她素不相识，死后却成了她最亲近的人。

她们站在新坟旁。一个人没有爱护好儿子，不懂他的心，不理解他的想法；而另一个人，尽管他迷人的眼睛一次都没看过她，心扉却朝她完全敞开。在世时，他的心灵饱受折磨、虚弱不堪，他想完成伟大的功勋却功败垂成。

“亲爱的，”她低语道，“我知道怎样才能和你在一起，让你安息。悲伤使你变得软弱，所以你才有事未竟。现在你已经躺进了又暗又冷的坟墓，没什么，你别担心，我会替你完成未竟之事。如果这条路充满了苦难，就让我来替你承受。”

两个女人面面相觑。尼娜心想：

“我要告诉她什么？该怎么安慰她呢？”

她低声说道：

“您昨天说了，如果是我造成的这一切，那么我绝对得不到上帝的赐福。上帝知道我没有丝毫过错。不过，既然我的爱人都躺进了坟墓，我要这赐福又有何意义？他生前我没能同他在一起，不过请您相信，他会一直活在我心中。他临终前嘱托我的事，我都会办好。他爱即我爱，他恨即我恨，他友即我友。置他于死地的责任，将由我来背负。”

戴着镣铐的女人

曾有一位艺术赞助人居住在莫斯科（据说这类人只住在莫斯科），他拥有一间富丽堂皇的画廊。他死后，画廊成了市属财产。不过很少有人了解它的存在，也很难有机会去参观。画廊里挂着一幅画工精巧、内容诡异的画。此画出自一名俄罗斯画家之手，此人才华横溢，不怎么笃信东正教。这幅画在展品目录里登记的名字是《白夜传说》。

画的背景是一个花园。春天来临，园中的花儿含苞待放。一位年轻女士坐在长椅上，她穿着优雅轻便的黑色连衣裙，头戴黑色宽檐帽，帽子上插着根白羽毛。女士的面容十分精致，眉宇间似乎隐藏着某个秘密。画家对光线的把握非常到位：在白夜梦幻的微光中，女士的笑容时而让人觉得她很开心，时而又告诉世人她内心充满了恐惧和绝望。

女士的双手背在背后，所以没有直接体现在画面上。从肩膀的动作可以看出，她的手是被绑住的。裸露在外的双腿非常漂亮，每只脚上都戴着黄金脚环，一条不长的金链子把这两个脚环连接到了一起。墨黑的裙摆配上雪白的赤足，美则美矣，却透着诡异。

女士名为伊琳娜·弗拉基米罗芙娜·奥米耶日娜。几年之前，年轻的画家安德烈·巴甫洛维奇·克拉加耶夫在她邻近彼得堡的家中度过了一个奇怪的白夜，之后便画了这幅画。

五月底的天气晴和温暖。一天上午，就在工人们打算去吃午饭的那个时候，有人打电话找克拉加耶夫。

听筒里传来一个熟悉的，年轻女人的声音：

“是我，奥米耶日娜。安德烈·巴甫洛维奇，今天夜里您有空吗？半夜两点整，我在别墅等您。”

“好的，伊琳娜·弗拉基米罗芙娜，谢谢您。”克拉加耶夫话未说完，奥米耶日娜打断了他：

“那好，我等您来。两点整。”

说完她挂了电话。奥米耶日娜的声音异常冰冷，毫无起伏，仿佛在为某件非常重要的事情做准备。

短暂的谈话令克拉加耶夫十分吃惊，因为他已经习惯了和别人，特别是和女人们在电话里说个不停。平常和伊琳娜·弗拉基米罗芙娜打电话时也不例外。像今天这种说几句就挂电话的情况很少见，很意外，很新鲜，很让人好奇。

克拉加耶夫决心认真对待此次会面，不能迟到。他当时还没买车，所以提前叫了一辆。

克拉加耶夫同奥米耶日娜虽不是特别亲近，却也称得上要好。她的丈夫是个富有的地主，几年前突然辞世了。她自己名下也有财产，克拉加耶夫受邀前去的那幢别墅就是其中之一。

关于这对夫妇的流言甚嚣尘上，人们说他经常狠狠打她。她这么富有的女人居然忍气吞声，没有抛弃自己的丈夫，这令大家非常吃惊。

夫妇俩没有孩子，据说是奥米耶日娜的问题，这就更令大家奇怪了，她和他在一起生活是图什么呢？

车逐渐减速。接近奥米耶日娜家的围墙时，克拉加耶夫的手表显示时间正好两点，当时天已经完全亮了。去年夏天他曾来过这里好几次。

克拉加耶夫的心里有种怪异的紧张感。

“会有其他人过来，还是只叫了我一个？”他在心里思忖着，“夜色如此迷人，如果能同一位可爱的女士单独相处就好了。去年冬天真是被那群人给烦透了！”

大门边一辆马车都没有。幽暗的花园里一片静谧。窗户里没有一丝灯光。

“要等您吗？”司机问。

“不用。”他坚决地说，付了打车钱。

大门上有一扇小的铁栅栏门，小门开了个缝。克拉加耶夫走了进去，回身把门关上。不知何故，他又往门上看了一眼，看见了插在门上的钥匙，于是循着某种朦胧的预感，把门锁上了。

克拉加耶夫沿着沙石铺成的小路静静朝房子走去。凉风从河上吹来，早春的鸟儿在灌木丛里轻轻怯怯地鸣叫着。

一个熟悉的声音突然叫住了他。同晨时一样，这个声音异常冰冷、毫无起伏。

“我在这儿，安德烈·巴甫洛维奇。”奥米耶日娜说。

克拉加耶夫转向声音传来的方向，发现女主人坐在花坛前的长椅上。

她坐在那里，看着他微笑着。她此时的穿戴被他记录在了自己的画上：式样简约考究的黑色连衣裙，没有其他任何装饰；一顶插着白色羽毛的宽檐帽；双手背在背后，似乎被绑住了；一双白腿踏在略微潮湿的黄土路面上，两个发着微光的脚环被金链子连着，锁住了她纤细的脚踝。

奥米耶日娜笑得一脸神秘，她的笑容也被克拉加耶夫印刻在了画布上。她对他说：

“您好，安德烈·巴甫洛维奇。不知道为何，我坚信您会在约定时间之内赶来。对不起，我没法向您伸手，因为它们被牢牢绑住了。”

看见克拉加耶夫的动作，她扯了扯嘴角，继续道：

“不，您别担心，不需要解开。就得这样。他希望这样。这一夜是他的。您坐在这儿吧，坐我旁边。”

“他是谁，伊琳娜·弗拉基米罗芙娜？”克拉加耶夫语带惊奇，小心翼翼地问道，问完便坐到了奥米耶日娜身旁。

“这个他，是我丈夫。”她静静回答道，“今天是他的忌日。他死的时候正好夜里两点。每年今日我都会把自己交给他。他会挑一个人，将灵魂附在这个人的体内过来找我，折磨我几个小时，累了之后再离开。然后我就能自由自在地度过一年。今年他选择了您。看得出来您很吃惊。您肯定觉得我疯了。”

“别这样，伊琳娜·弗拉基米罗芙娜。”克拉加耶夫还想继续，奥米耶日娜轻轻晃了晃头，制止了他，然后说：

“不，我没疯。我把一切都告诉您，您会理解我的。您内心细腻、善良，又是个洞察力极强的优秀画家，像您这样的人肯定能理解我。”

如果一个人被称赞内心细腻、洞察力强，他当然会对一切都表示理解。克拉加耶夫觉得自己已经开始理解这个年轻女人的心态了。为了表示自己感同身受，他应该亲吻她的手，他也很乐意亲吻那双纤细的小手。不过由于条件限制，他仅仅握了握她的胳膊。

奥米耶日娜感激地偏了偏头。她诡异地微笑着，从她的表情里没法判断她到底是高兴还是伤心，她说：

“我丈夫是个软弱又恶毒的人。我不知道自己为什么会爱他，为什么不离开他。他刚开始折磨我时还有些战战兢兢，后来一年比一年变本加厉。他想出了各种各样的法子来虐待我，不过很快他便选择了最简单、最普通的方式。真不知道我为何会忍受这一切。无论是当时还是现在，我都搞不明白。可能我还在等待什么吧。总之，我在软弱、恶毒的他面前就像一个顺从的奴隶。”

奥米耶日娜开始叙述她丈夫是怎么折磨她的，她讲得十分详细，语气平静，毫无起伏，仿佛在叙述某个陌生人的故事。

克拉加耶夫听着她的话，心中涌起一阵怜悯和愤慨。她的声音很小，很平静，其中却隐藏着极其可怕的瘟疫。克拉加耶夫突然感觉自己很想把她掀翻在地，像她丈夫那样狠狠打她。

她说的时间越长，描述的细节越多，他心中的恶念就越强烈。起初他还有些难过，因为她就这么不知羞耻地把自己受虐的故事告诉了他；她隐秘又无辜的无耻行径激发了他内心的强烈愿望。不过他很快就明白了，这种邪念有更深刻的原因。

难道那个早已去世了的，邪恶又软弱的施虐者当真上了他的身？他觉得毛骨悚然，不过这种瞬间来临的尖锐恐惧并未持续多久便渐渐消退了，想要施虐的欲望却被不断放大，无孔不入的毒液恣意翻腾。

奥米耶日娜说：

“这一切我都忍了。从没对谁抱怨过，连腹诽都没有。然而就在他死的那年春季，有一天我变得和他一样软弱，心里突然很想要他死。我不知道是因为他打我打得太狠了，还是那虚无缥缈的白夜春日影响了我，我突然就有了这个想法。很奇怪。我从来不是个软弱又恶毒的人。这个卑鄙的念头让我困扰了好几天。一天夜里，我握紧双手坐在窗边，看着北方城市静谧、晦暗的天色，心中又烦又气，那个恶毒的想法又固执地冒了出来：‘去死吧，该死的，去死！’凌晨两点，他突然就死了，不是我杀的。噢，您可别认为是我杀了他！”

“怎么可能？我没这么认为。”克拉加耶夫说，他的声音几乎是愤怒的。

“他自己死了。”奥米耶日娜继续说道，“或者，有可能是我强烈的愿望让他丢了性命？人的意念当真如此强大？不知道。不过我不后悔。我的良心很平静。这种状态一直持续到下一个春天来临。春天来临之后，夜里天色越亮，我就越不舒服，越来越心烦意乱。终于，在他忌日的夜里，他又来到我身边，折磨了我很久。”

“啊，他来过！”克拉加耶夫说道，声音中忽然泄出了些幸灾乐祸的味道。

“您肯定能明白我的意思。”奥米耶日娜说，“那不是从坟墓里爬出来的死人。我丈夫是个斯文的城里人，不会做这种事，他有另外的安排。他会控制一个像您这样的人，入夜后来到我身边，不断地折磨我，满足了便会离开，留下我一个人，疲惫不堪，哭得就像个被痛打过的小女孩。不过我的内心很安宁，直到下个春天来临之前我都不会再想起他。每年白夜来临，我都会心烦意乱，直到他忌日那天的深夜。每年都会有一个施虐者来找我。”

“每年？”克拉加耶夫问道，不知是由于愤怒还是紧张，他的声音绷得很紧。

“每年。”奥米耶日娜说，“总会有某个人会在这个时间来找我，我亡夫的灵魂似乎在他们的身体里欢腾不已。我被折磨之后，烦恼会一扫而空，重新回到活人的世界。就这样过了一年又一年。今年他希望这个人是您。他希望我在这里等您。就在这个花园里，穿着这件衣服，光着脚，绑着双手。我服从了他的意志，坐着，等着。”

她神色复杂地看着克拉加耶夫。她的神情也被他记录在了画作上。

克拉加耶夫腾地站了起来。他的脸变得苍白，内心邪念涌动。他抓住奥米耶日娜的肩膀，用一种自己都非常陌生的，透着疯狂的嘶哑嗓音吼道：

“年年都是如此，今年也不例外。走！”

奥米耶日娜站起来后就哭了。克拉加耶夫攥着她的肩膀，拖着她朝屋里走去。她静静地跟在他身后。夜里寒凉，沙土带着很重的湿气，她光裸的脚掌不停地颤抖，每跨一步都能感觉到黄金脚环和链子在拉扯，疼痛不已。

她跌跌撞撞地跟他一起走进房里去了。

女王的金币

女王的爱再次熄灭了。她年轻、美貌、善变又残忍。一天夜里，悲伤的月亮在暗蓝无云的夜空中疾行，女王最后一次找到了马努埃尔·德·蒙卡奥。她来到皇家城堡，走进那个建在悬崖边上的小亭。两个月前，她正是在这里向他倾吐爱语。然而现在她神色冰冷，面无表情。她说：

“马努埃尔，我不爱您。我看错您了。再见。”

就在那天深夜，他开枪自杀了。

人们为他举办了隆重的葬礼。知名评论家在他墓前发表了声情并茂的演讲。著名诗人朗诵了令人拍案叫绝的诗作，震撼了在场的人们。很多女孩带着鲜花来到这里。爱情导致的死亡在任何时候都能激发年轻人的想象。

马努埃尔·德·蒙卡奥下葬后过了数天，女王穿上了纯黑丧服，避过所有人，悄悄出发前去探访他的墓地。她走过忠诚而沉默的侍女的房间，经过窗前皇家花园被围起来的一角，穿过矮墙上狭窄的铁门，来到空旷的圣瓦尔瓦拉街。这是一条狭窄的石头小径，顺着蔚蓝的海岸线蜿蜒向前。女王边走边把厚实的黑色面纱放了下来，遮住脸庞。她来到静谧的圣瓦尔瓦拉广场，站在皇家城堡的侧对面叫了一辆马车，来到墓地。

女王满心忧郁地走进石门，在坟墓间穿行。

墓园中的林荫道平和宁静，年轻女王心中的悲意逐渐散去。死后的世界多么安宁！

女王来到墓园管理处。几个守墓人坐在门边的长椅上聊天，他们的衣领和袖口上都勾有银线。看见这个一袭黑衣，带着黑色面纱的女士，他们站起身来。

女王低声说：

“带我去马努埃尔·德·蒙卡奥的墓吧。”

“我知道他的墓在哪儿，”一个愁眉苦脸的高个子老头儿说，“在我的管区。不久前才下葬的，我当然知道了！”

他拿过钥匙，走在前面引路，嘴里还嘟囔着：

“他和他的妻子葬在一起。她死后没多久，他就被女王看上了，后来女王又抛弃了他。可怜人承受不住打击，开枪自杀啦。很多女人都来墓地看他，带花给他咧。他要这些花能干什么哟！”

细小的沙粒散落在女王脚下，窸窣作响，就像老人在发牢骚。哎哟，整个城市都流传着女王的爱情故事！讲故事的人总是微微带笑，神情轻松愉悦，随便就着女王的生活说上一段，说完也就忘了。这些故事就像在梦里出现的女子，站得远远的，浑身轻烟缭绕，蓝色的双眼放射出幸福的光芒。

墓园里小路笔直，干净清洁。墓碑周围放满鲜花。砖砌的墓室仿佛豪华的小别墅，掩藏在一片绿色之中。墓室配有狭窄的窗户和铁制的大门，铁门上方镌刻着圣书中的虔信话语以及几乎被亲朋好友们忘却的名字。门后是一片幽暗和死寂。

老守墓人在一座墓前停住了脚步，说：

“就是这里。走啊，走啊，就走到了。”

马努埃尔·德·蒙卡奥的墓室门口长着一株正开着红花的胭脂仙人掌，花色红得就像刚刚流出的贵族之血。

女王把花摘了下来，摘花的时候不小心扎破了手指。洁白的手指上出现了一滴殷红的血。

用一小滴血交换他的爱，交换他全部的血！

老人不停拨弄手里的钥匙串，发出很大的声响，嘴里还低声嘟囔着什么。他终于找到了钥匙，打开门后他对女王说：

“进去吧，小心点，门很矮。下面有五级楼梯。我就在附近待一会儿，等着您。”

女王独自走进阴凉、潮湿又幽暗的墓室，纤手笼在黑色的手套里，支在墙上，楼梯和墙壁一片冰凉。

边上放着两块石板。其中一块上面洒满了鲜花。石板上用金色的字母刻着他的名字，不过被花遮住了，几乎看不见。

女王在马努埃尔·德·蒙卡奥的棺前默立了很久，满心悲伤。

她想起了自己的爱，想起了他的爱。夜里的每分每秒都甜蜜愉悦，月色不断变幻，仿佛在催动魔法，山崖下沸腾的海浪高唱着爱的颂歌，激荡出阵阵淡绿的泡沫。入夜前充满期待的每分每秒都浮现在她的脑海里，泛着快乐的金光。

她为何要批评他，指责他呢？她的态度如此急切，仿佛着急离开他一样。离开他后要去哪儿？去找谁？又为了什么去呢？

有人告诉她，说马努埃尔希望利用她的青睐获得个人升迁。有人给她看了他的信，证明他心怀不轨，所图不小。残酷的女王相信了这阴险的污蔑之语。无论何时，只要是坏消息她都会相信，因为在她眼里，所有人都言不由衷、谎话连篇。

然而他对她的爱胜过自己的性命，所以他自杀了。他的野心和可怜的算计对女王又有何妨！苍白的死神就在眼前，四周缭绕着深沉的悲伤。她站在这里，感觉一切都微不足道！她心想："他的灵魂温柔又骄傲。他想走得更高，想从高处以上位者、胜利者的姿态眺望远方，他求而不得的东西美妙无比，高高在上。然而他不想与生命讨价还价，不斤斤计较，不拘泥于细节。当她欺骗他、嘲笑他时，他平静又骄傲地离开了。"

女王悄声说：

"原谅我吧，就像我原谅你一样。"

她跪下去，趴在他的墓碑上，边哭边轻声说：

"在更好的世界里再见吧。"

泪珠遭遇了冰冷的碑石，石头默然不语。女王心中恢复了平静，一片冰冷。

她用黑色的面纱罩住脸庞，回到墓园中的林荫道上。

周围的一切明媚宁静，入夜前淡蓝泛金的天色有种宁定人心的力量。

老人手里的钥匙叮当作响，他越过丛丛墓碑走到女王身前，嘟囔道：

“等了这么久，您终于出来了。没关系！我反正都在这儿工作，到处看看，哪儿不对了就整理一下。我和其他人不一样，他们经常把门拉开看里面，我可不会。”

女王默默塞了一块金币到老人的手里，朝门口走去。

老人盯着她看了良久，摇了摇头，又看着金币，心想：“这应该就是女王本人了。过来哭一会儿，做做祈祷，陪陪心上人。”

守墓人摇晃着老朽的头颅，慢腾腾地挪向自己在大门边的座位。

老人与同事们坐在一起，嘴里一直在含混不清地说着什么。他的脸色蜡黄，神情严肃。年轻的守墓人说：

“怎么这么无聊呢！霍泽老头儿，你给我们讲讲那个年代的事儿呗。”

“霍泽老头儿!”老人不满地回答道，“你觉得霍泽是个普通人？霍泽可是为女王本人服务过的，替她开过墓门呢。”

年轻人们笑出声来。老人语气严厉：

“不要嘲笑老霍泽。老霍泽今天就会死。老霍泽知道很多他不该知道的事。”

笑声戛然而止，所有人都惊讶地看着他。老人迈着沉重的步伐朝自己的小屋走去，落满灰尘的皮靴在地上蹭出沙沙的响声。屋里有尊穿着白纱裙的木质圣母像。进屋后，他把那枚金币放在了圣母脚边。

“老霍泽为女王本人服务过。”他悄声对圣母说，“仁慈的女王亲手送了老霍泽一枚金币。圣母啊，请让上帝宽恕女王背负着罪孽的灵魂吧。”

满心的甜蜜喜悦消耗了老人太多的精力，他感到力量正在消散，于是俯下身去，趴在圣母脚边，像个打瞌睡的小孩一样快乐地长舒了一口气，死去了。

年轻的守墓人们笃信鬼神，他们说：

“老霍泽是圣徒。穿着丧服的美丽女士前来将他的大限之日告诉了他。”

悲伤的魅力

故事的开始就像一则古老的童话。

年轻、美丽、温柔的王后去世了，留下了和她一样美丽的女儿。几年过后，国王罗德里赫又娶了一位妻子。新王后国色天香，却心肠歹毒。在国王面前，她是美丽的妻子，对于继女，她就是恶毒的后母。

美艳的新王后名叫玛丽安娜，她假装疼爱继女，疼爱美丽的阿丽安娜公主。她对公主说话时的语气总是那么温柔，内心却恶意汹涌。她恨阿丽安娜，因为公主太过美貌。她的美和童话故事里的描述一模一样，吸引了无数有情人的目光，其他女孩都欣羡不已。

阿丽安娜公主长大了，关于她美貌的传说四处流传，前来求亲的王子络绎不绝。他们听了旅人和诗人们的描述，看了她的肖像便爱上了她，见到她本人之后，爱意变得更加浓烈了。然而美丽的阿丽安娜没有爱上任何一人，只是因为他们身份尊贵，自己又是主人，所以才会用目光回应他们。邪恶继母心中的恨意波涛汹涌。

各国的骑士和诗人都被阿丽安娜公主的盛名吸引，甚至有人从遥远的地方跋山涉水来到这里。他们忧愁苦闷，长吁短叹；他们绝望地爱上了她，内心渴盼着能和她在一起；他们为她谱写歌曲，送给她漆黑和艳红的花朵，悄声表达心中怯懦的爱意。美丽的阿丽安娜谁都不爱，她的双眼笼罩着一层悲伤的意味，看向任何人的目光都谦恭如一。玛丽安娜心中的恨意愈发强烈，她决心害死自己的继女。

一切都和童话一样。一天，玛丽安娜的房里只有她和忠于她的女仆别尔特拉达，玛丽安娜说：

“我很漂亮，可阿丽安娜比我更漂亮，我不明白这是为什么。我俩的脸颊同样粉嫩，眼睛同样乌黑明亮，嘴唇同样红润，笑起来同样温柔。我俩脸上的每一处细节都同样完美，我的脸甚至更完美。我俩的头发同样乌黑浓密，我的头发甚至更长、更浓密。我俩同样个子高挑、身材匀称，胸脯同样挺拔丰满，全身的皮肤同样白皙柔嫩。我的皮肤甚至比她的更白更柔嫩，因为我不像她，我不曾混在穷人堆里经受日晒雨淋，不曾把雨衣送给迎面走来的老年乞丐，不曾把鞋送给衣衫褴褛的贫穷小孩，不曾在脏兮兮的木棚里微笑，不曾在乞丐家中哭泣。可她就是比我漂亮。”

“你比阿丽安娜公主更漂亮，王后。”阴险狡诈的别尔特拉达说，“只有愚蠢的少年和诗人才会赞颂公主的善良，只有他们会觉得她悲伤的微笑是美的表现。难道诗人和少年明白什么是美?”

玛丽安娜并未相信别尔特拉达的话，她伤心地哭了起来，接着又说：

“真想杀了她，太可恨了。可杀了她我就能得到安慰吗？人们会铭记她的美。他们会说，看啊，这是美丽的玛丽安娜王后，死去的阿丽安娜公主比她更美丽。那些关于她长相的传说本就有失公允，如果她死了，还会被成倍夸张。”

别尔特拉达俯下身，悄悄对王后说：

“有人拥有足够的智慧和洞见之力，他们知晓很多事情。也许我们可以找来巫师或巫婆，让他们把阿丽安娜的美转移到你身上，我亲爱的王后。”

别尔特拉达说话时心里想到的是自己的母亲，老巫婆希里达。为了不让宫中的人知道别尔特拉达的母亲是个女巫，希里达过着离群索居的生活。

王后心中涌起一阵恶毒的期待，她看着贝尔特拉达，问道：

“你有没有认识的人会巫术？”

“我找找看吧，亲爱的王后。”狡猾的女仆回答道，“我对你如此忠诚，能为了你下地狱，为了你献祭自己微不足道的灵魂。”

邪恶的王后给了别尔特拉达很多赏钱和礼物，一颗恶毒的心相信了另一颗同样恶毒又狡诈的心。

美丽的玛丽安娜王后走进了皇家城堡的花园。城堡位于城郊的一座小山脚下，山谷蜿蜒向前，吸引了王后的目光。远方的田野被森林环绕，影影绰绰的，玛丽安娜竟看得入了神。河水静静地流淌着，华丽的大船和破败的小舟在河面来回穿梭。村庄上空盘旋着迷人的烟气。目力所及之处皆是美景，因为从城堡往下看，看不到村里街道上那些臭气熏天的垃圾。

王后忽然想起，阿丽安娜现在就站在比花园和王宫还高出很多的塔楼上，所在的高度远远超过了骄傲的自己。公主美丽、悲伤的脸庞沐浴在金色的阳光中，微风带着来自田野和村庄的悲伤，吹拂着她的脸颊，她的双眼凝视着一望无垠的远方。她站着、看着，也许还哭泣着。王后美丽的双眼透出怒气，嫉妒和憎恨扭曲了她的脸。

王后看见了年轻的阿里贝尔特王子，他是公主最执着的追求者之一。这已是他第三次来到罗德里赫的王宫了，在此地停留的时间也一次比一次长久。美丽的阿丽安娜没有回应他的追求。黑暗阴森的山崖边长着一棵橡树，王子现在正站在树荫下，一动不动地朝上看着。

王后循着他的目光往上看去，看见了阿丽安娜。

阿丽安娜站在高塔之上，浑身沐浴着通红的阳光。她伸出一只手扶着巨石护墙，看着远方。风吹起了公主轻盈的披肩，她的目光里透出悲伤。

玛丽安娜王后好笑地一会儿看看阿丽安娜，一会儿看看阿里贝尔特。终于，坠入爱河的王子发现了王后的存在，不情不愿地收回了目光。他把内心的不悦掩藏得很好，没有泄露一丝一毫。他很不想开口说话，不愿打破花园里喜乐迷人的宁静。阿丽安娜站在塔顶，一言不发，浑身悲意弥漫。这份宁静拉近了他和她的距离。

“坠入爱河的人们是多么执着和不知疲倦呐!”王后说道，此时阿里贝尔特王子正俯身亲吻她的手，“亲爱的阿里贝尔特，您准备整天都站在这里，欣赏人间最美的姑娘吗?”

“她的美丽不及您，亲爱的玛丽安娜。”阿里贝尔特回答道。

他迎合她，只为博取她的好感。王后表面上一直对继女十分温柔，倾慕公主的王子误以为她会为公主的幸福操心。他迎合她，只是为了让她在公主面前替他说些好话。

玛丽安娜笑了起来，并不相信他的话。

她想起了阿里贝尔特王子第一次到来时被自己的容貌惊艳到的样子。那时他还没见到年轻的阿丽安娜。见识到阿丽安娜的美之后，王后的美便在他的眼中丧失了光彩。

其他人也一样，这种事情不止一次了。

“阿丽安娜在那儿干什么呢?”王后笑着说，“我可爱的女儿喜欢爬塔楼，每次都在塔顶上站很久。如果我是她，我肯定会头晕的。风也吹得人不舒服。她在那儿做什么啊!”

“阿丽安娜喜欢登高，”王子回答道，“喜欢去能看见地平线的地方。站在高处，一切杂音都偃旗息鼓。无论是高大巍峨的宫殿，还是穷人破败的小屋，看起来都十分渺小、微不足道。远方辽阔的大地，高高在上的天空都散发出悲伤的魅力。阿丽安娜走下高塔的样子，就像至美的化身，她的脸庞也带着悲伤的魅力。”

“悲伤的魅力。”王后悄悄重复道。

阿里贝尔特继续说道：

“没有魅力的美是不存在的。自然赠予人美丽的脸蛋和身体，又给他戴上了没有生气的面具。有人会展现美，有人本身就很美，但美在他们的肢体和脸庞中沉睡着，就像躺在棺材里一样；只有遇到能唤醒美的那个人，美才会一次又一次绽放出新的魅力。”

阿里贝尔特说完便不再开口，有些赧然。

王后接过话头，说：

“嗯，亲爱的阿里贝尔特，如果其魅力不能为人所知，那世间至高的美也将微不足道。”

“是啊。”王子说道。

王后的脸色沉了下来，显得烦躁和恼怒。

玛丽安娜王后继续说：

“我是最美丽的女人，亲爱的阿里贝尔特，您却不知道我魅力的秘密。”

她离开了。他仰起脸继续望着高塔，阿丽安娜站在塔顶，既没发现继母，也没看到深爱自己的王子。

“她站在那里，散发着悲伤的魅力。”王后心想，“正午如此炎热，一切都被阳光晒得奄奄一息，她竟独自站在塔上，向沉默明朗的天空祈求神秘的魅力。我也上去看看，看她在那儿施什么魔法，听听她娇艳的双唇在念叨什么咒语。”

玛丽安娜王后顺着楼梯慢慢登上高塔。

她爬了很久，累了就坐下来休息一会儿，接着又迈过一级级陡峭的楼梯向上爬去。快要爬到塔顶时，她看见阿丽安娜公主正在往下走。

看清阿丽安娜的模样后她十分惊讶。

公主的美丽和忧伤一如既往，她温柔地笑着，身上的衣服却有些特殊。她穿着平民女孩儿上工时穿的衣服。粗糙的白色面料紧紧裹住匀称的胴体，只把双肩和手臂露出来接受风吹日晒。裙子的用料也不好，花花绿绿的，还不够长。阿丽安娜完美的双脚赤裸着，腰上挂着个钱袋，手里抱着沉重的箩筐，里面装着要分发给穷人的东西。

“亲爱的阿丽安娜，”王后问道，“你为何穿着如此丑陋、粗鄙的衣服？即使你遵循你的习惯去给穷人布施——这些事情你的女仆也可以做，你想自己亲自去也可以——你柔嫩的脚会被砂土和石块弄伤的。”

阿丽安娜回答道：

“原谅我，亲爱的妈妈。我不能不去找他们，尽管我知道我帮不了他们多少。这点儿钱和东西算什么啊！我能给的一切，对于他们而言都微不足道！我拥有的一切，对于我来说又实在太多！我不想穿着华丽的王室礼服去招人记恨。我会穿得像个乞丐去他们身边。再说了，我能给他们的远远不及我想给他们的，这样的我难道不是乞丐吗！”

“去吧，”玛丽安娜说，“你想去哪儿就去哪儿，想穿什么就穿什么。你这么固执，我限制你的穿着没有意义。去吧，美丽的女孩，你小心些就好。”

阿丽安娜下楼梯时，玛丽安娜轻声说道：

“林中的枯枝会剜出你的双眼。村里的恶犬会咬伤你的脸蛋，毁去你的容颜。路上摇晃的木板和石块会绊住你的双脚，你会跌倒，在石头上跌断你的鼻梁。”

恶毒的玛丽安娜爬到塔顶，向下望去。

塔门对面是一扇开在城堡外墙上的栅栏门。阿丽安娜出了塔门，走到两扇门中间的地方。阿里贝尔特王子来到她身边。

“亲爱的阿丽安娜，”他说，“请允许我跟着您。”

她笑了一下，对他说道：

“亲爱的阿里贝尔特，我的路和您的路不同。您的路通向勇者的功勋，通向胜利和名望，通向欢欣和喜悦。而我的路通往悲伤和贫穷，通往永恒的缺憾和渺小。”

“亲爱的阿丽安娜，”阿里贝尔特回答道，“我不会和您并肩前行，只想跟在您身后，不会说一句不该说的话，不会看一眼不该看的东西。”

“我会打扮成乞丐的样子去找乞丐们。”阿丽安娜说，“希望那些忧虑苦闷的人不再害怕残酷的世界，不再感到孤独。亲爱的阿里贝尔特，您为什么要跟着我？”

“亲爱的阿丽安娜，”王子坚持说，“请允许我跟着您吧。我会保护您免遭野兽和坏人的戕害。”

“贞洁的圣母为我披上了法衣，让我永远免遭恶人的伤害。”阿丽安娜说道，“不过，亲爱的阿里贝尔特，我会化妆成一个贫穷的女孩，如果您不介意的话，就和我一起走吧。”

“您真是太善良了，阿丽安娜！”王子叫出声来，跪倒在阿丽安娜面前，“请允许我亲吻您柔嫩的双足。”

阿丽安娜微笑着扶起王子，对他说：

“亲爱的阿里贝尔特，来，就像亲吻妹妹一样亲吻我的嘴唇吧。”

说完她主动吻了王子。她的吻是冰凉的，不含一丝爱意，然而甜蜜的喜悦和悲伤的魅力还是充盈了他的心。他们一起从城堡的围墙里走了出来，沿着陡峭的小径走向山谷，高贵的宫殿和富庶的城市下方散落着贫穷的村庄。

玛丽安娜王后站在高处看着他们，心中恨意翻滚。

阿里贝尔特和阿丽安娜的身影消失在花园门后，玛丽安娜又在原地站了一会儿，不解地看着阿丽安娜每天都长久注视的一切。很快她就无聊了。大风肆虐呼号，吹得她很不舒服，影响了她的心情，天上盘蛇般的太阳粗鲁又邪恶，灼烧着她的肌肤。玛丽安娜走下塔来，回到了她早已习惯的奢华宫室中。

还要继续伪装成一个温柔的母亲！

哎，玛丽安娜多么羡慕那些不用装模作样的普通人！那些当人继母的普通女人们，她们会把继女往死里打。没人会为可怜的姑娘们出头。

可她能拿国王的女儿怎么办？

玛丽安娜关上了房门，一整天都闷闷不乐，哭个不停，心里又沮丧又嫉妒。她不停地照镜子，镜子里每次都会映出她美丽的脸庞，然而妒火中烧的心总是告诉玛丽安娜，阿丽安娜更漂亮。

天色已晚，王后走出房间，为了不让任何人看见她阴沉的脸色，知晓她可怕的想法，她避开了宫中的人们，在无人的厅室和走廊里转来转去，就像一团焦灼的阴影。

王后忽然对着空旷大厅里的阴暗角落大声吼道：

“我在这儿伤心哭泣，睿智的先知却从不来看我，从不问我在烦恼什么。”

她的话正好被近处的命运之神听得一清二楚。说得正是时候！

年老又丑陋的女巫婆希里达从角落里走了出来，浑身都灰扑扑的，灰色的衣衫簌簌作响，快被穿坏的皮鞋上落满了灰尘，蹭在地上发出沙沙的声音。她走到玛丽安娜身边，无声地笑着，哑着嗓子不停咳嗽。王后站在那里一动不动，她被忽然现身的女巫吓坏了，邪恶的内心却隐隐期望这是个会巫术的老太婆，有能力帮她毁去继女的美丽容颜。

王后缄口不语。老希里达开口道：

“睿智的先知是不会来问你的。美丽的王后，他知道你悲伤的缘由，我也知道。空气中遍布着精灵，它们能听见最隐秘的思绪。”

玛丽安娜一声不吭。希里达继续道：

“玛丽安娜王后很美丽，阿丽安娜公主更美丽。玛丽安娜王后想要成为当世最美丽的女人。”

玛丽安娜不发一言。希里达继续道：

“对付任何东西都有相应的手段：人鱼碰到蒿草就会没命，女巫和吸血鬼害怕山杨和罂粟。世上还有五花八门的咒语，没什么事儿是它们做不到的！阿丽安娜的美来自于悲伤的魅力，那是从泥沼深处生发而出的至高之美。你想要什么，玛丽安娜王后？需要我把悲伤的魅力从你继女身上转移给你吗？还是只需要毁去她的美就够了？”

“我要悲伤的魅力干什么！”玛丽安娜叫道，“我不要悲伤，我已经够悲伤了。我要高兴，要笑。”

“如你所愿，王后。”巫婆希里达说，“那我就用秘法夺去她的美貌。不过这件事很麻烦，还很危险，阿丽安娜公主身边有精灵庇佑，魔法可能会对你不利，王后！”

“我什么都不怕。”美丽的玛丽安娜忧郁地说，“能做什么就去做吧，事成之后少不了你的赏赐。”

她们在王后的房间里施了各种魔法来谋害阿丽安娜公主，却都没能成功。

每天晚上老巫婆希里达都会来找王后。一天，她带来了阿丽安娜从城堡去山谷时在小径上踩出的脚印，她对它施了法，弄得年轻的公主整晚都疼痛难忍。可一到清晨，她所忍受的苦痛竟然为她悲伤的脸庞增色不少。

又有一天，女巫对着一缕从阿丽安娜公主头上剪下的头发施法，公主忽然消瘦下去，瘦得像一棵纤细的小白桦，这样的她更漂亮了。

“得用快乐和欢笑吓跑悲伤之灵。”希里达说，“只要她张嘴发笑，脸就会扭曲变形，毕竟她的嘴只适合悲伤的微笑。待到那时，她完美的脸上便不会再有悲伤的魅力。”

玛丽安娜急忙去见国王：

“我们可爱的女儿太过忧郁悲伤，尽管她没有任何伤心的理由。我很心疼阿丽安娜，担心她会憔悴早夭。得让她开心起来，让她学会无忧无虑地微笑，学会享受快乐。”

“你的想法不错，”罗德里赫说，“不会笑的姑娘就像没有叶子的树木。这事儿我来办吧。”

全国最优秀的小丑、百戏艺人、说书人、舞蹈演员、魔术师、耍狮和耍猴的人、发明可笑玩具的人、杂技演员等人物都聚到了一起。他们每天都进宫表演。表演有时在庭院里进行，国王、王后和年轻的阿丽安娜从高处的阳台上往下看；有时在宫殿里进行，按照爵位和头衔为观众们排好了座次。观众们看着滑稽的表演哈哈大笑，只有年轻的阿丽安娜与众不同，她安静地轻轻微笑着，笑容中透出悲伤，仿佛马上就会哭出声来。

来自遥远国度的魔术师展示了大家闻所未闻、见所未见的魔术。

他在观演厅的墙上蒙了一张画布，命人把窗帘拉上，熄灭了所有的灯。自己走到画布对面的楼座，把一个藏着灯的深色箱子放在那里，大声说：

“快看画布。”

魔术开演了，远方诸国的景象在画布上徐徐展开，罗德里赫的王国里从未出现过的人和动物在画面上游走，栩栩如生。魔术师的表演着实把观众们吓了一跳，然而没过多久，可笑的场景就将他们逗得大笑不止，唯有阿丽安娜在默默流泪。

玛丽安娜王后问她：

“我可爱的女儿，周围的人发出这么大的笑声，就算是死人都会被这份欢乐感染，为什么你还是不笑呢？”

阿丽安娜回答继母的话：

“这些东西能逗得大家发笑，我却笑不出来！有什么可笑的呢？哪里滑稽了？谎言、斗殴、盗窃、追猎、怨恨。看着都心情沉重。这些人虽然在笑，心中的苦痛和怨怒却并未消失。”

玛丽安娜听了这些话，脸涨得通红。阿丽安娜继续道：

“赋予画布生命的魔术师，他让观众流泪、惊恐、发笑，他保有神秘的知识，他高兴吗？他的灵魂因悲伤而阴沉，我知道他会因为自己的魔术被烧死。诗人是最具智慧的人，他创作关于爱情和神秘的歌谣，双肩承载着不幸生活的重担，他的灵魂也是阴暗的，和地牢的色调一个样。”

玛丽安娜沉默地走开了。清晨，那个魔术师被烧死了。

希里达施展了最强大的魔法，她用蜂蜡做了个人像，为它举行了亵渎神灵的洗礼，将其命名为阿丽安娜。

“你把这个蜡人怎么样，”老巫婆说，“阿丽安娜身上就会怎么样。”

玛丽安娜从辫子里抽出根金簪，重复了一遍巫婆的咒语：“阿丽安娜的蜡像在我手中怎么毁容，阿丽安娜本人就会怎么毁容。”说完，她用簪子尖划过蜡像的脸颊，本想一次又一次地重复这个动作，脸颊却忽然传来一阵尖锐的疼痛，金簪掉到了地上，鲜血滴了下来。她照了照镜子，发现自己脸上出现了一道伤口。巫婆尴尬地嘟囔道：

“咒的是阿丽安娜，应的却是玛丽安娜。阿丽安娜的守护灵肯定在你口中把你们俩的名字互换了。用蜂蜡施法是不行了，好好保存这个蜡像吧，可别害了你自己。”

术法、咒语轮番上阵，她们甚至还用风和水施过法，结果都失败了。阿丽安娜深受邪法之害，却变得越来越漂亮。

最后，巫婆说道：

“我们无法消灭年轻公主的美貌。悲伤在她身上施加的咒语强于世间一切魔法。”

“那我们能怎么办？”玛丽安娜王后问道。

“只有一个办法了。”希里达说，“把悲伤的魅力从阿丽安娜身上转移给你，王后。”

王后细细地考虑了很久，最后说：

“行，就照你说的做，老女巫。让阿丽安娜开心地笑吧，我愿意像她那样烦闷忧伤，只要我比她漂亮就好。”

希里达嘶哑着笑出声来，努了努歪斜发黄的嘴，说：

“她没机会再笑了。只有在她濒死的时候才能转移她的魅力。”

“可我不想要她死啊。”王后装出一副害怕的样子说。

老巫婆笑着说：

“只能这样了。你别怕。我不会让其他人知道的。”

玛丽安娜同意了。

巫婆从怀里掏出一块白色方巾，递给王后，说道：

“这块方巾里的力量很强大。你要小心。公主临死前，你用这块方巾盖住她的脸，吸取她的汗液，再用方巾擦你自己的脸。年轻公主的迷人魅力从此就会属于你。”

巫婆又把害死阿丽安娜的时机和方法告诉了王后，带着丰厚的赏赐离开了。

第二天，阿丽安娜又爬上高塔，玛丽安娜则来到塔下，同王子站在一起。她一面等待时机，一面和王子聊天，让他没法专心凝望阿丽安娜。

与此同时，老迈的希里达也爬上了高塔。为了避人耳目，她跪倒在护墙之后，恭顺地朝阿丽安娜爬去，嘴里念叨着感谢的话语。

“老人家，你快起来。”阿丽安娜说，“你为什么跪着爬啊？”

“亲爱的公主，”老巫婆说，“是你求国王赦免了我的儿子。毫无怜悯之心的法官们此前判他受绞刑，只因邪恶的匪徒灌了他很多酒，迷惑了他，让他入了伙。让我亲吻你的双脚吧，善良、仁慈、美丽的公主。”

阿丽安娜曾在国王那里为许多人求过情，也不是次次都能成功。不过她有时的确会为被判处死刑的人求取赦免。她想起老太婆是替谁来道谢了，尽管内心不悦，她仍然一言不发地站着，任由老巫婆亲吻她的双脚。阿丽安娜知道，奴隶们喜欢卑躬屈膝地亲吻主人双足，以最屈辱的姿势证明自己的身份。

老太婆突然抓住了阿丽安娜的膝盖，脑袋一用力把她顶向护墙，飞快地抬起她的腿，将她扔过墙去。阿丽安娜的裙摆在风中飘扬，老巫婆转身向下飞奔，在楼梯上留下一片灰影，最后她找了个地方藏起来，轻声念咒。

一切都发生得如此之快，阿丽安娜还没来得及动作，就感觉自己已在空中翻滚，向下坠落。

“我就要死了。”她心里闪过一个清晰的念头，既不惊慌，也不害怕。她的背撞到了塔身，却完全感觉不到疼痛；她的头又撞到了塔身，仍然没有任何感觉；接着她撞到了古树的枝条，以为自己会被擦伤，意料之中的疼痛却迟迟没有到来。这短短的一分钟十分漫长，她回顾了自己的一生。

古老又智慧的树灵向坠落的公主伸出了双手，他的手忽然变成了树枝，温柔地托住了阿丽安娜，他尽量抓住她的裙摆，避免碰触她的身体。为了减缓阿丽安娜下坠的速度，每根枝条都会小心地托一下，再将她传递给下一根树枝。没等她双脚触地，最后一根枝条便把她抛到了飞奔而来的玛丽安娜和阿里贝尔特怀里，接着便迅速恢复了原状。

玛丽安娜状似悲痛地对着继女的身体哭泣着。她解开了阿丽安娜的胸衣，从腰带里掏出装着死亡之水的瓶子。希里达昨天把这个瓶子给了她。玛丽安娜把瓶中的液体淋在了阿丽安娜胸口，说道：

“我亲爱的孩子，快睁开你秀美的双眸，闻闻这药水，我昏迷的时候它很有效果。”

她伸出一只手放在阿丽安娜胸口，公主的心微弱地跳动着，生命正渐渐远去。玛丽安娜又从腰带中掏出被施了魔法的方巾，擦了擦阿丽安娜的脸，再用方巾把她的脸盖住。

做完这些之后，玛丽安娜拿起方巾闪到一旁，嘴里呼号着，在宫中各处引发骚动和恐慌。

阿里贝尔特俯身看着阿丽安娜，差点没认出她来。悲伤的魅力消失了，她的双唇不再温柔微笑，双眼紧闭，就像出生便失明的盲人，整张脸毫无表情和生气，似乎被盖了一层蜡制的美丽假面。

城堡里的人们蜂拥奔向停止了呼吸的阿丽安娜。仆人们围着温柔的主人放声大哭，医生们为这具美丽的身体做了很久的检查，最后认定阿丽安娜已死。罗德里赫国王因为悲痛而憔悴不堪。玛丽安娜王后把自己锁在房间里，即使在很远的地方都能听到她伤心的哭声。

树灵化身成了一个满眼喜气的小个子老头儿，只有阿里贝尔特王子能看见他。他对王子说：

“别伤心，阿里贝尔特。阿丽安娜没死。她身上被淋了死亡之水，只要给她淋上生命之水，她就会复原。”

“生命之水在哪儿?”阿里贝尔特心中燃起快乐的希望，他问道，“就算要让我走到天涯海角，就算要我同所有的怪物和巨人搏斗，我也要找到它。”

“我给你生命之水，阿里贝尔特。”老人说，“不过你得发誓，在时机未到之前，你不能用它。”

阿里贝尔特发了誓，老人把装有红色液体的小瓶递给了他。

“什么时候时机才到呢？”阿里贝尔特问。

“玛丽安娜会告诉你的。”老人说完便消失了。

人们把阿丽安娜装进水晶棺材，再把棺材抬到皇家陵寝，用金链子吊起来。躺在棺材里的阿丽安娜栩栩如生。

玛丽安娜拿着方巾回房后便锁上了房门，将方巾盖在了自己脸上。

锋利的悲伤之剑刺穿了她的心脏，她摔倒在地，因为伤心而痛哭失声。她边哭边用头不停地撞击地面，却依然无法平静。记忆里的一切都带着悲伤的色彩，漆黑混合着艳红，那是阿丽安娜的颜色。

过了很久，她起身照了照镜子，吓得急忙跳开：一张既漂亮又可怖的脸从镜子里看着她。那是一张毫无血色的脸，鲜亮的红唇就像一道带血的伤口。

“你比阿丽安娜漂亮，”镜子告诉她，“但你的美是可怕的，它混合了悲伤的魅力，无辜的鲜血和死亡的恐惧。你的美还带有罪恶的魅力，这是诸多魅力中最具智慧又最邪恶的一种。”

阿丽安娜下葬后，王后喜欢去塔顶倾听天地和风暴的声音，喜欢看那些阿丽安娜的双眼曾经一直凝望的东西。

人们惊讶于玛丽安娜神奇又骇人的美，惊讶于她大幅转变的性情。

“她为了阿丽安娜真是伤透了心!”

一天晚上，玛丽安娜找到阿里贝尔特，对他说：

“如果我能把灵魂和悲伤的魅力都还给阿丽安娜就好了！躺在棺材里的她可比活在世上的我惬意多了。”

阿里贝尔特明白是时候了。他来到皇家陵寝，把生命之水滴到阿丽安娜身上，将她带回到活人的世界。

“阿丽安娜还活着!”

好消息迅速传播开来，大家都奔向国王的城堡。所有人都在狂欢，只有阿丽安娜一个人冷冰冰的，面无表情。无论谁同她说话，她都只会安静地回答一声“是”。无数的人和物在她面前涌现，她却什么都体会不到。

玛丽安娜王后决定结束自己的生命，她要把悲伤的魅力还给阿丽安娜。

阿里贝尔特对阿丽安娜说：

“亲爱的阿丽安娜，你想成为我的妻子吗?”

她毫无喜气地回答道：

“是。”

俩人结婚归来，玛丽安娜悄悄给自己倒了一杯毒酒，喝了下去。她掏出具有魔力的方巾，轻声告诉阿丽安娜：

“因为幸福和悲伤，我就要死去。亲爱的女儿，快用这块方巾擦擦我脸上的汗。”

阿丽安娜听话地照做了。

“再用方巾擦擦你的脸。”玛丽安娜说。

方巾刚碰到阿丽安娜的脸，玛丽安娜就死了。在那一瞬间，悲伤之剑洞穿了阿丽安娜的心，她捂住脸，发出一声哀恸的呼号，悲伤的魅力再次爬上她美丽的脸庞。

她号啕着扑向恶毒继母冰冷的胸脯。

“让我和你一起死吧。”她大叫道。

阿丽安娜的灵魂因为悲伤而衰弱不堪，站在附近的命运之神将她的灵魂同玛丽安娜黑暗的灵魂合二为一。

阿丽安娜感到自己拥有了双重灵魂，悲伤的力量正在化解灵魂中的邪念。眼前的尸体已空空如也。她从它旁边站起，变得更加光彩照人。遵照灵魂创造者和毁灭者的意志，她将悲伤的魅力带回了这个世界。

人间天堂

一

“心情不好？”

“心情不好。”

“打算一直躺在这个沙发上？”

“就这么躺着吧。”

活泼的年轻宾客，帕维尔·帕夫洛维奇·耶力谢斯基问个不停。不太爱说话的中年光棍安德烈·谢尔盖耶维奇·拉斯妥奇金有一搭没一搭地回答着他的问题。客人在书房里走来走去，主人则懒洋洋地躺着，一本书被随意扔在沙发旁边的深绿色地毯上。

客人一口白牙闪闪发亮（奥多尔[1]），发色深黑，唇边留着八字胡，腮边的胡须剪得很短（奥里昂汀[2]），深棕色的大眼睛里透出快

① “奥多尔”为俄语“Одоль”的音译，为德国一牙膏品牌名。

② “奥里昂汀”为俄语“Ориантин”的音译，为当时俄国一生发剂品牌名。

乐的光芒（阿托品①）。主人则沉闷阴郁，凄凉不堪，浑身上下只有指甲留得很长，护理得很好。

耶力谢斯基说：

“你知道吗？我得帮你走出现在这个状态，否则你就彻底完了。”

拉斯妥奇金皱眉轻笑，懒洋洋地说：

“那你帮啊。”

耶力谢斯基兴奋地说：

“我带你去人间天堂吧。”

“那是哪里？”拉斯妥奇金问。

耶力谢斯基吃惊地叫道：

“你竟然没听说过？全城的人都在讨论这个神奇的地方。”

拉斯妥奇金平静地反驳道：

“没听说过。我一直在家待着，既不看报，也不让任何人上门。今天能让你进来，我自己都很吃惊。”

耶力谢斯基挥了挥手。

“怪人！”他口气和缓，“来，你听我给你说。”

接着他便开始满怀欣喜地说起人间天堂来，告诉拉斯妥奇金那是个位于郊外的大花园。说话时一口白牙闪闪发光。

任何人在园里都会感到轻松愉悦，仿佛置身天堂。那里娱乐设施齐全，可以听音乐、看剧，还可以锻炼身体。这个花园最美妙之

① 阿托品是从颠茄和其他茄科植物中提取出的一种有毒的白色结晶状生物碱，口服微量阿托品对中枢神经系统有轻度兴奋作用。

处在于，园中的空气里有种未知的香气，其成分暂时保密，只有发明者才知道。在香气的作用下，所有来访者都会像孩子一样开心。寻常生活中的陈规虚礼总是让人觉得困顿不堪，然而只要闻到这种香味，心中的枷锁便会随之脱落。

拉斯妥奇金空茫的心中渐渐升起了模糊的渴望，他想要获得本真的快乐，于是他从沙发上坐起身来。沙发是件妙物，躺在上面可以懒洋洋地打盹儿；同时它又十分招人厌烦，一躺上去脑子里就会忧思不断。

他对客人说：

“行吧，我可能会去一趟。就是懒得穿衣服。”

耶力谢斯基说：

“我等你。”

拉斯妥奇金走到镜子前面，仔细看着自己蜡黄的脸，沮丧地说：

“要穿什么呢？”

“燕尾服就行。”耶力谢斯基说道，似乎燕尾服是再平常不过的打扮。

二

半小时之后，拉斯妥奇金收拾停当，两人一起走上街去。

路上冰消雪融，干干爽爽。车马穿梭来去，轮子压过地面隆隆作响，以至于同车夫交流都非常费劲。耶力谢斯基担负起了讨价还价的任务。拉斯妥奇金只知道车夫一开始要 5 卢布，最后同意收 3 卢布走一趟。

拉斯妥奇金问：

“怎么，很远吗？”

耶力谢斯基默默一笑，说：

“你放轻松。我找的这个车夫赶车很快的。”

拉斯妥奇金不再开口。一路上耶力谢斯基絮叨个不停，拉斯妥奇金只偶尔插几句话，他在想自己的事情。

每当春天重归这个北方大都市，重新笼罩这些巨大的花岗岩时，他的心中都会涌起期望和忧伤。秋冬季节，市中心的街道上行人络绎不绝，各类聚会中宾客牵裾连袖。人一多，拉斯妥奇金便会焦躁不安，只有冬去春来之后，这种情绪才会渐渐平复。街道上和厅堂中的人群在他眼里已不再只是一簇簇通电的尸体。

可爱的姑娘们在人行道上行走着，微笑着。夕阳悬挂在蔚蓝的天幕上，为她们红通通的脸颊抹上了一层玫瑰色。优雅的太太们坐在马车里无声地向前疾驰，那副模样就像快乐王国的女王。温和的海风吹来，她们的面纱和缎带轻轻摆动，帽子上的白色羽毛也随之跳起轻盈的舞蹈。驰骋于工厂和交易所的骑士们洋洋自得，黑色礼帽和胡须同鲜艳多彩的近卫军服搭在一处，相得益彰。

嘈杂的街道上人头攒动，圆顶礼帽．军帽和各式软帽随处可见。几个没剃胡子的壮小伙儿正在兜售一束束白色小花，他们的声音带着宿醉后的嘶哑。一束花要 20 戈比，如果买两束还能便宜 5 戈比。

三

拉斯妥奇金和耶力谢斯基终于离开了拥挤喧闹的城市。马车沿着河滨的街道又跑了很久。

周围的一切都灰沉沉的，十分素净，惹人喜爱。孩子们开心地四处奔跑。木房子的窗台上简单地摆放着几盆绿色植物。

木质桥面被车轮压得微微弯曲，响个不停。春天的河面空荡荡的，一览无余。河对岸出现了一条长长的木头围栏，围栏上正对着桥的地方立着一扇厚重、精致的大门。门上悬着块招牌，白底绿字写着“人间天堂”。

很多马车都停在近旁。还有马车一辆接一辆朝大门驶来。

耶力谢斯基说：

“我们到了。”

拉斯妥奇金蜷缩在座位上，迷惑不解地看向周围。某种东西让他很不舒服，可具体是什么，他自己也搞不明白。冬天的时候他总想和人争吵，这种欲望现在又开始在心中翻腾。他避开耶力谢斯基望向别处，嘴里埋怨道：

“走这么远可真值！”

耶力谢斯基自信地反驳道：

“你先进去看看，然后再说值不值。”

他平静的脸庞透出喜悦，看得出来他很有自信，认为“人间天堂”肯定能迷住拉斯妥奇金。

拉斯妥奇金抱怨道：

“荒唐的招牌，愚蠢的围栏，还有这傻兮兮的大门，全都丑陋不堪。”

耶力谢斯基瞥了他一眼，笑了笑，说道：

“这个我就不和你争了。单从外面看，这里的确不会给人留下任何好印象。不过这只是暂时的。他们关注的是内部，而且也的确达到了……”

四

这时，一脸红褐色胡茬的车夫转过身来，声音里透着忧郁：

“老爷，请把钱准备好。来的人太多，警察已经在赶人了。”

耶力谢斯基说：

“准备好了，准备好了。”

说完塞给马车夫 3 卢布。

他们走下马车，拉斯妥奇金忽然明白了到底是什么令他心烦。他对耶力谢斯基说：

“再见，你见鬼去吧，我不去了！”

说完便气呼呼地迈开腿，沿着围栏旁的黄色土路向前走去。

耶力谢斯基已经开始排队买票了，见状连忙奔去追他。事出突然，他跑得又急，险些喘不过气来。他边跑边说：

“安德烈·谢尔盖耶维奇，你怎么了？你这是干什么？相信我，里面的 切都体体面面的，不是你想的那样，一切正常，不会有什么惊悚的东西。”

拉斯妥奇金的声音断断续续的，又提了个问题：

“门票多少钱？”

耶力谢斯基说：

“门票不算什么，就 3 卢布。里面，当然也有其他地方，不过这就看个人意愿了，费用也不一样，要看……”

拉斯妥奇金厉声问道：

“如果有人拿不出这3卢布呢?”

耶力谢斯基的声音透出些不满：

“拿不出？那还用说，这里可不是什么人都能进的。里面真的很不错，客户都是仔细甄选过的。”

拉斯妥奇金生气地反问：

“是吗？客户都是仔细甄选过的？那些对艺术一窍不通，还大把大把掏钱给知名演员的人?”

耶力谢斯基尴尬地嘟囔道：

“干吗说这么难听！我们又不是这种门外汉。”

五

拉斯妥奇金没搭理他，继续道：

“‘人间天堂’！你看看你眼前的美丽河岸。河水在落日的余晖中闪闪发亮。辽远的天空悬于其上。岸边的树林散溢出幸福的味道，甜蜜而忧伤。春日的傍晚宁静又神秘，轻轻拢住了潮湿的草地。阳光马上就会暗淡下去。届时河面上会升腾起轻透的水雾。乏味的世界会沉入甜蜜的梦乡。幸福和忧伤的轻柔叹息会从尘世的回声之城传来这里。一个完全不同的世界即将展现在我们眼前，用人间天堂般的梦幻景象一次次吸引我们，没有围栏，没有紧闭的大门，没有门票，所有人皆可进入。你看见了吗，在那儿，在挂满露珠的草坪上，少男少女们舞动着白皙的双腿，芦笛在轻声哼唱，纯澈的笑声隔空而来，飘荡在永恒自由的天地之间。不幸的人，你想让我和你一同进入那个被圈禁起来的芳香公园，想让我放弃心中缥缈的憧憬！你还是别管我了，自己去吧，想怎么玩儿就怎么玩儿，让我继续在悲伤中沉思，为幻境而苦恼吧。”

他们分道扬镳，各走各的路了。

伊万·伊万诺维奇

一

伊万·伊万诺维奇·扎维顿斯基是一名勤勉的官员，他在首都任职，那里也是他出生和长大的地方。

他的父母很早就过世了，没什么近亲，同远亲们见面也很少，他不怎么愿意和那拨人待在一起。伊万·伊万诺维奇身边没什么固定的朋友，35 多岁了，还是个光棍。房子也是租的，今年住这里，明年换个地方。

伊万·伊万诺维奇的生活枯燥、单调，偶尔会去拥挤的小餐馆里随便找个地方，和萍水相逢的朋友们喝上几杯。身担公职的官员、替人打工的会计和管家们最喜欢这种地方。几杯黄汤下肚，他们会对伊万·伊万诺维奇说：

“你是个好人，伊万·伊万诺维奇，可你过得也太不像个人了。你都快馊了，没个活人样。”

伊万·伊万诺维奇不解地问：

“为什么啊？”

他身子略略前倾，苍白的脸悬在干净的桌布上方。因为喝了酒，他的目光有些浑浊，看向大伙儿的眼神中透着疑问。

他们笑了，其中一人开口道：

“因为伊万·伊万诺维奇你不结婚啊。”

伊万·伊万诺维奇争辩道：

“结婚有什么好的？一个人多逍遥。想干什么就干什么，想去哪儿就去哪儿。”

其他人又说：

“可你过得也太苦闷，太随意了。”

伊万·伊万诺维奇反驳道：

“我这样挺好的，自由最重要。”

话虽如此，伊万·伊万诺维奇还是觉得自己的生活缺了点儿什么，挺没劲的，没有激情，有时他甚至感觉自己是个死人。

想要复活。怎样才能复活？

二

伊万·伊万诺维奇在千篇一律的无聊生活中泥足深陷。他总是睡懒觉，脑袋昏昏沉沉，心里翻来覆去的全是不愉快的事儿。

挨到必须上班时才起床收拾。衣服都是随便洗出来的。内衣缺扣子，很多地方都开了线。

家里一片混乱，餐具不成套，桌布上全是污渍。伊万·伊万诺维奇一有时间就在外面喝酒，却从不收拾自己的卧室。

工作枯燥乏味，大家做起事来很不认真，能拖就拖，大部分时候都只是做做样子。领导们不在，据说是抽烟去了。同事们没事儿就讲些不大上得了台面却很好笑的笑话。好不容易赖到下班，大家便作鸟兽散了。

伊万·伊万诺维奇在餐厅吃午饭。喝着伏特加，和偶然同桌的人闲聊偶然想起的话题。他们最常聊到的是外交政策。如果和同事们吃饭，大家会说说司里的趣闻，讲讲新部长推行的严格规定，聊聊那些意料之中的职务变动，以及各类表彰奖励等。

然后便是空虚寂寞的夜晚。

去做客——打牌、调情、喝酒、闲聊。

去剧院——滑稽剧、轻歌剧。

随后又回到餐厅，畅饮狂欢。

偶然认识的女人们，聒噪、贪婪。他们会找个地方过夜，有时奢华昂贵，有时便宜简单。这样的日子令他恶心。

表面看去是忙碌、喧嚣的快乐，内心的无聊却如影随形，逃无可逃、避无可避。

伊万·伊万诺维奇喜爱参加各类首映礼、开幕式、诗会，喜欢追逐名人，是摔跤和赛马俱乐部的会员，没事就去看比赛，偶尔还赌赌马。

他家中总是一片狼藉，从不请人到自家做客。

三

伊万·伊万诺维奇涨了薪水，租了套3居室的房子，装修了一下。房子离有轨电车站很近，几步路就到了。房间很小，里面的样子就别提了，单身汉嘛，能住人就行！

伊万·伊万诺维奇照着熟人家的样子，为书房铺上了地毯，买来版画和照片，把它们镶在框里挂在客厅的墙上。还装了电灯。

伊万·伊万诺维奇在书房的桌上安了电话。没电话可不行！大家都有。有什么事都可以马上打电话，接通后立即就能问：

“是意大利歌剧经理处吗？”

“是的。”

“《黛依丝》[①] 的票还有吗？”

“要多少有多少。”

或者给认识的人打电话：

“彼得·彼得洛维奇在家吗？”

“他不在。您是？”

“我是扎维顿斯基。”

“啊，伊万·伊万诺维奇，您好。您认出我是谁了吗？”

“当然！您好啊，安娜·阿列克谢耶夫娜。晚上您要去听歌剧吗？”

“不，今天我们不出门。您过来吧。有空吗？”

“嗯，是啊，非常感谢。乐意之至。”

“那我现在再打电话找个人。”

就这么呼朋唤友，消磨整晚的时光。

---

① 歌剧《黛依丝》是法国作曲家朱尔斯·埃米尔·马斯涅的代表作，又名《泰伊思》。

四

还是很无聊啊！房里空空荡荡、冷冷清清。什么事情都得亲力亲为，很没意思。

他雇了个不错的厨娘，做的饭菜十分美味，这下终于可以在家摆席宴客了。有时人们会问他："您的生活开销是多少啊？"一听他报的数字，女士们便开始发笑。大家故意又问道：

"一个人能吃这么多？"

姑娘们看向伊万·伊万诺维奇的眼神中带着怜悯，她们要么不说话，要么故意把话题带到其他方向，帮伊万·伊万诺维奇解围。

伊万·伊万诺维奇能猜到厨娘不老实。可他能怎么办？又不可能自己去买肉、买鱼、买野味。

他请的女仆很体面，漂亮、显眼，干活儿不赖。不过这人很明显还有别的企图。有时她会故意靠近伊万·伊万诺维奇，然后再满脸通红地跑开；有时她的上衣扣子会突然松开，微微露出白皙、高耸的胸脯；洗茶具的时候，她偶尔会高举双手，以这种姿势走进伊万·伊万诺维奇的书房拿东西。

她还会在夜里起床，光着脚满屋乱转。伊万·伊万诺维奇拉开门，心烦地问她：

"您怎么了，娜塔莎？"

她总会笑着看向伊万·伊万诺维奇，过上一会儿才不紧不慢地说：

"对不起，老爷。我听到猫在叫，想把它赶到厨房里去，免得打扰您睡觉啊。”

接着她会再在那里站一阵子，摆弄下锅碗瓢盆，叹口气再离开。走廊中光线微弱，她灰色袍子里的衬衣和轻轻迈动的双脚白得发亮。

这一切都刺激着伊万·伊万诺维奇的欲望。但他不想和女仆扯上关系，这样做很危险，不是什么好事儿。他一直很小心，可别中了招！

五

认识的、不认识的人都对伊万·伊万诺维奇说：

“伊万·伊万诺维奇，结婚吧，复活吧。”

伊万·伊万诺维奇也愈发经常地对自己说：

“我要结婚，我要复活。”

伊万·伊万诺维奇下这个决心可不轻松。他习惯了单身生活，未知的东西令他恐惧。

无论人选择了什么样的道路，幸福都会守候着他。不管他离幸福有多远，它都能像小男孩捉蝴蝶那样用七彩的网兜把他罩住。再固执的人都会被幸福捕获，成为它的藏品。

如果一个人年纪够大却没有白发，在单位如鱼得水，那他将是提干的第一选择；倘若他还有不少积蓄，此人就是幸福的宠儿。

六

伊万·伊万诺维奇遇到了将军的女儿，玛利亚·伊万诺夫娜·克拉斯诺列斯卡娅，她令他深深着迷。她也被他出众的才华和英俊的外表迷住了。

他们相识于某位司长举办的舞会，彼此印象都不错。玛利亚·伊万诺夫娜的父母支持他们在一起，还为了帮伊万·伊万诺维奇加官升职而四处奔走。有人用了阴谋诡计想要拆散他们却没能得逞。还发生了很多有意思的事情。这一切都不需要详细叙述，因为古老的小说里早就有了类似的描写。小说最后几页的意义最为重大：因为那是故事的结尾，读完之后心才会平静下来。

玛利亚·伊万诺夫娜被求婚时脸涨得通红，笑得略显窘迫。尽管如此，她还是毫不犹豫，想也不想地说：

“好。您和我妈妈说吧。”

伊万·伊万诺维奇此前还因为不知是否能成而烦恼不堪，他担心被拒绝。现在他整个人都焕发出了光彩。他一边亲吻着未婚妻的手，一边叫道：

“玛利亚·伊万诺夫娜，我复活了！”

他错了，人单身的时候怎么可能复活！只有同玛利亚·伊万诺夫娜结婚后他才算是真正复活了。

七

伊万·伊万诺维奇现在的生活很平静。他的家既舒适，又明亮。玛利亚的朋友们常来做客。

妻子的亲戚们喜欢伊万·伊万诺维奇，经常做一些让他开心的事。

厨娘克扣饭钱的行为被揭露，他们辞退了她，重新雇了个厨艺不错的人。玛利亚·伊万诺夫娜对账十分认真，新厨娘从菜钱里捞不到油水。

女仆留了下来。不过她已经知道了自己的位置，不再勾引伊万·伊万诺维奇。

伊万·伊万诺维奇现在过得真好！他再也不是餐厅和饭店的常客。同事们叫他出门，他说：

"对不起，今天不行。我得和玛鲁夏[1]一起去看她奶奶。"

"那就明天吧。"

"抱歉，明天也不行。明天玛鲁夏的爸爸和妈妈要来我们家吃晚餐。"

"那就后天。"

"后天，这个……您也知道，有时人就想在家待着，休息休息。"

伊万·伊万诺维奇脸色红润，面带喜气。他的眼睛闪闪发亮，肚子也渐渐圆了起来。他现在的生活平静而充实，不再感觉自己是个死人了。

伊万·伊万诺维奇很幸福。伊万·伊万诺维奇复活了。

---

① "玛鲁夏"为"玛利亚"的爱称。

犹大的未婚妻

这是个很老的故事。评论这类故事时，海涅[1]有个十分精当的看法，认为它们会以不同的面貌重复出现。本故事最朴素的版本流传得最广，它产生于久远的过去，那时资产阶级的偏见还存在，旧道德占据着统治地位。人们认为背叛是不体面的，相信悔恨会啃噬恶人的心灵。总之，当时的人们十分多愁善感。所以故事情节才会如此：加略人犹大没花那30枚银币，他把它们丢弃在了长老们的脚边，转身离开后找了个地方上吊了。如果我们讨论的是当今的加略人犹大（大家都明白我说的是谁），那完全就是另一回事了。自杀的悲剧绝不可能发生！

有钱才能做事——犹大打算结婚，结婚得花钱。

一年早春，流言在整个城市里散布传播，甚至都传到了犹大未婚妻的耳朵里。有一天，两个朋友坐在她家客厅里数落犹大的不是。

“你想想看，玛鲁夏，”其中一个说，“事成之后他居然只拿了

---

① 海因里希·海涅，德国著名抒情诗人和散文家。

30个银币!”

三个女孩都叫玛利亚，三人在一起时，为了互相区别，犹大的未婚妻被称作玛鲁夏，另外两个则分别被唤作玛妮娅和玛莎[①]。

“愚不可及!”玛莎沉不住气，嚷嚷道，“怎么能只要这么点儿钱？他如果能讲讲价，给他的钱肯定比这多得多。”

玛妮娅小心地看了看玛鲁夏悲伤的脸庞，说：

“玛鲁夏，原谅我们这么说你的未婚夫。”

“未婚夫!”玛鲁夏不高兴地嚷嚷起来，“你们真觉得我会嫁给这个榆木脑袋?”

第四名女子走了进来，她叫梅丽，穿着华丽的衣服，是个开朗活泼的人。众人见她兴冲冲的样子就知道她带来的不是什么好消息。刚打完招呼，她就故作伤心地说：

“玛鲁夏，我要告诉你一个可怕的消息。犹大出大事了。”

玛鲁夏耸了耸肩，说：

“嗯，我听说了，他要去上吊。装腔作势而已。”

梅丽的脸涨得通红，她很不高兴，因为其他人并不相信她的话。梅丽心道这个女人还真是既冷淡又嚣张，得压压她的气焰，便开口道：

“玛鲁夏，虽然我很不想伤你的心，但遗憾的是，这是真的。告诉我犹大已经吊死的人很可靠，他们亲眼看见犹大挂在树上晃来晃去。”

① “玛鲁夏”“玛妮娅”和“玛莎”都是“玛利亚”的爱称。

玛鲁夏的脸还是那么冰冷沉静。

“没什么可惜的。”她说，“他自己有问题，没必要可怜这种人。”

此时前厅响起一阵铃声，熟悉的嗓音传了过来。犹大走进了客厅，大家看到他都十分惊讶。他说话的语气和以前一样随意：

“哟，都是认识的！这么多人！”

为了应景，他又客气了几句，接着便直入主题：

“城里四处流传着关于我的谣言。似乎你们也听到了。看呐，说我上吊死了这种话，现在看来着实还太早了些。”

他笑得十分开心，洪亮的声音里充满自信。

玛鲁夏依旧十分冷淡地说：

“据说您得了 30 银币的报酬？”

犹大哈哈大笑起来。

“胡说八道！没这回事儿！”他边笑边说。

他的笑声感染了其他人，年轻女人们也跟着笑起来。

“难道你们认为，”犹大稍稍平复了一下，说道，“我会把这笔钱给扔了？我可没那么傻！”

“哟，这点儿钱算什么！”玛鲁夏轻蔑地说，“区区 30 银币！”

犹大又笑了起来。

“30 银币！”他包容地说，“随便说说的，实际上有好几万。当然，我还是让了点儿步，给他们打了个九折。您也知道，这钱得大家分，所以我从总数里扣了些出来拿给他们而已，可不是扔了。这才是真相！我今天是来邀请您和您尊敬的父母去我的新家用早餐的。对了，我还想和您商量点儿别的事情。”

玛鲁夏的眼神忽然融化了，变得温柔似水。朋友们知道自己已经没有继续待下去的必要，纷纷起身道别。没办法，人家接下来要讨论的是家务事。

狗

在一个偏僻的省城里有家服装厂，厂里的一切都令人厌恶：成堆的纸样、哒哒作响的机器、刁钻的女客户。亚历山德拉·伊万诺芙娜在这儿当过学徒，又干了多年的裁剪师傅。随便什么事儿她都会生气，随便什么人她都要找茬。她总是责骂那些不敢还口的女学徒们，连达涅奇卡也不能幸免。达涅奇卡不久前还是这儿的学徒，可她现在已经是最年轻的裁剪师傅了。起初她还不怎么吭气儿，后来便开始用温柔的声音平静地反击，逗得大家笑成一片。笑不出来的只有亚历山德拉·伊万诺芙娜。达涅奇卡说：

"亚历山德拉·伊万诺芙娜，您可真是条不折不扣的狗。"

亚历山德拉·伊万诺芙娜生气了。

"你才是条狗！"她朝达涅奇卡叫道。

达涅奇卡坐在那里缝衣服，时不时停下手里的活计，不紧不慢地说上几句：

"您一天到晚都叫个不停……您就是条狗……长着张狗脸……狗耳朵……狗尾巴的毛还乱糟糟的……老板娘很快就会把您赶到门外去，因为您就是条穷凶极恶的看家狗。"

达涅奇卡正值豆蔻年华，体态丰腴，姿容艳如玫瑰，天真无邪的面庞上透露出一丝狡黠。她打扮得就像个学徒姑娘，光脚坐在那儿，双眼明丽动人，两条娥眉在白皙的额头上愉悦地舒展着，一头深棕色秀发光洁柔顺。她的发色很深，远远望去漆黑如墨。她的嗓音响亮、平和、甜美、诱人。如果只听声音不听内容，估计人们会以为她对亚历山德拉·伊万诺芙娜说的都是些体己话呢。

其他裁剪师傅大笑起来，学徒们则用黑色的围裙遮住脸，噗嗤噗嗤地笑着，边笑还边小心翼翼地打量着亚历山德拉·伊万诺芙娜。亚历山德拉·伊万诺芙娜被气出了一脸的猪肝色。

“贱人！”她嚷嚷道，“我要把你的耳朵拧下来！把你的头发都扯下来！”

达涅奇卡温柔地回答道：

“爪子可真短……看门狗就是这样，乱叫乱咬……真该给您买个笼嘴套上。”

亚历山德拉·伊万诺芙娜朝达涅奇卡扑去。达涅奇卡刚想起身，膀大腰圆的女老板就走了进来，藕荷色的裙褶簌簌作响。她厉声说道：

“亚历山德拉·伊万诺芙娜，您吵什么吵！”

亚历山德拉·伊万诺芙娜激动地说道：

“伊琳娜·彼得罗芙娜，她太不像话了！您得告诉她，不许再说我是狗！”

达涅奇卡也告状道：

“她没事儿就骂人，鸡毛蒜皮的事儿都要跑来找我的茬，像狗一样叫个不停。”

老板娘严厉地看了她一眼，说：

“达涅奇卡，我很清楚你是个什么货色。是不是你先开的头？我还在这儿呢，你不要觉得你现在出师了就了不起了。可别让我把你妈给叫来。”

达涅奇卡的脸唰地红了，不过她依旧保持着那副天真温婉的样子，对女老板轻声说道：

“抱歉，伊琳娜·彼得罗芙娜，往后我不会这样了。我尽力不去招惹她。她实在太厉害了，你随便说句什么，她都会说：我要把你耳朵拧下来。我已经出师了，可在她眼里我和学徒没什么区别。”

“你出师很久了吗，达涅奇卡？”女老板的问话给人很大的压力。她走近达涅奇卡，鸦雀无声的厂房里突然传来两记响亮的耳光，还夹杂着达涅奇卡压抑的叫喊：

“啊！啊！”

亚历山德拉·伊万诺芙娜回到家时差点都要气病了。达涅奇卡摸准了她的痛处。

“行啊，狗就狗吧。”亚历山德拉·伊万诺芙娜心里想着，“她这是怎么回事儿？我又没到处挖她的底细，她的真身是个什么呢？一条蛇，也可能是只狐狸。我这一不偷看二不偷听的。知道她叫塔吉亚娜[1]就行了，不想了不想了。这世道，想打听什么打听不到啊，她骂人算什么？狗又哪里比不上别的动物了？”

---

① “塔吉亚娜”是“达涅奇卡”的大名。

晴朗的夏夜烦恼着、叹息着，一阵慵懒的凉意从邻近的田地飘向静谧的小城街巷。空中明月高悬，这轮圆月同样也曾在广袤无垠的草原之上升起，那里是野兽的家乡，它们自在生活，循着大地赋予的原始野性尽情嗥叫。尽管时间地点有别，月色却并无差异。

惆怅的双眼迸射出火光，野性的心灵因苦闷而抽动，她虽然身在城市，心中对辽阔草原的记忆却并未消逝，喉间涌起一阵想要恣意嚎叫的欲望，浑身苦痛不已。

她本想脱衣躺下，可脱了又能怎么样！反正睡不着。

她走出门去。穿堂内廉价的木地板散发出阵阵暖意，她双足赤裸，地板随着她的脚步嘎吱作响。些许细小的木屑和沙尘快乐地抚弄着她脚底的肌肤。

她踏上门前的台阶。老太太斯捷潘妮达裹着黑头巾坐在那里，干瘪黝黑的脸上布满了皱纹。老人佝偻着身子，似乎正在冰冷的月光中汲取温暖。

亚历山德拉·伊万诺芙娜在她身旁的楼梯上坐下，从侧面端详着她。老太太又弯又大的鼻子就像一只老鸟的嘴。

“她难道是只乌鸦？”亚历山德拉·伊万诺芙娜心道。

亚历山德拉·伊万诺芙娜忘记了先前的烦闷和恐惧，笑了一下。她心中有了计较，聪明的狗眼里绽放出快乐的光芒。月色青白，岁月在脸上刻下的纹路忽然间消失了，她又变成了十年前那个年轻快乐、体态轻盈的女人。当时月亮还没有夜夜召唤她去那个阴暗澡堂的窗边吠嗥呢。

她朝老太太身边挪了挪，亲昵地说：

"斯捷潘妮达奶奶，我怎么什么事儿都想来问您呢？"

老太太转过自己那张皱巴巴、黑乎乎的脸，问道：

"什么事儿啊，美女？你问吧。"她的声音如乌鸦鸣叫般刺耳，还带着股风烛残年的味道。

亚历山德拉·伊万诺芙娜悄悄笑了，一股凉意突然爬过她的背脊，细瘦的双肩哆嗦了一下，她轻声问道：

"斯捷潘妮达奶奶，我觉得吧，这是真的吗？哎，我不知道该怎么说。啊，奶奶，您别生气，我没有恶意……"

"行啦，行啦，说吧，别怕，小宝贝儿。"老太太说着，敏锐的目光盯着亚历山德拉·伊万诺芙娜，等她开口。

"这个，奶奶，我说了您可千万别生气，我觉得您，奶奶，是一只乌鸦。"

老太太摇了摇头，转过身去，一言不发。她似乎记起来了点儿什么，头耷拉下去，摇晃着，轮廓分明的鼻子异常醒目。有那么一会儿亚历山德拉·伊万诺芙娜觉得她在打瞌睡，嘴里还轻声咕哝着什么。她的头就那么不停摇晃着，嘴里还念叨着古老的魔咒……

外面一片寂静，天色非明非暗，周遭的一切都仿佛沉浸在这几不可闻的古老咒语中。一阵困乏拥住了世间万物，时间的流动似乎停滞了。月儿光辉依旧，烦恼再次攥住了心脏，世界亦真亦幻。千万种气息飘然而至，白日里它们无影无踪，此时却清晰可辨。某种在岁月长河中被遗忘了的，古老而又原始的欲望涌上心头。

老太太悄声嘟囔着：

"我是乌鸦，不过我没有翅膀。我就这么叫啊，叫啊，那些人却

金色俄罗斯

Золотая Россия

如果你错过了俄罗斯文学巨匠的作品

那你就错过了世界文学殿堂最闪亮的星星

经典作品 | 惊世再现

文学在俄罗斯大于文学

19世纪以降，俄罗斯诞生了一大批世人瞩目的文学巨匠，如普希金、赫尔岑、托尔斯泰、陀思妥耶夫斯基、屠格涅夫等，这些金子般的名字迄今仍在向世人闪烁着独特的光芒。可以这样说，俄罗斯文学史即一部绝妙的俄国思想史，它所关注的始终是民族、人类的命运和遭际，还有在动荡社会中人类感情的变异和理性的迷失。

“金色俄罗斯丛书”由北京外国语大学外国文学研究所教授、博士生导师，著名诗人、翻译家汪剑钊主编，遴选普希金、赫尔岑、托尔斯泰、陀思妥耶夫斯基、屠格涅夫等大师的经典作品，向中国读者呈现优美而深厚的俄罗斯文学。

《小妇人罗曼史》

一个有着托尔斯泰、陀思妥耶夫斯基和契诃夫魅影的作家

本书收录作者10部中短篇小说，包括其真正意义上的处女作《帕沙·图马诺夫》和让其声名鹊起的《兰德之死》。从这些作品中可以看出，阿尔志跋绥夫非常关注人与人之间的关系，特别是两性之间的关系，他的写作虽然完成于上世纪初，但是这些作品却似乎是为百年之后的我们，当下的读者所准备的。

阿尔志跋绥夫 著
薛冉冉 译

《怪人笔记》

与普鲁斯特、乔伊斯、卡夫卡齐名的俄国象征主义作家

书中以第一人称的形式，记录了“我”与妻子奈丽的相识、相爱到永久分别；从德国小城市回俄罗斯路途中所经历的种种事件；从西欧旅行、听施泰纳讲课、结识知名哲学家和研读其著作，到被当作间谍审问等事件，“我”的身体、生命体、灵魂体和精神体在宇宙世界中扮演着不同角色等事件，着重表现“我”经历自我认识、忘却、肉体死亡、梦幻、超越物质等过程中的变化。

安德烈·别雷 著
温玉霞 译

第二辑

《回到伊萨卡》

俄罗斯新生代作家集体浮出水面的作品

本书的作者阿列克塞·扎哈罗夫、伊琳娜·鲍加特廖娃、沙尔古诺夫、德·巴基恩等均为俄罗斯新生代作家代表。这群年轻的俄罗斯作家在写作手法上显得更自由开放，但字里行间依然心怀民族责任感与使命感，几乎每一部作品里都隐含着他们对国家前途、民族未来的深刻叩问。

伊琳娜·鲍加特廖娃等 著
侯玮红 译

《我记得那美妙的一瞬》

俄罗斯文学之父　俄罗斯诗歌的太阳

精选300余首普希金诗选。普希金在俄罗斯有“俄罗斯文学之父”“俄罗斯诗歌的太阳”等美誉。诗人最善于对庸常的现实赋予浪漫主义的光芒。他生活的年代也被后世看作俄罗斯文学的“黄金时代”。

普希金 著
汪剑钊 译

《莫斯科的小提琴》

俄罗斯“孤儿小说”系列的典型代表

普拉东诺夫是一位创作风格独特，思想深刻的作家。本书收录其中、短篇小说12篇，集中体现了普拉东诺夫创作中最重要的“孤儿主题”。不同类型的孤儿们通过三种寻父路径实现他们对世界的认知：寻找精神之父，完成拯救人类的使命探索未来；寻找记忆之父，循着记忆之水追思过去；寻找全民之父，顺应当下潮流面对现实。

安德烈·普拉东诺夫 著
池济敏 译

《自天堂回家》

俄罗斯后白银时代流亡诗人 波谱拉夫斯基代表作

《自天堂回家》是波普拉夫斯基三部曲中的第二部，带有自传性质，包含着无情的忏悔和复杂的思索。小说也可以看作是奥列格的一段心路历程，通过这段历程表现的是每个人身上都有的内心冲突：物质与精神的脱离，精神追求和对世俗的眷恋。

波普拉夫斯基 著
顾宏哲 译

《致群山中的她》

精心编译吉皮乌斯具有代表性的作品140余首

吉皮乌斯是俄罗斯“白银时代”极具个性与宗教感的女诗人之一，她的创作被誉为“有着抒情的现代主义整整十五年的历史”，《致群山中的她》在展示人类在生命的两极之间彷徨、犹豫、挣扎的浮悬状态的同时，也体现出这位女诗人对存在所抱有的“诗意的永恒渴望”，以及在苦难中咀嚼生活的甜蜜、在绝望中寻觅希望的高傲。

吉皮乌斯 著
汪剑钊 译

《鬼玩偶》

极富宗教感的女诗人吉皮乌斯的思想小说三部曲之一

《鬼玩偶》以俄国1905年间发生的真实事件为背景，描写尤里和米哈伊尔等人在俄国革命前的日常生活和境遇，展现不同阶层的人们对待俄国20世纪初历史事件的不同态度和看法。作品不仅是对俄罗斯历史发展进程的一个描摹，还将吉皮乌斯本人的哲学、审美和宗教观点融合在一起，用诗人惯用的象征手法重述人类存在的诸多永恒问题。

吉皮乌斯 著
赵艳秋 译

《马可·波罗》

俄国形式主义学派创始人
什克洛夫斯基历时21年沥血之作

《马可·波罗》是什克洛夫斯基的一部历史小说。史诗般的语言，读来酣畅淋漓，使此书从众多同类作品中脱颖而出。关于丝绸之路的地理和历史方面的精彩描写，为读者了解丝绸之路提供了一扇窗口，也为丝绸之路的研究者们留下了重要的线索。

什克洛夫斯基 著
杨玉波 译

《彼岸书》

影响世界的自由主义思想家

高尔基曾说：赫尔岑一个人“就代表整整一个领域，就代表一个思想饱和到惊人地步的国度”。《彼岸书》是俄罗斯思想史上的名著，其地位绝不亚于作者的另一本书《往事与随想》。书中严谨的政论说理与激情昂扬的文学叙说交融。对于探索俄罗斯思想演进具有不可替代的意义。

赫尔岑 著
张冰 译

《苔菲回忆录》

“俄国幽默女王”一次带有生命体温的文学旅行

本书堪称一部俄罗斯的精神苦旅，其背景是当时给俄罗斯带来深重灾难的国内战争。1914年欧战爆发以后引发了俄罗斯国内战，导致俄罗斯各阶层人士的流亡和出走，苔菲也加入到这个行列之中。而这一次旅行中的所见所闻，被她以诙谐幽默的文笔记录下来，让读者得以窥见当时社会急剧变化之下人们的精神和生活状态。

苔菲 著
李莉 译

《蓝色笔记本》

尘封七十余年 哈尔姆斯作品首次被引进

很长一个时期内，哈尔姆斯的作品以手抄本的形式流传。他总是用出人意外的语言，将世态百相隐藏于文中荒诞的表象之下，揭示了世间普遍的真理：不管这个世界有多少美妙或卑劣的外物，总有一天我们要和它们告别。所有人都要面临死亡，死亡不可预料，不可抗拒。

丹尼尔·哈尔姆斯 著
张猛 译

《秋天的哀歌》

俄罗斯当代诗歌群首度呈现

在这个信息大爆炸的时代，阅读实际也是可以走捷径的，那就是“阅读诗歌”。俄罗斯是举世闻名的诗歌大国，拥有不少大师级的诗人。本书精选俄罗斯抒情诗歌两百余首，几乎包括了俄罗斯各种诗歌流派的代表作家的作品。

普希金 等 著
汪剑钊 译

《动物园·第三工厂》

一部极富隐喻性和联想性的小说

什克洛夫斯基不仅是位文艺学家，更是位真正意义上的思想家。若没有一种独特的观照视野，富有穿透力的问题意识，是难能领略其思想精髓和哲学深邃的。《动物园》由34封情书组成，是一部极富隐喻性和联想性的小说。《第三工厂》以自传方式记录了革命、战争及作家本人的多变命运。

什克洛夫斯基 著
赵晓彬 郑艳红 译

并未遇到多少灾祸。我的确预见了一些未来的景象，美女，我不能不叫啊，尽管他们不愿意听到我的声音。一见到注定要遭难的人，我就忍不住想大叫。”

老太太双手大张，发出两声尖叫：

“呱，呱！”

亚历山德拉·伊万诺芙娜哆嗦了一下，问道：

“奶奶，您冲谁叫呢？”

老太太答道：

“你啊，美女，你啊。”

亚历山德拉·伊万诺芙娜忽然觉得和老太太坐在一起很恐怖，她回到了自己的房间，坐在打开的窗户旁边。两个人在大门外坐着说话。

“叫着呢，叫着呢。”一个低沉凶戾的声音说道。

“那你呢，叔叔，你看见了吗？”一个悦耳的男高音传来。亚历山德拉·伊万诺芙娜听见这个声音后，立即回想起一个头发略红、微卷，脸上有点儿小雀斑的年轻人。一个本地的小伙子，就住在这个大院里。

片刻沉默之后，那个嘶哑又凶狠的声音忽然再次传来：

“看见了，很大，浑身白毛。正趴在澡堂旁边对着月亮叫呢。”

这个声音让她想起一个人，此人蓄着铁锹一样的黑胡子，额头很窄，瞪着双猪眼，岔着两条粗腿。

“它为什么要叫啊，叔叔？”悦耳的声音问道。嘶哑的嗓音等了一会儿才回答说：

“不是什么好事儿。我都不知道它是哪儿来的。”

“会不会是个变形人?”悦耳的声音问。

“你别变就行。”嘶哑的声音说。

不明白这些话的意思，想都不愿去想。已经不想听他们在说什么了。人类语言的音和义与她有什么干系!

月亮直勾勾地看着她，不停地呼唤着，让她备受煎熬。胸中烦闷异常，实在是坐不住了。

亚历山德拉·伊万诺芙娜匆匆褪去身上的衣物，就这么一丝不挂地走过穿堂，浑身白皙的皮肤尽皆裸露在外。她推开大门，门口台阶上和大院里都空无一人。她跑过大院，跑过草地，一直跑到了澡堂旁边。身体感觉到了凛冽的寒意，大地的冰冷自足底升起，心中却涌起阵阵欢愉。没过多久，身上便暖和了起来。

她趴在草地上，用胳膊撑起身体，将脸冲着天上那轮苍白的，死神般忧郁的月亮，拉长声音嚎叫起来。

“听见了吗，叔叔，开始叫了。”小伙子在门边说道，他那悦耳的男高音怯懦地颤抖着。

“开始叫了，这该死的东西。”他叔叔不慌不忙地回应道。

他们从凳子上站起身来，便门的门闩咔哒一响。二人悄悄越过大院和菜园。年纪大一些的是个黑胡子壮汉，手拿武器走在前头。小伙子怯生生地缩在后面，不时越过叔叔的肩膀往前瞄上几眼。

澡堂后面的草地上趴着条正在嚎叫的白色大狗，只有头顶有一撮黑毛。它仰着头，直面那寒冷夜空中能昭示吉凶的圆月。后腿以一种奇怪的方式向后伸着，前腿径直抓进地里。月色青白、朦胧，它的体型在月光下显得十分肥硕庞大，大过了世间所有的狗。黑色的斑点从头部开始，蜿蜒曲折地散布在背上，仿佛女人散开的发辫。它的尾巴不见了，应该是被它压在自己身下了吧。身体上的毛那么短，远远看去就像是没毛一般，裸露的皮肤在月光中微微发亮，仿佛一个裸体的女人正趴在草地上，像狗一样嚎叫着。

黑胡子壮汉举枪瞄准。小伙子在胸口画着十字，嘴里喃喃念着什么。

砰的一声枪响。大狗尖叫着，后腿一蹬跳起身来，变成了个裸体的女人。她浑身是血，尖叫着、哭号着跑开了。

黑胡子壮汉和头发微卷的小伙子跌坐在草坪上，被吓得狠了，也跟着嗥叫起来。

化水为酒

他是先知，是导师，关于他的传说数不胜数。

人们期待奇迹，不仅口口相传着关于奇迹的故事，还相信故事中的一切都是事实。智者们默然不语，因为他们知道人没有奇迹活下去。

这是个贫穷的小城。一天清晨，导师来到这里。一对年轻夫妇正在举行婚礼，亲朋好友们全都赶来赴宴。导师和他的母亲也接到了邀请。导师很忧郁，就连置身这喧闹的宴会都没能让他开心起来。他看着一对新人，眼中透出悲伤，因为他知道，他们的家将空空荡荡。

他知道，他们的家将空空荡荡。

新郎吻住新娘的一刹那，她的双唇因甜蜜和愉悦而颤抖。

他知道，他们的家将空空荡荡……玫瑰已开始凋零，散落的花瓣在白色门槛的映衬下红得无比妖异。阴险的魔鬼轻笑低语：

“采玫瑰的人，你小心尖刺！”

年轻漂亮的新人坐在首席，乌黑的双眼中闪耀着尘世的喜乐。导师坐在未婚妻身旁，她低声对他说：

“导师，在我的婚礼上创造奇迹吧，要好的，不吓人的那种，这样我才能开心起来。”

“奇迹要向自己的心求取。”导师回答她说。

她没听懂，笑得一脸天真无邪，满眼恳求地等待着。她又低声对导师说：

“我们知道你为别人创造过奇迹。你小时候也创造过，不过当时只是为了好玩儿而已。你曾用黏土捏出了很多鸟，它们的歌声比夜莺还甜美动听。你放飞了它们，让它们获得了自由。”

“是这样的，可爱的姑娘。”导师对她说，“奇迹转瞬即逝。黏土一直沉寂在黑暗之中，变成声音动听的鸟儿之后，很快就不复存在了。属于你的快乐自会到来的。”

她满怀期待的表情仍旧没有变化。

宴会持续了很久，客人们吵吵闹闹，快意非凡。他们喝光了所有的酒，还想要更多，然而主人家已经没有酒了。导师的母亲对他说：

“已经没酒了，这家人挺穷的。客人们会指责他们，说他们办个婚礼连酒都没准备够，这样不太好。”

所有人都望着导师。他站起身，朝院子里的水池走去。外面飘着雨，地面有些潮湿。池子里蓄了很多水。雨快要停了，疏疏落落的雨点在水面激起阵阵涟漪。浸了松脂的火把燃烧着，散放出暗淡的光芒，水池的边缘被映得通红，水色却愈发深沉黑暗。

导师默不作声。醉醺醺的客人们放声大笑，吵吵闹闹，不停地要酒喝，他们的声音隔空传了过来。宴会司仪与导师一起站在水池边，新郎的父母与几个同新娘交好的女孩儿也在那里。女孩儿们碍于面子，几乎滴酒未沾。她们刚才跳舞时转了太多圈，又被客人们散发出的酒气熏着了，头有些发晕。

“这儿有不少水。”司仪说，“他们家没酒了。导师，如果你想，这些水会变成酒的。”

“如果我不想呢？”导师问道。

司仪的脸蒙上了一层阴云，眼露诧异，仿佛听到了什么奇怪的、不合时宜的话。年轻姑娘们开始起哄，声音柔亮：

“你想的，导师！”

“给我们展示奇迹吧！”

“我们还没见过奇迹呢。”

“把这池水变成最好的酒吧。”

他们非常好奇地看着导师和池里的清水，像一群等待实验结果的学生那样难耐地等待着，看导师是否愿意为他们展示奇迹，看他是否成功。导师似乎很不情愿地将手缓缓伸进水里。池水一阵波动，火把的倒影在水面晃来晃去。导师的手中似乎释放出了某种力量，给水染上了颜色，把水变成了酒。

女孩儿们开心地笑了。司仪舀了罐池水尝了一口，说道：

“之前是水，现在还是水。”

女孩儿们一脸尴尬。导师平静地说：

“我的朋友，让仆人们用杯子装满这里的水，拿给客人们喝吧。”

司仪照他说的做了。女孩儿们十分茫然，她们不知道导师是否成功创造了奇迹，也不知道应不应该继续等待下去，一步三回头地回到屋里等候下文。

桌边的客人们开心地叫道：

“送来新酒了！”

“不少啊，能喝到明天呐。”

“让我们为一对新人干杯，为导师干杯。”

有些人清醒一些，他们互相告知说导师为了把水变成酒，去了水池边一趟。

大家接着喝酒。有人赞不绝口，认为这酒比宴会开始时端上来的酒还要好，有人说酒里掺了太多水，还有人笑着说这就是水。

导师一言不发地坐着。

一个年轻姑娘往杯里倒满水，走到导师面前说：

“导师，告诉我，这是酒还是水？”

“如果你想知道，你就自己看，自己喝。”导师回答道。

“我的眼睛有什么用！我有什么用！”女孩说，“天使站在你的身边保护着你，我却看不到；星辰在天上旋转，在你头顶歌唱，我却听不到；四元素的力量在你身上汇聚，又从你身上流泻而出，我却感受不到。我算什么！告诉我吧，我会相信你的话。”

导师说：

“只要你喝水的时候没有丝毫怀疑，你的心就能创造奇迹，这水会变成世上最醇厚的美酒。”

年轻的姑娘把杯中的水喝干，脸上绽放出无上的欢愉，就像喝了香醇的美酒一样。她醉了，欣喜地哭泣着、尖叫着，赞颂导师，赞颂先知。她跳起舞来，拍着手不停地转圈。醉醺醺的客人们见她在跳舞，也跟着拍手，拍手的速度竟然跟不上她的舞步。他们说：

“是啊，上好的美酒。导师是行家。”

司仪和那些神志清醒的老年宾客们都不清楚女孩为什么喝了普通的水会醉倒。看到她的泪水，听到她的叫喊，他们面露微笑。新婚夫妇喝了不少，睡意蒙眬地看着卧室门口，那儿挂着条厚重的深色帘幕。他，年轻的丈夫，已经几乎什么都看不见，也什么都听不到了；她，年轻的妻子，内心抑郁，因为导师没有为她创造奇迹，因为她的朋友此时此刻如此开心快乐，而这份快乐本应只属于她。

她没能见证奇迹，她的家将空空荡荡……

导师静静退席，和母亲一起走进为他们安排的客房。狂喜的姑娘跟在他们身后，歌唱着、叫喊着、舞蹈着。她跑到导师跟前，匍匐在地面亲吻导师双脚，之后又跳起舞来，边哭边笑。导师关上房门后，狂喜的女孩号叫着奔出了城外，在溪边潮湿温暖的草坪上躺了一整晚，心中的喜悦难以言喻，只能哭个不停。夜莺在她头顶婉转嘹亮地鸣叫，红玫瑰和白玫瑰芬芳四溢，星星随着天国的乐曲跳着永恒的舞蹈。

清晨，她回到自己家中，心里充盈着强烈的、永恒的欢乐与悲伤，这是置身天国才会有的体验。她又哭又笑，宣扬着来自导师和先知的启示。大家谈到她时都叫她：

“疯女人！”

人们可怜她，又羡慕她，因为他们知道她窥见了伟大的奥秘和美妙的奇迹，知道天国曾在她面前开启大门，知道她曾聆听上帝的话语。

蛆　虫

一

旺达今年 12 岁，是个肤色黝黑、身材高大的小姑娘。她从学校回来时虽然脸被冻得通红，心里却十分高兴。她在房子里开心地疯跑，一会儿碰到这个，一会儿撞到那个。女孩儿们想让她停下来，却被她的喜悦感染，也跟在后面跑起来。不过每当安娜·格里高利耶夫娜·鲁勃诺索娃经过她们身边时，她们都会战战兢兢地停下脚步。安娜·格里高利耶夫娜·鲁勃诺索娃是个老师，这些女孩儿们就住在她家。安娜·格里高利耶夫娜生气地嘟囔着，在厨房和饭厅之间跑来跑去，手忙脚乱。安娜·格里高利耶夫娜的丈夫，弗拉基米尔·伊万诺维奇马上就要从单位回来，然而饭还没好，旺达又调皮捣蛋，这些都让她很不高兴。

“不行，”她懊恼地说，“这是最后一年让你们住这儿了。在学校里就被你们烦得要死，回家还要花那么多时间照管你们。不行，我受够了，太累了。”

安娜·格里高利耶夫娜面色铁青，一脸狰狞，黄色的尖牙从上嘴唇下露了出来，经过旺达身边时顺手重重一拧。大家都害怕安娜·格里高利耶夫娜，旺达安静了一会儿。可是没过多久，整个屋子就又充满了欢声笑语和踢踢踏踏的脚步声。

鲁勃诺索夫家前不久才建好一栋单层小木楼，他们很是以此为荣。弗拉基米尔·伊万诺维奇在省政府工作，安娜·格里高利耶夫娜在女子中学当老师。他俩没有孩子，也许正因如此，安娜·格里高利耶夫娜才总是满脸怨气。她喜欢拧人，也有的是人可以被她拧：每年都有几个外地学生会住在他们家。安娜·格里高利耶夫娜的妹妹，热尼娅也和他们住在一起。热尼娅今年 13 岁，身材矮小，十分瘦削，肩膀更是皮包骨头，嘴唇又厚又凉，血气不足。她长得像姐姐，就像小青蛙像老青蛙一样。除了热尼娅，鲁勃诺索夫家里现在还住着 4 个小姑娘：旺达·塔姆列维奇，来自卢比扬斯克省最边缘的几个小镇之一，父亲是个守林人。小姑娘眼睛大大的，性格很活泼。她心里一直偷偷想家，每到冬末（这是她在鲁勃诺索夫家寄住的第 3 年）她都会因为想家而萎靡不振。姑娘中最年长、最机灵的是卡佳·拉姆涅娃。另外两个女孩都满了 13 岁，萨沙·叶毕方诺娃长着一双黑眼睛，很爱笑，美女杜尼娅·赫瓦斯东诺夫斯卡娅长着一头浅褐色的头发，是个懒人。

旺达有理由高兴：今天她在最难的那门课上得了 5 分。死记硬背对旺达来说是大难题，她觉得那样学习很无聊。如果背诵的东西没意思，她的思维就无法集中，总会幻想自己来到一片神秘、静谧，覆盖着皑皑白雪的森林。她和父亲经常坐着小雪橇在林中穿行，冷杉肃穆沉郁的枝丫被雪团压弯，垂在他们头顶。冷冽的空气一道道灌进胸膛，锐气逼人，令人心旷神怡。旺达沉浸在幻想中，时间飞逝，课文没背下来，不得不在课前匆匆看上一遍，如果老师提问就只能随便应付一下，得个3分。

昨天晚上很成功：旺达完全忘了家乡远郊的森林。今天她一字不差地照书回答了神父在课上的提问。神父是神学老师，他遵循老方法，40年前老师怎么教他，他现在就怎么教学生。神父表扬了她，说她是个“能干的姑娘”，给了她5分。

所以旺达才会在房里疯跑，去逗弄那只名叫尼禄的，表情阴郁的大狗。尼禄虽然傲气，却仍然大度地容忍了她淘气的举动。她哈哈大笑，搅得其他女孩不得安宁。她动作太快，快得屏住了呼吸，心情太好，好得癫狂了起来。旺达没收住脚，撞到了忙忙碌碌的女仆玛拉尼娅，撞掉了她拿在手上的盘子，不过旺达反应很快，在盘子落地前及时抓住了它。

“哎，你怎么不去死呢，疯丫头!”玛拉尼娅喝骂道。

“旺达，别胡闹!”安娜·格里高利耶夫娜喝斥她，“你会打碎东西的。”

“不会啊，”旺达开心地叫道，“我这么灵活。”

她穿着高跟鞋，张开双臂转起圈来，将一个放在餐桌边沿的茶杯碰到了地上，那是弗拉基米尔·伊万诺维奇最爱的茶杯。旺达吓得浑身一震：瓷器破碎的声音传来，清晰、悦耳又无情，五颜六色的碎片在地板上滚来滚去。旺达双手捂住胸口，守着那些碎片。她原本漆黑、活泼的双眼无比惊惶，黝黑丰满的双颊瞬间变得惨白。女孩儿们安静下来，围在旺达身边，担忧地看着那堆碎片。

“闯祸了吧！”热尼娅训斥道。

“弗拉基米尔·伊万诺维奇会收拾你的。”卡佳说。

萨沙·叶毕方诺娃突然觉得很滑稽。她嗤地笑出声来，为了不笑得太夸张，便像往常一样，用手把嘴捂住。安娜·格里高利耶夫娜听到了茶杯落地的声音，从厨房跑出来，嘴里喊着：

“这是怎么回事？”

女孩们住了嘴。旺达浑身发抖。安娜·格里高利耶夫娜看见了茶杯碎片。

“真是够了！”她叫道，眼神阴沉狠厉，“谁干的？马上交代！是你干的吗，旺达？”

旺达不说话。热尼娅替她回答道：

“就是她，在桌子边跳来跳去，又是转圈又是挥手，把茶杯碰到地上打碎了。我们所有人都制止过她，想让她别再胡闹来着。”

“哼！真是多亏你了！”安娜·格里高利耶夫娜压低了声音，恶狠狠地说道。她气得脸色发绿，黄色的尖牙散发着危险的气息。

旺达飞快地扑到安娜·格里高利耶夫娜身上，用颤抖的双手抱住她的肩膀，恳求道：

“亲爱的安娜·格里高利耶夫娜，别告诉弗拉基米尔·伊万诺维奇！”

“好，我不会告诉弗拉基米尔·伊万诺维奇！”安娜·格里高利耶夫娜恶声恶气地说道。

“您就和他说是您打碎的嘛。”

“我会打碎弗拉基米尔·伊万诺维奇最爱的茶杯？你的脑子呢，

旺达？我可不会袒护你，自己闯的祸自己收拾。茶杯碎片也得你自己拿给弗拉基米尔·伊万诺维奇看。”

旺达哭了起来。女孩们开始收拾碎片。

“嗯，对，你自己拿给他看，他会感谢你的，我的好姑娘。”安娜·格里高利耶夫娜的声音里满是恶意。

“看在上帝的份上，您别告诉他，安娜·格里高利耶夫娜。”旺达又开始求她，“您惩罚我吧，然后告诉弗拉基米尔·伊万诺维奇是猫把杯子打碎了。”

萨沙把那些细小的碎片捡起来捧在手心里，边收拾边噗嗤发笑。

“穿鞋子的猫！”她压着嗓子叫道。

卡佳悄悄制止了她：

“哎，有什么可笑的？要是这茶杯是你打碎的，你也会哭成这样。”

安娜·格里高利耶夫娜把双手从旺达的怀抱里抽了出来，重复了一遍：

“别求我了，我肯定会告诉他。三天不打上房揭瓦！我的妈呀，真得好好教训你！怎么，都收拾干净了？”她问女孩儿们，“放这儿吧。”

安娜·格里高利耶夫娜把碎片放进盘子，再把盘子端到餐桌上，放到最显眼的位置。弗拉基米尔·伊万诺维奇一回来就能看到。安娜·格里高利耶夫娜对自己的创意十分满意，随后她又开始在桌子和炉子之间跑来跑去，嘴里低声冲旺达说着狠话。旺达绝望地跟在安娜·格里高利耶夫娜身后，求她把碎片收走。

“等弗拉基米尔·伊万诺维奇吃过午饭再告诉他行不行!”她痛哭流涕地说。

“不，亲爱的，就得让他一进门就看见。”安娜·格里高利耶夫娜恶狠狠地回答道。

安娜·格里高利耶夫娜一步不让，旺达心中涌起一阵浓烈的恨意，她绝望地挥动双手，低声叫道：

“原谅我吧！您毒打我一顿也行啊!”

其他女孩平静地坐着，低声聊着天。

二

弗拉基米尔·伊万诺维奇回家途中还美美地计划着，回家之后先喝点儿水，吃点儿别的东西解解馋，再美美地饱餐一顿。天气晴朗，太阳西斜。卢比扬斯克常年刮风，今天也不例外，一片片松软的雪团被风从雪堆上吹起，在空中飘飞着。大街上空荡荡的，低矮的木头房子矗立在地里，夕照之下一片绯红。松散的篱笆延伸出去，似乎没有尽头。树丛银装素裹，从篱笆上方探出头来。

鲁勃诺索夫沿着狭窄的小桥向前行进，雄赳赳地迈着自己的罗圈腿，一双小眼睛在面色红润、长着雀斑的脸上微微闪光，快乐地四处张望。突然，他远远地看见了自己的敌人，安娜·弗明尼齐娜·比季列娃，一个说话刻薄的中学教师，40 岁的老姑娘。弗拉基米尔·伊万诺维奇有些郁闷：难道他要冒着摔进雪堆里的危险给她让路？她就那么自顾自地走着，紧紧抿着那张恶心的嘴，蛇一样的眼睛盯着地面，弗拉基米尔·伊万诺维奇最烦的就是她这副样子。

他用力攥了攥右手中的手杖，坚定地迎敌而上。手杖的芯是铁的，外面包了一圈厚厚的桦树皮。两人面对面站定，互相瞪视的眼睛里迸射出火苗。弗拉基米尔·伊万诺维奇首先开口：

“混账!”他不可一世地说道。

说完，他发现安娜·弗明尼齐娜的背后还有一个人，那是她的女仆玛什卡，女仆手里还抱着自家小姐的书。弗拉基米尔·伊万诺维奇很遗憾，因为旁边有人看着，没法再骂得更难听了。

安娜·弗明尼齐娜嘶哑着嗓子小声说道：

“不学无术的小白脸!”

弗拉基米尔·伊万诺维奇拄着手杖，岔开双腿，轻蔑地笑着，露出脏兮兮的牙齿，对安娜·弗明尼齐娜说：

“喂，走啊，你还在等什么!”

“难道您就不能让开点儿?”安娜·弗明尼齐娜语气柔和地说。

“怎么，您是要我趴到雪地里去给您让路?这可不行，兄弟，不行，我的健康也很宝贵。您走，走啊，别挡路。”

接着他微微用力，把安娜·弗明尼齐娜推到身后。他的动作太不小心，安娜·弗明尼齐娜尖叫着倒在了雪地里，全然不顾自己之前造作的温良形象。

“哎，哎，你故意的!哎哟，哎哟，你这个恶棍!”

小女孩一跃而起，弗拉基米尔·伊万诺维奇轻轻给了她膝盖一下，她也倒在了雪地里，嘴里骂骂咧咧地，挣扎着想扶小姐起身。

清理干净道路之后，弗拉基米尔·伊万诺维奇继续前进，满脸洋溢着胜利的喜悦。玛什卡追在他屁股后面尖叫道：

“你真是个卑鄙的家伙，你真该死！我们要去告你！”

走到十字路口，弗拉基米尔·伊万诺维奇转过身，举起手杖，嘴里大声威胁道：

“蠢货，接着骂啊，再骂我再收拾你。”

听到这话，玛什卡立马伸出舌头，摆出轻蔑的手势，高声叫道：

“来啊，来啊，我们好怕啊！”

弗拉基米尔·伊万诺维奇想了一会儿，觉得没必要继续纠缠下去，啐了一口，骂了几句便动身回家了，肚子里的馋虫蠢蠢欲动，想大吃一顿！

三

姑娘们紧张地等待着。一阵颐指气使的刺耳铃声忽然响起，听到铃声后她们浑身一颤：弗拉基米尔·伊万诺维奇回来了。安娜·格里高利耶夫娜幸灾乐祸地瞥了旺达一眼，跑去开门。热尼娅紧随其后，幸灾乐祸的眼神和看热闹不怕事儿大的神色与姐姐如出一辙。旺达怕得要死，跟在安娜·格里高利耶夫娜身后，低声求她不要把自己闯的祸说出去。安娜·格里高利耶夫娜生气地推开了她。

热尼娅今天特别殷勤。在她和安娜·格里高利耶夫娜的帮助下，弗拉基米尔·伊万诺维奇脱掉了裘皮外套，大声说道：

“兔崽子！缺心眼儿，我要让她一直记得这个教训！”

恐惧笼罩了旺达：她以为弗拉基米尔·伊万诺维奇以某种神奇的方式获悉了她干的好事。不过很快她便从他连绵不绝的喊声中了解到，他说的是别人。旺达心中燃起了微渺的希望，觉得说不定能拖到午饭后。届时鲁勃诺索夫几杯黄汤下肚，困意上头，脾气可能会变得好点儿。她连忙回到客厅，站到桌子前面，竭力想遮掩茶杯的碎片。卡佳帮她把桌上的灯挪了挪，这样从侧面也能挡一下。

弗拉基米尔·伊万诺维奇挥舞着拳头走进客厅。安娜·格里高利耶夫娜一直不停地问这问那，而他只是重复着：

“等会儿，我慢慢告诉你，让我喝口水。”

他走到镜子面前，满意地欣赏自己在镜中的倒影：他觉得自己是本市第一美男子。随后他脱下长礼服丢给旺达，叫道：

“旺达，拿到我卧室去!”

旺达忐忑不安地拿起衣服，心情郁闷地向夫妇俩的卧室走去。她小心翼翼地捏着礼服领口，高高举起，就好像手中的衣服是玻璃做的一样。她实在太过小心，甚至踮起了脚尖。爱笑的萨沙用手捂住嘴，从客厅里跑了出去。旺达的脸因为羞愧和沮丧变得通红。

鲁勃诺索夫此时正穿着马甲照镜子，边照边用梳子从中间往两边梳理他那油光水滑的浅色头发。从镜子前转过身，他看见了盘子里的碎片，瞬间便认出这是自己平时用惯的大茶杯，急怒攻心。

“谁打碎了我的茶杯?”他凶狠地叫道，“岂有此理。这是我最喜欢的茶杯!”

他愤怒地在房间里走来走去。

“除了旺达还会有谁。”安娜·格里高利耶夫娜哑着嗓子恶毒地说。

热尼娅忙着献殷勤，激动地把旺达怎么打碎茶杯的事情又念叨了一遍，随后便学着旺达的样子，张开双手开始转圈。她演得十分卖力，长着蒜头鼻的脸憋得发青，恶毒的嘴唇没有一丝笑意。脊背佝偻着，样子令人反胃。

“太淘气了！”安娜·格里高利耶夫娜嘴里嘟囔着，“这孩子简直无法无天。弗拉基米尔·伊万诺维奇，你能制止她就好了。要不然她会打碎我们所有的餐具。这些孩子又不会给我们搬来金山银山，只会给我们惹麻烦，让我们操心。”

“她差点连盘子也一起打碎了。”热尼娅再次插嘴说道，“玛拉尼娅从厨房里拿盘子出来，她径直就撞了上去！玛拉尼娅好不容易才把盘子托住，不然所有盘子都会被摔得粉碎。”

鲁勃诺索夫越听越气，脸涨得通红，愤怒地咆哮起来。旺达站在客厅门背后哭着，飞快地划着十字，悄悄祷告着。她透过门缝看见弗拉基米尔·伊万诺维奇涨得通红的脸，内心腾起一阵厌恶和恐惧。鲁勃诺索夫叫道：

“旺达，你给我过来！”

旺达战战兢兢地走进客厅。

“兔崽子，你都干了些什么？”弗拉基米尔·伊万诺维奇冲她吼道。

旺达看见他手中拿着用来教训尼禄的皮鞭。

“过来，到这儿来！”弗拉基米尔·伊万诺维奇说着，唾沫星子四处飞溅，“让我用鞭子好好疼爱你。”

他狠狠地挥了一下鞭子，发出刺耳的响声。旺达吓坏了，朝门边退去，他抓住她的肩膀，暴躁地把她拖到客厅中央。旺达大声哭喊着跪倒在地。鲁勃诺索夫扬起鞭子。听到鞭子划破空气的声音，旺达绝望地尖叫，抽搐着躲避鞭打。她一跃而起，奔向前厅，躲到了柜子后面那个满是灰尘的狭小角落里。整个屋子都能听见她歇斯底里的尖叫。弗拉基米尔·伊万诺维奇本想扑过去把旺达拖出来，可安娜·格里高利耶夫娜被女孩充满野性的眼神和疯狂的尖叫吓到了，制止了丈夫：

“够了，弗拉基米尔·伊万诺维奇，别管她。”她说，“以后我们还有的是罪受呐。你看她的眼神，都快要咬人了。和狼一样，无论你怎么喂，它的眼里都只有森林。”

鲁勃诺索夫站在柜子旁边，旺达在柜子后面瑟瑟发抖。

“你就继续躲着我吧，缺心眼儿！”他气得满脸通红，慢慢说道，每一个词的重音都带着威胁，“行，你等着，我换个法子收拾你。”

旺达安静下来，仔细听着。

“你逃不掉的，蠢货！”弗拉基米尔·伊万诺维奇绞尽脑汁想让自己的威胁变得更加可怖，继续道，“我知道怎么对付你。等着吧，现在已经入夜了，等你睡着后会有只蛆爬进你的喉咙。听着，蠢货，一只蛆！”

弗拉基米尔·伊万诺维奇说到“蛆”这个字时猛然提高了声调，愤怒地把鞭子扔到地上。一双黑色的大眼睛从柜子后面探出来，目不转睛地盯着他，黝黑又没有血色的脸庞一动不动。

“你会知道的！”鲁勃诺索夫说，“蛆会直接爬到你喉咙里，蠢货！它会顺着你的舌头爬进去，在你的肚皮上钻个洞，吸你的血，小宝贝儿！”

旺达仔细又惊慌地听着，她缩在那个满是灰尘的阴暗角落里，柜子的阴影包围着她，充满恐惧的双眼在黑暗中微微发亮。弗拉基米尔·伊万诺维奇又重复了一遍刚才的恶毒咒骂。从那个憋闷的角落里向外看去，旺达觉得他就像一个法师，正在对她施展可怕的秘术，而她却无从反抗。

四

鲁勃诺索夫很喜欢自己关于蛆的设想，午饭时提了好几次，下午和晚上又重复了几遍。安娜·格里高利耶夫娜和女孩儿们也都很喜欢这个笑话。大家都嘲笑旺达。旺达不发一言，害怕地看着弗拉基米尔·伊万诺维奇。有时她觉得他是在开玩笑，怎么可能会有这种蛆呢？有时她又是真的感到害怕。

她一整晚都精神恍惚，知道自己犯了错，可心里又很委屈。她想一个人待着，躲到某个角落里哭一会儿，然而她不能这么做：女孩儿们在她周围窃窃私语，她还不得不坐到她们中间，看那些烦人的书，做无聊的练习。鲁勃诺索夫两口子在旁边的房间里聊天。旺达迫切希望黑夜降临，那时至少可以用被子蒙住脑袋，将自己同这些讨厌的人隔开。

旺达坐在那里，假装正在做功课。她把脸埋进手里，努力想象自己家的房子和寂静的森林。她合上眼睛，远方的家乡出现在眼前。

炉子里的火堆快乐地噼啪作响。旺达刚回家便坐在地板上，把冻得通红的双手伸向火堆。窗外是一片寒冷而光明的冬景。低矮的太阳将窗边闪闪发亮的冰花映得通红。这里的一切都温暖、舒适。全家人聚在一起，欢声笑语不断。

鲁勃诺索夫走了进来，问道：

“旺达，在发什么呆呢？缺心眼儿的，你是在想那只蛆吗？恐怕它会在晚上直接爬进你肚子里。”

女孩儿们哄堂大笑，旺达则睁大了漆黑的眼睛，惊慌地朝四周看了看。

“蛆！”她轻轻地重复着，满脑子都是这个词。她觉得它的发音很奇怪，有些粗鲁。为什么会这样呢？她把这个词分解成了音节和单个的音素：先是难听的唏音，然后是隐含威胁的“р”，之后是滑音，再然后是恶心的词尾。旺达嫌恶地耸了耸肩，背上掠过一阵凉意。“вяк”这个毫无意义与美感的音节一直在她脑海里盘旋。她觉得它很恶心，却始终挥之不去。

五

天色已晚。女孩们回到卧房，供她们睡觉的五张床在房间里排成一列。旺达的床是从边上数的第二张。左边靠墙的床是杜尼娅·赫瓦斯东诺夫斯卡娅的，右边分别是萨沙、卡佳的床，热尼娅则睡在靠近鲁勃诺索夫卧室门的地方。

旺达满眼烦闷地环顾四周，觉得角落里的影子正盯着她看，目光不怀好意。

墙上贴着丑陋的墙纸，上面随意涂抹了些紫色的小花，油彩上得全不是地方。墙纸贴得很随便，连花纹都合不上。纸糊过的天花板低矮阴沉。旺达感觉它越来越低，挤压着满室的空气和她的胸腔，就连铁床也散发出悲伤的气息，让人联想到监狱或医院。

床对面，旺达的脸正对着几个用烂木板草草钉成的衣柜，柜面布满裂纹，门也不怎么牢靠。女孩儿们的衣服都放在里面。只要有人经过，柜门就会微微发抖，发出嘎吱嘎吱的轻响。旺达很郁闷，因为这些衣柜全都是一副可怜巴巴的，有些摸不着头脑的样子，像极了受过惊吓的老人。

弗拉基米尔·伊万诺维奇走进女孩儿们的卧室，高声说道：

“旺达，你听好了，那只蛆今晚就会爬进你的喉咙。”

女孩儿们嘻嘻笑着，看着旺达和弗拉基米尔·伊万诺维奇。旺达不说话，只从被子后面用自己的黑眼睛盯着弗拉基米尔·伊万诺维奇。

鲁勃诺索夫走了。大家开始逗弄旺达。她们知道旺达爱哭，所以很喜欢这么干。旺达不经逗，也不容易信任别人，只有远方的家乡能真正走进她的心。

旺达心烦意乱，一声不吭，悲伤的双眼迟钝地盯着天花板。女孩儿们边笑边聊着天。弗拉基米尔·伊万诺维奇正打算睡觉，被她们吵到了，很不高兴，在自己的卧房里吼道：

“闭嘴，一群缺心眼儿的！还在吵吵什么！小心我拿鞭子抽你们！”

女孩儿们安静下来。

“只知道用鞭子打人！”旺达沮丧地想。她想起了自己温柔善良的家人，弗拉基米尔·伊万诺维奇同他们一比，显得异常粗鲁和没教养。她忽然又因为自己有这种想法而感到羞愧，毕竟是她有错在先。

杜尼娅很快就睡着了，鼾声传了过来。这种声音也让旺达感到恶心。周围的空气暖和却憋闷，呼吸起来异常困难。旺达觉得这里太拥挤，没多少新鲜空气。忧愁和苦闷溢满了她的胸口。

旺达用被子蒙住头。脑海里闪过一阵怒意，随后她平静下来，全神贯注地幻想起遥远的故乡。

旺达渐渐沉入梦乡。忽然，她感觉嘴唇上有什么东西在蠕动，吓得浑身一抖，睡意全无。

她大睁双眼，心跳在一瞬间停止，复又开始跳动，跳得又急又快。旺达将手飞快伸进嘴里，把不小心吃进去的床单扯了出来。床单上有一小块地方被口水打湿了，就是它造成了那种有什么东西在蠕动的感觉，吓到了她。

旺达开心得就像劫后余生一样，她把手放到胸口，滚烫的手指清晰地感受到了心脏快速的起伏，刚才被吓到的样子令她自己都忍俊不禁。

然而在她周围，在深夜的暗影中还悄悄闪动着某些未知的、可怕的东西。她笑得很沉重，面容也很苍白，黑暗而神秘的预感袭上心头，她的心脏再次险些停止跳动。

旺达痛苦不堪、心烦意乱。她觉得气闷，在床上翻来翻去，被子的纠缠令她的呼吸更加不畅。腿也不舒服，灌了铅似的又累又重。白天鞋子穿得太紧，晚上一抬脚就痛。浑身哪儿都不自在。眼睛干涩，眼皮沉重，想睡却又睡不着。

风在烟囱里尖声哀嚎。有人在半醒半梦中嘟囔着什么。失眠让旺达心烦意乱，喘不过气来，就连翻身时在床单和睡衣上压出的褶皱都让她难受。

旺达试图通过幻想来改善心情却收效甚微。女孩儿们睡得很香，旺达有时甚至觉得她们已经死了，可怕极了。

她就这样在床上躺了整整一小时，终于睡着了。

六

旺达突然从睡梦中惊醒，似乎有人推了她一把。夜还深，大家都在睡觉。旺达被什么东西吓到了，猛然坐了起来。她刚刚好像做了个晦暗可怕的梦，心中充斥着某种诡异的感觉。她紧张地望向卧室里的阴影，模模糊糊、杂乱无章的思绪在脑子里不断闪现。心里一阵厌烦。嘴里不舒服，想喝水。她打了个哈欠，忽然感到有什么东西在她的舌头上爬行，就在舌根那里！那东西似乎还有黏液，特别恶心。它挠搔着她的咽喉，往深处爬去。旺达无意识地做了几下吞咽动作。舌根处有东西在蠕动的感觉消失了。

旺达突然想起了蛆，觉得这肯定是那只会爬进她嘴里的蛆，她居然把它生吞进了肚子里！害怕和恶心的感觉笼罩了她。寂静的暗夜里突然响起了旺达绝望、刺耳的尖叫。

女孩儿们被吓到了，纷纷从床上跳起来。她们不知道出了什么事，嗫嚅着、抽泣着，在黑暗中窜来窜去，你撞我，我撞你。旺达安静下来。安娜·格里高利耶夫娜认出了旺达的声音，衣衫不整地从卧室跑出来，边跑边点燃了蜡烛。弗拉基米尔·伊万诺维奇在床上翻身的声音，床嘎吱作响的声音，他含混不清的抱怨声，还有他开始找衣服的声音都透过卧室门传了过来。

安娜·格里高利耶夫娜走到旺达身边。

“旺达，你怎么了?”她问道，“你喊什么！被什么东西吓到了吗，蠢货?”

女孩们已经知道刚才是旺达在叫了。就着蜡烛的光，她们聚集到她床边。天气太冷，所以她们紧紧挤到了一起，还不停地揉着惺忪的睡眼。旺达坐在床上，盘着腿缩成一团，全身抖得像筛糠。她望向安娜·格里高利耶夫娜，圆睁的双眼中全是恐惧。安娜·格里高利耶夫娜摇了摇她的肩膀：

“你到底怎么了，旺达，说话啊!”

旺达突然大哭起来，边哭边像婴儿一样含糊不清地叫着：

“蛆，蛆!”

她的牙齿磕在一起，发出奇怪的哒哒声。安娜·格里高利耶夫娜没能立即明白她的意思。

“什么蛆?”她不快地问道，一会儿问旺达，一会儿问别的姑娘。

旺达哭得更厉害了，嘴里叫着：

“我的天哪，救命！蛆爬进来了!”

她无助地张开嘴，把手指伸进嘴里，无意识地咬住，再把手指从嘴里抽出来，接着又开始大哭。卡佳解释道：

“弗拉基米尔·伊万诺维奇不是说有只蛆会爬进她嘴里吗？她肯定梦见了。”

弗拉基米尔·伊万诺维奇走了过来，刚到门槛边他就高声叫道：

“怎么回事？小丑们，连觉都不让人睡了啊。”

“是这样的，”安娜·格里高利耶夫娜回答道，“你对旺达说了那么多关于蛆的事情，她信了。”

“愚蠢。”鲁勃诺索夫说，“玩笑而已，哪儿来的蛆。”

女孩们又笑了一阵，她们靠近旺达，安抚她，想让她平静下来：“你做梦了，旺达，哪儿来的蛆嘛？”

“真是个蠢货！开个玩笑都不行！”鲁勃诺索夫高声说完便回到了自己的卧室。

杜尼娅用大勺子给旺达打来水，让她喝下去。安娜·格里高利耶夫娜坐在床边开导她。旺达渐渐平静下来，睡了过去。

七

旺达梦见了自己的家，梦见了父亲、母亲，梦见了弟弟们，梦见了心爱的森林和忠诚的博尔坎。

她家住在小城郊区，是一栋半边都掩在雪中的单层小房。青烟从陡峭的屋顶盘旋上升。银白的森林就在近旁，散发着迷人的忧伤。寂静的天空被晨晖染成了玫瑰色。

她梦见了夏天。弯曲的河流缓缓流淌。黄色的睡莲生长在离河岸不远的地方。河水上方是陡峭的褐灰色悬崖。鸟儿在空中啼鸣飞翔。

温柔的母亲心情不错。她的眼睛是亮蓝色的，清脆的嗓子轻轻哼唱着舒缓的歌曲。

父亲的样子很严厉。胡子已渐渐发白，又长又硬，浓密的眉毛紧锁着，然而旺达不怕他。她在这片雪地，在母亲的故乡出生、长大，却喜欢听父亲讲他家乡的故事，那是个遥远的、虚无缥缈的地方。女孩儿以自己的方式理解了那些故事，赋予了它们童话般丰富的色彩。

伙伴们在卧室里的脚步声、说笑声惊醒了旺达。她睁开眼睛，觉得眼前陌生的一切简直无法理解。梦里的场景实在太过温馨，和这几面灰扑扑的墙壁、劣质的墙纸和随意涂抹出的花朵纹样简直有天渊之别。她又躺了半分钟，不知道自己这是在哪儿，也不明白自己是怎么了，睡意蒙眬间只想再抓住些梦境的吉光片羽。

房间四壁又出现在眼前，熟悉的烦闷再度侵占了她的心。她伤心地想起，自己一整天都必须和这些不停捉弄她的外人呆在一起。他们会用蛆来嘲笑她，还会嘲笑她奇怪的名字，用其他恼人的东西来刺激她。她预感到了这一切，心中隐隐作痛。

八

鲁勃诺索夫两口子和女孩儿们坐在一起喝茶。旺达因为夜里被吓着了，脸色十分苍白。她的头很疼，身上没一处舒服的地方，不想吃饭，也不想喝水。她总觉得嘴里有股怪味儿，茶水尝起来似乎也有些发霉发酸。

弗拉基米尔·伊万诺维奇从小杯里喝了一口茶，大声地咂巴嘴，这声音令旺达觉得恶心。上班时间快到了，他三口两口就把剩下的茶水吞下肚去。

安娜·格里高利耶夫娜发现旺达一脸悲伤，问她：

“你怎么了，旺达？头疼啊？”

“没，没什么，安娜·格里高利耶夫娜，我没事。”旺达回答道，说完她突然打了个激灵，努力想挤出个微笑。

“她被吓到了，所以脸色才这么白。”卡佳解释道。

萨沙想起了夜里混乱的场景，高声笑了起来，她的快乐感染了其他女孩。

“旺达，你可能真的生病了。要不你就在家待着?”安娜·格里高利耶夫娜问道。

旺达听她的声音就知道，如果自己留下来，她会很生气，会觉得自己在装模作样。旺达急忙说：

“没有，安娜·格里高利耶夫娜，您说什么呢，我真的一点事儿都没有。”

“怎么，真有蛆爬进去了?”弗拉基米尔·伊万诺维奇问了一句，问完便哈哈大笑起来。

所有人都笑起来，包括旺达。在大白天里晒着太阳，她心里对蛆虫的恐惧消退了。鲁勃诺索夫看见旺达也在笑，心里有些不满：这个恼人的惹祸精居然敢笑，还笑得露出了牙齿，他可是再也不能用心爱的茶杯喝茶了！于是他决定再吓一吓旺达，让她以后都记住这个教训。

“你干吗把牙齿露出来啊，旺达?”他紧皱双眉说道，“你真觉得我只是在开玩笑吗? 愚蠢之极！蛆只是暂时安静了，它在取暖，等会儿它就会吸你的血，你会拼命尖叫的。”

旺达忽然感觉有东西在胃的上方轻轻蠕动，脸色瞬间变得惨白。她惊恐万分，一把捂住心口。安娜·格里高利耶夫娜紧张起来，要是旺达生病了自己还得照顾她，孩子的父母远在三百俄里之外呢。

于是她出声制止了自己的丈夫：

“够了啊，弗拉基米尔·伊万诺维奇。你吓一个小女孩儿干什么，夜里又闹腾起来怎么办。我可不想每天晚上都去照料她。白天我已经够累了。”

九

旺达和大家一起去了学校，蛆虫仍然停留在原地不断蠕动。她怕得厉害，浑身都不自在。

迎面吹来的风冷酷无情。阴沉的篱笆和忧郁的人群刺激了她的神经。旺达无论如何都忘不了那只蛆，总觉得有一只细小的，肉眼难以分辨的蛆虫在自己体内朝着某个方向蠕动，偶尔还会咬她一下。这种感觉时停时续，就像这冷酷的风，时不时便会把雪团从地上刮到空中打几个旋儿。空旷大街上的风声让旺达想起了远方的森林，那里一片寂静，睡意蒙眬。父亲勇敢的声音在肃穆的松林里响起。森林辽阔无边，蒙受天父垂爱，城市陌生无趣，四处高墙林立，而人则无比渺小。

她想起了以前钻到父亲皮衣里坐雪橇的情景：雪橇奔驰前行，风呼啸着卷起阵阵雪团，阳光从林间缝隙漏过，碎裂成五颜六色的辉光。马打着响鼻，雪橇掠过雪地，发出的声音能持续很久。某户人家门口有条小路通到街边，路旁全是云杉。旺达的心抽紧了。

“我昨天为什么要打碎这个茶杯！”她苦涩地想，“我为什么要四处乱跳？有什么可高兴的。”

十

旺达坐在教室里，凝神倾听蛆虫在做什么。她感觉随着时间的推移，蛆正逐渐往上爬，朝着心脏的位置前进。她努力安慰自己，心说一切都会过去。然而教室里的墙壁光秃秃的，不近人情的样子令她感到害怕。

同屋的女孩儿们把蛆虫的事情告诉了班上所有人，大家又狠狠嘲笑了她一番。课间休息时同学们纷纷来到她身边，问她：

“您真的吞了一只蛆吗？”

旺达听到了自己身后的笑声和低声的感叹：

澡盆子吞了只蛆（在中学里旺达的名字被戏谑地改为“澡盆子”①）。

大家在嘲笑旺达时还押上了韵：

“澡盆子打碎了茶盅，澡盆子吞下了蛆虫。”

旺达气得一脸惨白，和这些人大吵一架。有个女生特别爱笑，惹人厌烦，旺达和她正吵得不可开交，突然感到心脏下方有东西在吮吸。她被吓到了，闭上嘴回到自己的座位，不管不顾地听着自己体内的动静。

有东西在心脏下面悄悄吸血，时断时续。

这种情况持续了很久，中午和晚上都有感觉。旺达非常疲惫，一旦她把注意力转向别的东西，它就安静下来。可现在她又想起了

① 旺达的俄语是“Ванда”，而澡盆的俄语是“Ванна”，两者发音很相似。

它，它的声音出现了。被吸血的感觉渐渐明显了起来。

旺达有时觉得，只要能忘记这只蛆，它就不会再动弹。然而一直有人提起这个话题，让她想忘也忘不掉。

旺达心里越来越烦，越来越怕。但她不好意思开口，她不敢对别人说蛆在吸她的血。她心里还存有一线希望，觉得这一切都会过去。

十一

女孩儿们坐在桌前学习。黄色的灯光刺激了旺达。她听着蛆虫那烦人的动静，感觉它吮吸得越来越急。旺达把手肘搁在桌上，双手抱头，愣愣地望着打开的书。她心里莫名烦躁，感觉空气里都充满了敌意，让她呼吸困难。旺达努力安慰自己：

“什么蛆都没有，就是想家了而已。等我开心起来就没事儿了。”

她试着想象自己的家。春天来了，她回到家中。

苔藓遍布、清凉宜人的森林正在打盹儿。松树的香气清新怡人，在林中四处弥漫。溪水拍击在石头上叮当作响。林间空地上长满了水越橘。

眼前的画面支离破碎，难以成型，旺达很快便停止了这种尝试。

饭厅里有人说话。安娜·格里高利耶夫娜在催玛拉尼娅，因为弗拉基米尔·伊万诺维奇午睡醒来，发现茶炊没备好后非常生气。

旺达猛地移开椅子，走进饭厅。她黝黑的面庞没有一丝血色，整张脸都萎靡不堪。旺达的眼睛直勾勾地看着前面，走到安娜·格里高利耶夫娜身边，悄悄说道：

“安娜·格里高利耶夫娜，蛆在我心口吸血。”

“又怎么了?”安娜·格里高利耶夫娜没太听清，不耐烦地问道。

“我心口……有蛆……在吸血。”旺达的声音低了下去。

“真想给你一巴掌，蠢货!”安娜·格里高利耶夫娜生气地嚷嚷道，“我成天都在料理你这事儿!”

“哎呀！蛆!”弗拉基米尔·伊万诺维奇高兴地叫道。

他笑得前仰后合，边笑边喊：

“在吸你的血呢，缺心眼儿的！知道我的厉害了吧！我弗拉基米尔·鲁勃诺索夫可不是吃素的!”

听见笑声，女孩儿们跑进饭厅，围着旺达哈哈大笑。她感到一阵天旋地转，跌坐在椅子上，安娜·格里高利耶夫娜随便给她包了几片药，旺达顺从而绝望地接过这些难吃的药片，吞下肚去。

她终于明白了，没人会可怜她，也没人想知道她到底怎么了。

十二

入夜后，旺达久久不能入睡。蛆虫在她心脏下方扎了根，不停地折磨她，吸她的血。旺达把手肘撑在枕头上，微微抬起上身。被子从她的肩膀上滑落下来。为了过节准备的油灯发出暗淡的光芒，旺达的睡衣被灯光映得微微发白，光裸的手臂却显得更加黝黑，一双眼睛睁得老大，泄露了她心底的恐惧。旺达无法忍受这种痛苦，悄悄哭了起来。她不想招致更大的不满，既不敢叫醒安娜·格里高利耶夫娜，也不敢找人帮忙。她把脸贴到枕头上，以此掩盖自己的哭声。卧室里传出女孩压抑、绝望的啜泣声。

“我该怎么办?”旺达轻声悲叹，“我那么高兴干吗，太愚蠢了！把课文背那么好干吗？唉，我的上帝啊！难道因为打碎了一个茶杯就要去死吗?”

其他女孩儿还在睡觉，呼吸平稳、悠长。旺达从床上坐起身，双手叠放在胸口，跪倒在床头挂着的小圣像前。她祈祷着，干涩的嘴唇翕动着，念叨着绝望与希望的话语。祈祷入神后，她的声音渐渐大了起来，一边祷告还一边抽泣。萨沙忽然翻了个身，嘴里嘟囔了句什么。旺达被吓得住了嘴，跪坐在床上，紧张地等待着。一片寂静，没人醒来。

旺达祈祷了很久，然而祷告并未让她平静下来，回应她的只有寂静和黑暗。旺达觉得有人正悄悄走来，有什么东西正悄悄接近。他们/它们虽然具有魔力和威能，却只是路过，并未注意到她。她孤身一人迷失在陌生的地方，谁也不管她。温暖的天使飞过她头顶，朝幸福温馨的人们飞去，碰都不碰她一下。

十三

白天烦恼夜里恐惧，一连几天都是这样。旺达很快便消瘦下去。黑色瞳仁下面生出了青蓝的眼圈。眼睛干涩，目光忐忑。蛆虫在噬咬她的心脏，痛得难受了她会低声叫出来。她很害怕，觉得呼吸很困难，只要深吸一口气，胸腔里就像针扎一样疼。

然而她已经不敢求助于他人了。她觉得所有人都是蛆虫的同伙，和她作对。

旺达清晰地想象出了折磨自己的东西。起初它还很小，灰扑扑的，颌骨的力量很弱，动一下都很费劲，更别提吸血了。现在它暖和起来了，强壮了，身子又红又胖，吮吸噬咬的动作一刻不停，不知疲倦地向前爬行，寻找着心脏上还没被它咬到的地方。

旺达最后决定给父亲写信，让他接她回家。她得悄悄写。

她终于抓住了几分钟的空当，来到了桌旁。桌上有个女人手型的大理石镇纸，旺达从镇纸下抽出了个信封，藏到了口袋里。听到一阵清晰的脚步声后，她浑身一颤，就像被人撞破了似的，很不自然地从桌旁跳开。热尼娅走了过去。旺达不知道热尼娅看没看见她偷拿了信封，坐下学习时很认真地观察着热尼娅，热尼娅则一直在全神贯注地看书。

“她肯定没看见。”旺达心想，“不然她早就去告密了。”

旺达开始在练习本的掩护下写信。安娜·格里高利耶夫娜在旁边晃来晃去，其他女孩儿也总想看她在写什么，所以她写写停停的，生怕被人发现。

她的信是这样的：

亲爱的爸爸妈妈，请带我回家。有只蛆爬进了我的身体，我很难受。之前我闯了祸，打碎了弗拉基米尔·伊万诺维奇的茶杯，他说有只蛆会爬进我嘴里，结果真的有只蛆爬进了我嘴里。如果你们不来接我，我会死的，你们会为我伤心难过。快找人来接我吧，我在家会慢慢好起来的，在这里我活不下去了。哪怕是让我在家待到秋天也好啊，我会自学，然后升上四年级，如果你们不来接我，蛆就把我的心脏啃光，很快我就会没命。

如果你们接我回家，我还能教廖沙阅读和算术。原谅我，我没贴邮票，因为我没钱，又不敢问安娜·格里高利耶夫娜要。吻你们，亲爱的爸爸妈妈，弟弟妹妹，还有博尔坎。你们的旺达。

还有，我没有偷懒，我的成绩很不错。

热尼娅跑去找安娜·格里高利耶夫娜，在她耳边嘀咕着什么。安娜·格里高利耶夫娜静静地听着，双眼放射出恶毒的光芒。热尼娅一脸无辜，回来继续学习。

旺达写信封的时候忽然感到一阵心悸。她抬起头，所有的女孩儿都盯着她，眼神里流露出诡异的好奇。看她们的脸色就知道大事不好，旺达怕得浑身发冷，她颤抖着转过头去，甚至忘了遮住面前的信封。

安娜·格里高利耶夫娜站在她身后看着她的练习本，信从练习本下露了出来。安娜·格里高利耶夫娜目露凶光，虎牙黄得吓人，嘴唇气得发抖。

十四

旺达坐在窗边，悲伤地看着街道。街上一片死寂，雪堆包围了一栋栋房子，就像给它们围上了裹尸布。夕阳的光芒照到哪里，哪里就绽放出残酷的光芒，仿佛盖着银色锦缎的华丽棺材。

旺达病了，不能再继续上学，瘦削的脸颊上挂着两团不自然的潮红。

她终日被恐惧笼罩，不得安宁。

她的身体极度衰弱，基本丧失了与蛆虫斗争的勇气。

她已习惯了它带给她的折磨，它在不在动，在不在咬她的心脏，已经无所谓了。

她总觉得有人站在她身后，却不敢回头看。

她胆怯地望着街道，街道被华丽的锦缎包裹着，早已停止了呼吸。

她觉得房间里很闷，雾气腾腾的，飘散出神香的味道。

十五

在一个阳光明媚的日子里，病恹恹的旺达躺在床上。她的床被挪到了另一个房间，只有她一个人睡在那里。整个房间弥漫着一股药味。旺达躺着，形销骨立，无力的双手从被子下面伸了出来。她漠然地环视着周围恼人的墙壁，奄奄一息，咳个不停，连肺都快咳破了。肺痨病人脸上常见的潮红爬上了她深陷的双颊。原本黝黑的肤色变得蜡黄。干瘪的微笑扭曲了她的嘴。她实在太瘦，嘴都已经合不上了。旺达躺着，嘶声嘟囔着前言不搭后语的疯话。

旺达已经不怕人了，他们反而开始害怕她的恶毒言语。旺达知道自己就要死了。

小矮人

一

雅科夫·阿列克谢耶维奇·萨拉宁还不到中等个儿，可他那出身商人家庭的妻子阿格拉雅·尼基福罗夫娜却又高又壮。两人结婚还不到一年，这个 20 岁女人的身形就已如此硕大，和又矮又小的丈夫站在一起时简直就像个女巨人。

“如果她再胖下去该怎么办哟?”雅科夫·阿列克谢耶维奇心里思量着。

他还想着，尽管自己娶她是因为爱她，不过他爱的既是她的人，也是她的嫁妆。

夫妻俩身高的差距经常招致大伙儿的嘲讽。那些肤浅的玩笑总能破坏萨拉宁内心的宁静，也常逗得阿格拉雅·尼基福罗夫娜咯咯发笑。

有一次，在同事们的晚间聚会上，萨拉宁听到了不少讽刺挖苦的话。回到家后，他的心情非常糟糕。

他挨着阿格拉雅躺下，不停数落妻子的不是。

阿格拉雅不怎么想搭理他，带着睡意懒洋洋地说道："我能怎么办？又不是我的错。"

她这人生性平和，不好与人争执。

萨拉宁嘟囔道：

"少吃点儿肉和面食，别成天都嚼糖块儿。"

"我胃口好着呢，什么都不吃可不行。"阿格拉雅说，"我还是个小姑娘的时候，胃口可比现在还好。"

"我能想象得到！你，是不是一顿能吃下一头牛？"

"怎么可能一顿吃下一头牛。"阿格拉雅平静地反驳道。

她很快就进入了梦乡，而萨拉宁在这个诡异的秋夜里一直无法入睡，在床上辗转反侧了很久。

当一个俄罗斯人睡不着觉，他就会开始琢磨点儿什么。萨拉宁陷入了久违的沉思。他可是个官员，没那么多事儿可想，也没必要想那么多。

"办法肯定是有的。"萨拉宁思忖道，"科学家们每天都有惊人的发明，在美国已经能给鼻子随意整形，还可以做面部植皮。什么手术都能做，能开颅、剖肠，还能把心脏切开又缝合。难道就没办法让我再长点儿个子，或者让阿格拉雅减点儿肥？有什么秘药没有？怎么才找得到呢？怎么找呢这个？一块大石头放那儿水都流不过去，人就这么躺着肯定什么也找不着。得去找……药去！发明秘药的人说不定就在街上游荡着找买主呢。不然他还能怎么办？又不能在报上登广告……不过走街串巷偷偷卖点儿倒完全有可能，一边走一边悄悄推销嘛。需要秘药的人肯定不会躺在床上浪费时间。"

想了半天，萨拉宁飞快穿上衣服，嘴里还轻声哼唱着：

“每天夜里 12 点……”

他知道阿格拉雅总是睡得很死，所以并不担心会把她吵醒。

嘴上说着“像个商人”，心里想着“像个爷们儿”。

萨拉宁穿好衣服来到街上。就像一个惯于寻找刺激的人遇到了新鲜事儿一样，他的内心很是轻快，睡意全无。

这位与世无争的小官吏，闷声不吭、单调乏味地活过了三分之一个世纪，忽然发现库珀或者梅恩·里德笔下的主人公活在自己心里，发现原来自己也拥有荒野猎人那精明又自在的灵魂。

去单位的路他很熟悉，刚走了几步又停了下来，沉思着：“究竟应该往哪儿去呢?”周遭一片寂静、安宁，街道就像大厦里的走廊，平凡、安全，独立于外界，也不受突发事件的影响。治安员[1]在大门边打盹儿。一个警察出现在十字路口。路灯还亮着。不久前下了雨，人行道和桥面的石头上还微微泛着水光。

萨拉宁思考了一会儿，带着无言的困惑径直朝前走去，再向右转……

二

在两条街交汇的十字路口，借着路灯的光亮，他看见一个人正

① 原文为“дворник”。在帝俄时代，从事该职业的人主要工作为清扫街道、协防火灾等。1866 年亚历山大二世遇刺后，дворник 的职能发生变化，成为警察局的辅助人员，负责监视居民动向，因此在本文中将其译作“治安员”。在圣彼得堡市内设有专门的地址登记办公室，由治安员负责居民出入登记，所有首都居民必须前去登记。登记时无论是本国人还是外国人，均须上交护照、换取居住证明并缴纳一定费用。

朝他走来。预感到好事将近，他的心一阵战栗。

这个人仿佛来自于中世纪，样貌打扮十分奇特。

他穿着色彩鲜艳的长袍，系着一根宽腰带，头上戴着高高的黑纹尖顶帽。番红花粉染过的胡子被打理成了细长的一缕。牙齿白得发亮。双眼乌黑，目光灼灼。脚上穿着便鞋。

“亚美尼亚人!”不知为何萨拉宁下了这么个结论。

亚美尼亚人走到他身边，说：

“亲爱的，你大半夜的在找什么啊?你应该回去睡觉或者去找几个美女。你愿意的话，我陪你去?”

“不，我家那个美女已经够我受的了。”萨拉宁说。

他放下戒心，把自己的伤心事告诉了亚美尼亚人。

亚美尼亚人龇着牙大笑起来。

“老婆大高个儿，丈夫小矮个儿，亲一口都得架梯子。哎哟，真好!”

“这有什么好的!”

“跟我来吧，你是好人，我帮帮你。”

他们在走廊样的街道上走了很久，亚美尼亚人走在前面，萨拉宁跟在他身后。

他们从一盏路灯走到下一盏路灯，亚美尼亚人身上发生着奇异的变化。一到暗处他就会长高，离路灯越远他就变得越高大。有时甚至会让人觉得他帽子的尖顶比那些大楼还高，直插云霄。当他走近另一盏路灯时，他的身量会变小，到了灯边便会恢复原来的样子，看上去就是个普普通通的小商贩。奇怪的是，这种现象并未让萨拉宁觉得吃惊。他如此信任这个亚美尼亚人，以至于阿拉伯童话最耀眼的奇迹在他看来都稀松平常，同自己毫无色彩的日常生活没什么两样。

在一栋极其普通的黄色五层建筑门口，他们停下了脚步。灯光将门上不易为人察觉的标志勾勒得一清二楚。萨拉宁看见那上面写着：

“41 号。”

他们走进院子，爬上后边侧楼的楼梯。楼梯间里半明半暗。亚美尼亚人在一扇门前停下脚步，昏暗的灯光洒在门上，萨拉宁辨认出了门上的数字：

“43 号。”

亚美尼亚人把手伸进兜里，掏出一个召唤仆人时才会用的小铃铛摇了起来，发出了叮叮的脆响。

门立马就开了。门后站着一个光脚的小男孩儿。这孩子长相标致，肤色黝黑，嘴唇轮廓鲜明。不知是因为开心还是发现了什么可笑的事情，他脸上透着笑容，白生生的牙齿闪闪发亮。男孩儿的眼睛微微泛着绿光，身子像猫一样灵活敏捷，又像暗夜幽灵一样让人看不真切。他盯着萨拉宁的时候一直在微笑。萨拉宁被吓到了。

两人进去之后，男孩儿灵巧地一躬身便合上了门，随后拿过盏灯，领着两人在走廊中穿行。接着他又打开了一扇门，动作依旧让人看不真切，脸上的微笑也毫无变化。

诡异、阴暗、狭窄的房间，四面墙边全摆着柜子，上面堆满了各式各样的瓶瓶罐罐，散发出刺鼻又难以名状的怪味。

亚美尼亚人点上灯，打开一个柜子，在里面一通翻找，取出个装着浅绿色液体的小玻璃瓶。

“这可是好药。”他说，“一滴药配一杯水，人喝下去就会悄悄入睡，不再醒来。”

“不，我不需要。”萨拉宁沮丧地说，“我又不是为这个来的！”

“宝贝儿，”亚美尼亚人试图说服他，“再娶个和你身高般配的老婆呗，多简单的事儿。”

“用不着！”萨拉宁大叫起来。

“哎，别喊那么大声。”亚美尼亚人制止了他，“生什么气啊，亲爱的，你这不是自寻烦恼嘛。不需要的话不要就是了，我给你找点儿其他的。不过价格就贵咯，哎哟哟，贵咯。”

亚美尼亚人蹲下身去，这个举动使他颀长的身子看起来很可笑。他拿出一个方瓶，瓶里透明的液体闪闪发光。亚美尼亚人一脸神秘，悄悄说道：

“喝 1 滴，体重减 1 磅，喝 40 滴就能减 1 普特。1 滴 1 磅，1 滴 1 卢布。你要多少滴就给我多少卢布。”

萨拉宁开心得浑身都在发光。

“到底要多少滴呢？”萨拉宁盘算着，“她体重肯定有 5 普特左右。减掉 3 普特，还能给我剩下个小娇妻。太好了。”

“给我来 120 滴。”

亚美尼亚人摇了摇头：

“你要这么多，会出事的。”

“嗨，这就是我的事了。”

亚美尼亚人探询地看了他一眼：

“给钱吧。”

萨拉宁掏出了钱包。

“今天赢的钱都搭进去，还得添点儿自己的钱。”他心想。

亚美尼亚人掏出了一个带棱的小壶，开始往里滴药水。

萨拉宁心中突然生出疑问。

“120 卢布可不是个小数目。他要是骗我该怎么办？”

“这真的会有效吗？”萨拉宁试探着问道。

“童叟无欺。”亚美尼亚人说道，“马上就给你看效果。加斯帕尔！”他叫道。

那个光着脚的小男孩走了进来。他穿着一件红外套和一条蓝短裤，双腿自膝盖往下都裸露在外。他的腿匀称、漂亮，迈起步子来又轻又快。

亚美尼亚人挥了挥手。加斯帕尔飞快地脱掉衣服，走到桌旁。

昏暗的烛光映照着他匀称、有力、漂亮还微微泛黄的身体，映照着他顺从又带着邪气的笑容，映照着他的眼睛和双眼之下的黑眼圈。

亚美尼亚人说：

“只喝药水的话效果立竿见影。要是混进水里或者酒里，药效会慢一些，肉眼看不出来。如果你没搅匀，体重的变化可能会很突然，那就不好了。”

说着，他拿起一个细长量杯，往里倒了些液体，递给加斯帕尔。加斯帕尔的表现同蜜罐里长大的孩子收到甜点时的表现没什么两样，他做了个鬼脸，把药液一口喝干，接着将头往后一仰，伸出蛇信般又长又尖的舌头，把杯里最后的甘甜药汁都舔了个干净。接着，当着萨拉宁的面，他的身子开始变小。他直挺挺地站着，盯着萨拉宁，一边笑一边变小，像个复活节集市上买来的玩偶，似乎只要把里面的空气放掉，他马上就会摔倒在地。

亚美尼亚人抓住他的胳膊，把他往桌上一放。小男孩此时只有一根蜡烛大小，边跳舞边做怪相。

“他往后该怎么办啊？”萨拉宁问。

“亲爱的，我们让他长大就是了。”亚美尼亚人答道。

他打开一个柜子，从顶层架子上取出另一个形状同样奇怪的器皿，里面盛放着绿色的液体。他把药液倒进一个只有顶针那么大的小高脚杯，递给了加斯帕尔。

和上次一样，加斯帕尔把药液喝了个精光。

裸体的男孩儿以水加满浴缸的速度，缓慢而又不可抑制地越变越大，最后恢复了之前的身量。

亚美尼亚人说：

“这药可以混到酒里、水里或者牛奶里喝，想混什么就混什么，只要不和格瓦斯一起喝就行。要是混在格瓦斯里面喝了，你的头发和汗毛可就保不住了。”

三

几天过去了。

萨拉宁一直神采奕奕，嘴边挂着神秘的微笑。

他在等机会。

机会来了。

阿格拉雅说自己头疼。

“我这儿有药，”萨拉宁说，“很管用。”

“什么药都不管用。”阿格拉雅一脸酸楚地说。

“不会，这药肯定有效。我从一个亚美尼亚人那儿搞到的。”

他信心满满，阿格拉雅决定相信他的话。

“嗯？行吧，给我。”

他拿来一个小壶。

“难喝吗？”阿格拉雅问。

“味儿很不错，疗效也特好。不过喝了之后会有点拉肚子。”

阿格拉雅的脸色变了变。

“喝，喝呀。”

“能兑到马德拉酒里吗？”

“能啊。”

“你也和我一起喝点儿酒嘛。”阿格拉雅语气中有种撒娇的意味。

萨拉宁倒了两杯马德拉酒，再把药液倒进了妻子的酒杯。

“我有点儿冷，”阿格拉雅的声音轻细又慵懒，“给我拿条围巾嘛。”

萨拉宁跑去拿围巾，回来时没发现杯子有什么异样，阿格拉雅微笑着坐在一旁。

他把围巾裹在了她身上。

“我好像好些了，”她说，“还要喝吗？”

“要喝，要喝!”萨拉宁嚷嚷着，“为你的健康干杯。”他抓起自己的杯子，干了。她大笑起来。

“怎么了?”萨拉宁问道。

“我把杯子换了。现在是你要拉肚子而不是我。”

萨拉宁哆嗦了一下，脸色变得惨白。

“你都干了些什么啊!”他绝望地吼道。阿格拉雅哈哈大笑，她的笑声在萨拉宁听来是如此卑鄙和残忍。他突然记起亚美尼亚人有可以让一切还原的药剂，拔腿就朝亚美尼亚人那儿跑去。

“他肯定会狠狠敲我一笔!”他提心吊胆地想着，“哎呀，钱都是小事！只要别让这药在我身上起作用，把钱全给他都成!”

四

显然，厄运还是降临到了萨拉宁头上：亚美尼亚人的家大门紧锁。萨拉宁绝望地按着门铃，内心强烈的期望令他精神亢奋。

他疯狂地按铃。

清晰洪亮的铃声从门后飘来，直截了当地告诉他这房里没人。

萨拉宁跑去找治安员。他面无血色，一脸是汗，汗珠如冰冷石块上的露珠，细细密密地涌上他的脸，鼻头汗出如浆。

他飞快地跑到治安员身边，嚷道：

“那个穿长袍的人哪儿去了?”

治安员岁数不小，蓄着黑胡子，正面无表情地从茶碟里嘬茶水。他斜了萨拉宁一眼，冷然问道：

“您找他有什么事?”

萨拉宁目光呆滞地看着治安员，竟然不知道该说什么。

“如果您找他有事，”治安员说道，望向萨拉宁的目光满是怀疑，“先生，您最好还是走吧，像他这种亚美尼亚人，最怕的说不定就是和警察打照面咧。”

“这个天杀的亚美尼亚人到底在哪儿?”萨拉宁的喊声中透着绝望，“住 43 号的那个。”

“走了。”治安员答道，“以前是有个亚美尼亚人住在那里，真的，我不想骗人，不过他已经走了。”

“那他现在在哪儿?”

“走了啊。”

“去哪儿了?”萨拉宁叫道。

“谁知道呢。”治安员的语气十分平淡，“拿了护照去国外了呗。”

萨拉宁脸上的血色褪得干干净净。

“请您理解我的处境。”他用颤抖的声音说道，“我现在必须找到他。”

萨拉宁说完便哭出声来。治安员同情地看了他一眼，说：

“老爷，您别这么伤心。如果您一定要找到那个该死的亚美尼亚人，那就亲自出国一趟，去住址查询处问问，有了地址肯定能找到的。”

萨拉宁并没意识到治安员这一番话有多荒唐，竟高兴了起来。

他跑回家，又飓风般奔回房屋管理处，让老治安员把护照找出来给他。随后他又想起一个问题：

“我该去哪个国家呢?”

五

该死的药剂生效了，速度虽然不快，却毫无转圜。萨拉宁的身子一天比一天小，原本合身的衣服都变成了大口袋。

朋友们很是惊奇，他们议论纷纷：

“怎么感觉您变矮了？是不是没穿高跟鞋呀？”

“还瘦了不少。”

“您工作太多了。”

“您怎么搞成这样的？”

最后，他们只要见到萨拉宁便会惊叹：

“哎呀，您这是怎么了？”

大家开始在背地里嘲笑他。

“越长越小。”

“奔着最小值去了。”

他的妻子随后也发现了这一点。萨拉宁天天都在她眼皮子底下晃悠，刚开始时她并未发觉，直到她发现他的衣服都变得特别宽大时才看出来。

丈夫的身体莫名其妙地变小，起初她只是哈哈大笑了几声，后来便生气了。

“这也太奇怪、太不体面了。”她说，“我难道嫁了个侏儒？！”

此后不久，他被迫把所有的衣服都拿去重新裁改了一番：旧衣服在他身上挂都挂不稳，裤子能提到耳边，礼帽能罩住肩膀。

一天，老治安员走进他家厨房。

“你们家到底出了什么事?”他严厉地问厨娘。

“啥呀，和我又没关系!”厨娘玛特廖娜体态丰腴、姿色上佳，她本想气冲冲地嚷上几句，却很快反应过来，说道，“我们这儿啊，好像也没什么特别的。一切照常。”

“你们老爷最近的行为可不大对劲，这样不行吧？说真的，应该把他弄到派出所去。”治安员的语气非常严厉，耷拉在肚皮上的表链子气哼哼地晃悠着。

玛特廖娜突然坐在柜子上哭了起来。

“您别再说了，西多尔·巴甫洛维奇。”她开口道，“我们都被老爷吓到了，没人搞得清楚他出了什么事。”

“什么原因造成的？凭据是什么?”治安员气愤地高声说道，“怎么能这样?”

“不知道啊。”厨娘抽泣着说，“他吃得越来越少，越来越少。”

无论是女仆、裁缝，还是任何同萨拉宁有交道的人都开始鄙视他，表现得非常明显，毫不掩饰。小矮人跑着上班时，双手吃力地拖着巨大的公文包，门卫、治安员、车夫还有孩子们都在他身后幸灾乐祸地笑着。

“小个子老爷。”老治安员说。

萨拉宁霉运连连。他弄丢了婚戒，妻子好一通发作，还给在莫斯科的父母写信告状。

“该死的亚美尼亚人!”萨拉宁心道。

他心里总是回忆起亚美尼亚人一边倒药一边数数的情景。

“嘿!”萨拉宁学着亚美尼亚人的样子叫喊起来，“别着急，我的宝贝儿，是我的错，所以我什么都不要。”

他去看医生，医生给他做检查时开了很多戏谑的玩笑，然后告诉他一切正常。

无论萨拉宁去找谁，门卫都会盘问他很久。

“您到底想干什么？”萨拉宁问道。

“不做什么。”门卫说，“我们老爷从不接待像你这样的人。”

六

一开始，同事们，尤其是那些年轻同事只会先斜他几眼再笑话几句。阿卡基·阿卡基耶维奇·巴什马奇金单位里的传统仍旧盛行。

接着大家便议论起来。

门卫帮他脱大衣时脸上开始流露出明显的不快。

“这种货色也能当官。”他嘟囔着，“小东西。过节时这种人可给不了多少赏钱。”

为了面子，萨拉宁给他小费的次数越来越多，数额也越来越大，可这没什么大用。钱照单全收，门卫看他的眼光还是充满了怀疑。

萨拉宁和一个同事聊天时说漏了嘴，告诉那人这是亚美尼亚人搞的鬼。于是乎，亚美尼亚人的阴谋诡计很快便在司里传开了，其他司的人也知道了这件事儿……

一天，司长在走廊里碰到了这名小个子官员。惊讶地打量了他一番，不置一词，回到了自己的办公室。大家都觉得这事儿得向领导汇报。

司长问：“这种情况持续多久了？”

副司长唯唯诺诺，半天说不出个所以然来。

“很遗憾，你们没能及时发现问题。”没等人家回答，司长便用一种酸溜溜的口吻接着说道，“奇怪，我怎么之前不知道？他真可怜。”

他让萨拉宁去见他。

当萨拉宁朝司长办公室走去时，官员们看他的眼神里都带着严厉的谴责。

萨拉宁忐忑不安地走进了司长办公室。他心中还存有一丝希望，希望司长阁下能利用他玲珑的身段，委派他去完成一项光荣的使命：去世博会出趟差或者去执行某个秘密任务。然而司长一开口，那特有的官样腔调就让萨拉宁心中的希望灰飞烟灭，荡然无存。

“坐。”司长指着一张椅子对他说。

萨拉宁费劲地爬了上去。司长生气地看着下属悬在空中的两条腿，问道：

“萨拉宁先生，您了解公务员工作法则吗？”

“阁下……”萨拉宁嗫嚅着，像做祷告时那样把一双小手放在胸口。

“您竟敢如此明目张胆地同政府对抗？”

“请相信我，阁下……”

“您为什么要这么做？”司长问道。

萨拉宁哑口无言，哭出声来。最近一段时间他变得特别爱哭。

司长看着他摇了摇头，非常严厉地说道：

“萨拉宁先生，请您过来是为了告诉您，我们绝对不能容忍您这些无法解释的行为。”

“可是，阁下，我，这些都是可以修正的。”萨拉宁的口齿有些不清，“至于我的身高……”

“不错，问题就在这里。”

“可这由不得我啊。”

“这件事情既怪异又不体面，它给您带来了多大的不幸，这种不幸又有多少是您自己造成的，我无法评价；但您得知道，上级委任我来管理这个司，如今您身体逐渐缩小的情况已经让我们颜面扫地，城里现在流言四起。流言是否公允我判定不了，但我清楚一点，大家都认为您的行为同亚美尼亚人的分离主义宣传活动有关联。您得承认，我们司不能成为亚美尼亚人搞阴谋诡计的场所，不能任由他们动摇我国国体。所以我们不能继续任用您这种举止怪诞的官员。”

萨拉宁从椅子上跳起来，尖着嗓子颤声说道：

“这是大自然的把戏，阁下。奇怪是奇怪，可公务……”

司长又重复了刚才的问题：

“您为什么要这么做?”

“阁下，这到底是怎么回事连我自己都不清楚。”

“这算什么解释！就您这个子，您可以轻易躺到任何一个女人怀里的，恕我直言，也可以轻易躺到任何一个女人的裙子下面。这样不行。”

“我从来没这么干过!”萨拉宁大喊着说道。

司长不听他的，继续说道：

“我甚至听说，您这么干是出于对日本人的同情[①]。您应该清楚，凡事都得有个度！”

“我怎么做得出这等事啊，阁下？”

“我怎么知道。您别再说了，职务可以保留，但您必须调去外省，立即恢复之前的身材，把您捅的篓子解决了。出于对您健康的考虑，我批给您四个月的假。从今往后，请您不要再在我司露面。一切必需的文件会给您邮寄到家。最后，向您致意。”

“阁下，我能工作，给我假干什么？”

“您休的是病假。”

“我没病，阁下。”

“您有病，休假去吧。”

萨拉宁就这样得到了四个月的假期。

七

没隔多久，阿格拉雅的父母来了。他们抵达时萨拉宁和阿格拉雅已经吃过了午饭。用饭时阿格拉雅逮着丈夫一顿挖苦，接着便回到了自己的房间。

萨拉宁胆战心惊地走进书房，书房现在对他而言已经太大了。他费力地爬上沙发，缩进角落哭了起来。满心的谜团令他痛苦不堪。

为什么这种不幸会落到他头上？如此可怕，闻所未闻。

“当时的决定太轻率了！”

---

① 1904年日俄战争爆发，此处司长暗指萨拉宁立场不坚定。

他抽噎着，绝望地喃喃道：

“为什么，为什么我要这么做?”

突然，他听到前厅传来熟悉的嗓音，吓得浑身一哆嗦。为了不让人发现他刚哭过，他踮起脚尖溜进盥洗室。可他这副样子洗脸都费劲，还得搬张椅子垫着。

客人们走进大厅。萨拉宁跑去迎接他们。他弓起身子，尖声说了些让人无法理解的话。阿格拉雅的父亲目瞪口呆地看着他。这个男人膀大腰圆，满面红光，脖子像牛颈那么粗壮，阿格拉雅的模样就是随了他。

他岔开双腿站在女婿面前，细细查看一番，又小心地拿起萨拉宁的手，俯下身子低声说：

“女婿，我们来看看你们。”

看得出来他心里有底，想尽力表现得得体一些。

阿格拉雅的母亲从他背后跳出来，这是个干瘪又恶毒的女人。她尖声嚷嚷道：

“他在哪儿？在哪儿？把他叫来给我瞧瞧，阿格拉雅，把这个皮格玛利翁①给我叫来。”

她装作没看见他，目光在萨拉宁头顶扫来扫去，帽花随着她的

---

① 皮格玛利翁（Пигмалион），希腊神话中的塞浦路斯国王，善雕刻。他不喜欢塞浦路斯的凡间女子，决定永不结婚。他用神奇的技艺雕刻了一座美丽的象牙少女像，并为她起名加拉泰亚。他把全部的精力、热情和爱都赋予了这座雕像。爱神阿芙洛狄忒被他打动，赐予雕像生命，并让他们结为夫妻。根据上下文，此处阿格拉雅的母亲想说的不是皮格玛利翁，而是俾格米人（пигмей），这一名称源于古希腊人对于非洲中部侏儒的称法，后来人类学泛指男性平均身高不足150厘米的人种。

动作奇怪地摆动着。接着，她抬脚朝萨拉宁所在的方向跨过去，萨拉宁尖叫了一声跳到一旁。

阿格拉雅哭了起来，说道：

“他就在这儿呐，妈妈。”

“我在这儿，妈妈。”萨拉宁的声音很尖，边说边抬脚蹭了蹭地板。

“不要脸的东西，你这是怎么了？头发怎么剪成这样了？”

女仆气哼哼地说道：

“我说你，太太，别这么对我家老爷说话。”

阿格拉雅满脸通红。

“妈妈，我们去客厅吧。”

“不了，狗东西，你告诉我，你到底会小到什么程度？”

“嘿，瞧你这当妈的，你先等等。”父亲制止了她。

她又冲丈夫吼起来：

“我可是告诉过你，嘴上没毛的女婿要不得。你看，被我说中了吧。”

父亲小心翼翼地看了看萨拉宁，试图把话题往政治上引。

“日本人。”他说，“个子大约都不高，不过他们很有头脑，精明得不得了。”

八

萨拉宁的身子已经非常小了，小得可以在桌子下面自由来去。

萨拉宁每天都变得比前一天更小，给他的假期根本没利用起来，只是不去上班了而已。两口子也没打算要换个地方待着。

阿格拉雅一会儿挖苦他两句，一会儿又开始淌眼泪，她说：

“就你这样子我还能带你去哪儿？丢死人了。”

从书房到餐厅的路，对于萨拉宁而言已显得十分漫长。更何况还得爬上椅子……

话又说回来，疲累也能令人心情愉悦，增进食欲，带来希望。萨拉宁一心扑到食物上，每顿饭都把一大堆和自己体积不相称的饭食塞进肚里。然而他的个头仍然没有变大，相反，还越变越小。最糟糕的是，他的身体有时会在最不合适的时间突然缩小，就像变魔术一样。

阿格拉雅想让他装成一个小男孩儿，把他弄到学校去。于是她来到离家最近的中学。可是同校长的谈话却令她十分沮丧。

校长要她出示一些文件。所以这个计划泡汤了。

校长特别困惑地对阿格拉雅说：

“我们不能接收一名七等文官。我们怎么管他？老师让他去角落里站着，他却说：我可是被授予过圣安娜勋章的。这就让人为难了。”

阿格拉雅一脸恳切，想再求求校长：

“就不能想点办法安排一下？他不会胡来的，这事儿包在我身上。”

校长不为所动。

“不行。”他固执地说，“官员不能到中学来就读。哪儿都没有这种规定。这样的呈文我没法往上递，他们还得审批呢。乱来只会惹出更严重的问题。不行，无论如何都不行。要是您实在想这么做，就去找教育局的领导试试。”

然而阿格拉雅下不了找领导的决心。

九

一天，一个年轻人找到阿格拉雅。此人头发梳得整整齐齐、油光发亮，礼数也十分周到。他自我介绍说：

“我是斯特利加里与 K 号商行的代表。我们商行位于首都中心地带，是家一流商店。很多上流人士和社会精英都是我们的客户。”

阿格拉雅朝著名商行的代表抛了个媚眼儿，胖手对着椅子缓缓一指，自已也背着光坐了下来。她把脑袋歪向一边，摆出一副洗耳恭听的样子。

头发油光水滑的年轻人继续说道：

“我们得知，您的配偶拥有独一无二的娇小身材。本商行一直走在男女时装潮流的最前沿，我们很荣幸地向您提议，夫人，我们希望能按照巴黎时装杂志上的款式为您的先生免费制作服装，并请他为我们打广告。”

“白送?”阿格拉雅懒洋洋地问道。

“不仅白送，夫人，还会给您酬金，不过我们有一个小小的、很容易达到的条件。”

萨拉宁一听到谈话和他有关，连忙赶到客厅。他在商行代表身旁走来走去，不时咳嗽几声，用脚跺地板。可令他伤心的是，商行代表完全没有注意到他。

他忍不住了，跑到年轻人面前，大声尖叫道：

“难道没人告诉您我在家吗？”

商行代表这才站起来，轻施一礼后再度坐下，对阿格拉雅说：

“就一个小小的条件。”

萨拉宁充满鄙夷地哼了一声。

阿格拉雅笑了起来，两眼因好奇而闪闪发光，她说：

“行啊，说说看，什么条件。”

“我们希望能让您先生坐在我们商店的橱窗里当广告模特。”

阿格拉雅幸灾乐祸地大笑起来。

“太好了，只要能让他从我视线里滚出去就行。”

“我不同意！”萨拉宁尖着嗓子叫道，“我不可能去做这种事。我可是七品文官，我还得过圣安娜勋章。坐在商店橱窗里当模特，听着都可笑。”

“闭嘴。”阿格拉雅大声说道，“没人问你的意见。”

“什么没人问我？”萨拉宁号叫起来，“难道我还得长期看那些外族人的脸色？！”

“啊呀，先生您误会了！”年轻人客气地反驳道，“我们商行同外族人毫不相干。我们雇用的全是东正教徒和里加来的新教徒。还有，我们那儿没有犹太人。”

“我不想坐在橱窗里！”萨拉宁喊道。

边喊他还边跺脚。阿格拉雅抓住他的胳膊，把他拖进了卧室。

“你把我往哪儿拖呢？”萨拉宁喊着，“我不想去，你放开我。”

“你给我老实点儿。”阿格拉雅也喊起来。关上了房门。

“我弄死你！”她咬牙切齿地说道。

她开始揍萨拉宁，他在她有力的双手中无力地挣扎着。

“你个侏儒，你现在在我手里。我想做什么就做什么。如果我愿意，我能一把把你塞到衣兜里。你居然敢和我作对！我可不管你什么官衔，我就这么揍你，揍到你怕为止。”

“我要去告你！”萨拉宁尖叫道。不过他很快便明白过来，反抗是毫无意义的。他个子实在太小，阿格拉雅显然已经下定决心要全力以赴。

“随便你，随便你。”他号叫道，“我去斯特利加里的橱窗里坐着就是了，丢脸的可是你。我要把所有的勋章都戴上。”

阿格拉雅哈哈大笑起来：

“商行的人给你什么你才能戴什么。”她喊了一句，把丈夫拖进客厅，甩给商行代表，嚷嚷着：

“带他走！现在就带他走！钱得预付！每个月预付！”

说着说着，她歇斯底里地尖叫起来。年轻人掏出钱包，数出200卢布。

“不够！”阿格拉雅叫道。

年轻人笑了一下，又拿出了100卢布。

“再多我的权限就不够了。”他温和地解释道，“一个月后您会领到下一份酬金。”

萨拉宁在房间里窜来窜去。

“橱窗！橱窗！”他高叫着，“该死的亚美尼亚人，你可把我坑惨了！”

话音刚落，他的身子又小了两寸。

十

萨拉宁软弱的眼泪和内心的苦恼，这些又关斯特利加里和股东们什么事呢？

他们付了钱就要行使自己的权利。这是资本赋予的、残酷的权利。

在资本的支配下，七品文官、圣安娜勋章获得者拥有的待遇与他的身材十分相称，却与他的骄傲背道而驰。一个衣着时尚的侏儒在商店橱窗里跑来跑去，时而出神地盯着窗外那些身材高大的美女，时而又举起小拳头恶狠狠地吓唬那些正在嘲笑他的孩子们。

斯特利加里与K号商行门口人山人海。

斯特利加里与K号商行的店员忙得脚不沾地。

斯特利加里与K号商行的厂子已经被订单淹没……

斯特利加里与K号商行火了。

斯特利加里与K号商行正在扩大产量。

斯特利加里与K号商行赚了大钱。

斯特利加里与K号商行在购买房产。

斯特利加里与K号商行的老板宅心仁厚：萨拉宁的伙食标准堪比皇室，他们向他的妻子支付不菲的酬金。

阿格拉雅每个月都可以得到1000卢布。

阿格拉雅手里又有了更多的进项。

有了新朋友。

有了情人。

有了钻石。

有了马车。

有了华宅。

阿格拉雅既高兴又满足。她又胖了很多，穿着高跟皮鞋，四处挑选特大号的帽子。

每次去探望丈夫，她都会抚摸他，把食物放在手指上，像喂鸟一样喂他。萨拉宁穿着件后襟很短的燕尾服，在她面前的桌上跑来跑去，嘴里还尖声叫着什么。他的声音像蚊子的嗡嗡声一样刺耳，没人听得清楚。

小矮人说话是没问题，不过像阿格拉雅、斯特利加里以及店员们这种大个子可就听不见他在说什么喽。店员们簇拥着阿格拉雅，她听到丈夫的尖叫后总会大笑一通才离开。

萨拉宁被抱到橱窗边，有人在软布小窝里给他做了套房子，房子的一侧向公众敞开。

街上的小孩儿们观察着他，看他是怎么坐在桌旁写状纸的。就在那小小的状纸上，萨拉宁要求恢复自己被阿格拉雅、斯特利加里与 K 号商行剥夺的一系列人权。

写完后他把状纸放进了信封，这一举动惹得孩子们哈哈大笑。

与此同时，阿格拉雅坐进了那辆闪闪发光的高级轻便马车，午饭前她总会出去兜兜风。

十一

无论是阿格拉雅还是斯特利加里与 K 号商行的人都没有考虑过这事儿的结局。他们对现状非常满意。似乎这场朝他们兜头淋下的金雨永远不会止歇。然而结局还是来了，最普通、最正常的那种。

萨拉宁还在变小。人们每天都要给他缝制几套新衣服，衣服的尺码越来越小。

这天他刚穿上新裤子，就在店员的眼皮子底下变得只有大头针的针头那么大，从裤子里掉了出来。

一阵轻轻的穿堂风吹过，萨拉宁飘到空中，与阳光下被卷起的尘灰翻滚到了一处。

他消失了。

所有的搜寻行动都毫无结果，哪儿都找不到萨拉宁的踪影。

阿格拉雅、斯特利加里与 K 号商行的老板和店员们、警察们、神父们、官员们，大家都困惑不已。

萨拉宁失踪一案应该怎么结案呢?

他们与科学院一番联系之后，决心认定他被派去出差，搞科学研究去了。

他就这样被大家抛诸脑后。

萨拉宁死了。

小　羊

一

霍吉米利查村的村民们在庆祝先知以利亚日①。大伙儿聚到一起，家家户户轮流请客，大吃大喝，宴饮终日。一天、两天、三天，天天如此。

家境殷实的农夫弗拉斯正提前为聚餐做准备：煮啤酒，买伏特加，还宰了一只羊。

他拿刀杀羊时，他的孩子阿妮斯卡和谢卡就站在边儿上看着。阿妮斯卡快满五岁了，谢卡则只有三岁多一点儿。这俩孩子什么都没见过，看什么都兴奋。

羊身上的毛是白色的，孩子们的头发也是白色的。他们手拉手站在一起，眼睛瞪得老大，浅色瞳仁里流露出惊讶的神色。

羊咩咩叫着，殷红的鲜血漫了一地。棒极了，真快活！

孩子们咿咿呀呀闹个不停，你挤我我挤你，妨碍父亲做事。父

① （东、南）斯拉夫人的传统民族节日，也是纪念先知以利亚的宗教节日。

亲冲他们吼了几声，孩子们笑着跑开了。

二

父亲下地干活儿，母亲在家里忙家务，孩子们则在院子里玩儿。阿妮斯卡对谢卡说：

“谢卡，谢卡。我们来玩杀小羊的游戏吧。”

谢卡笑着，含含糊糊地说：“来啊，我要当小羊。”

“唔，行吧。”阿妮斯卡说，“你来当小羊，我就拿把小刀在你喉咙那儿嚓嚓嚓。”

“会流血吗？”谢卡问道，“红吗？多吗？”

“会呀。”阿妮斯卡说。

俩人都笑起来，很开心。

“小刀在哪里呀？”谢卡问。

“总能弄到的。”阿妮斯卡答道，“妈妈那儿有，我们偷偷拿过来。”

孩子们悄悄溜进屋里。母亲只顾着往炉子里添柴，她想为客人们做大餐，做自己拿手的烤饼。孩子们拖出了用来切面包的大刀。母亲太忙了，没看见他们在干什么。

孩子们跑进院子，躲在角落里。

“喂，快切呀。”谢卡口齿不清地说道。

接着他开始像小羊一样咩咩叫起来，可怜巴巴的，自己没忍住先笑了，姐姐也笑了。阿妮斯卡抓住他的肩膀，让他转身，接着又把他掀倒在地。谢卡一直咩咩叫着。

阿妮斯卡把刀朝谢卡脖子上一抹。谢卡浑身颤抖着，声音嘶哑了下去。殷红的鲜血喷涌而出，染红了他的白衣服，染红了阿妮斯卡的手。血又热又黏。谢卡安静了下来。

“小羊，小羊！”阿妮斯卡叫着，笑着。

她突然感觉有点冷。

“喂，起来啊，怎么回事啊，谢卡！”她叫道。

谢卡没有起来，他的身体也不再往外流血，阿妮斯卡两只手都黏糊糊的。谢卡躺着、痉挛着、沉默着。阿妮斯卡被吓到了，从谢卡身边跑开了。

她很难过，趁母亲不注意溜进屋子，爬进了做饭用的大炉子。阿妮斯卡坐在炉膛里的柴堆上瑟瑟发抖，说不出话来。恐惧和忧愁侵袭了阿妮斯卡，她不知道接下来会怎么样。

母亲开始生火。阿妮斯卡什么都没听见，她就那么坐着，一声不吭，小小的心脏沉重又迅速地跳动着，忧郁的双眼什么都看不见。

木柴没烧透，整个炉膛里全是浓烟，阿妮斯卡被活活闷死了。

三

谢卡和阿妮斯卡的灵魂飘到了天堂门口。天使们不知道该拿这姐弟俩怎么办，星辰般的眼泪簌簌而下。阿妮斯卡的守护天使满心难过，他来到上帝身边，说道：

“主啊，我们是否要将手染鲜血的孩童交给敌人?”

上帝想考验天使，他问道：

“杀害无辜之罪由谁来承担?”

天使答道：

“我来承担。”

上帝对他说：

“以吾之血偿杀害无辜之罪，以吾之血偿教唆杀人之罪，以吾之身偿诸人之重罪。”

天使们随后便让阿妮斯卡和谢卡进入了芬芳的天国花园，他们将在那里幸福地生活下去。甘露在园中的青草叶上闪闪发光，清凉的河水在明媚的堤岸边涓涓流淌。

尘归尘，土归土

一

萨沙·卡拉布廖夫免试升入了下一年级，甚至还得了张奖状。他很高兴。一切都称心如意，没必要伤心难过，况且也没什么事需要伤心难过。

他同父亲一起生活。母亲很早就去世了，萨沙对她已没什么印象。他出生的地方是一座小城，父子俩居住的房子坐落在小城郊区。房子不大，边上有菜地和花园，园中生长着茂密的浆果丛和果树。河对岸不远处是农田和森林。父亲虽不富裕，家中却应有尽有：他是名私人律师，事业有成，还存了一笔钱。

一切都称心如意。日光和煦，照得人心情舒爽，满眼的绿意散发着无穷魅力。萨沙对自己越来越不满。为什么？他不知道，也搞不明白，只是日渐忧郁起来。

故事是怎么开始的？似乎开始于一些鸡毛蒜皮的小事。

父亲要去法庭，所以错过了学校举办的表彰大会。萨沙满心欢喜，拿着奖状匆忙赶回家，想把它拿给父亲看。

父亲已从法庭回来，正坐在阳台上心事重重地抽着烟，目光透过金边眼镜看着远方，难以捉摸的杂乱思绪纷至沓来。听见萨沙从花园跑过，他不知为何忽然回忆起自己和儿子的老师之间发生过的不快。他等着听萨沙要说什么，猜想会不会是老师们拿萨沙开了刀。想到这里，又觉得这些全是无稽之谈，老师们不会因为父亲迁怒于孩子，他们做不出来。更何况自己还是个法律工作者，老师们也担心他会耍什么手段，到法院去起诉他们。父亲的心情低落下去，有些尴尬和沮丧。萨沙朝他跑了过来，脸蛋儿红通通的，手里挥舞着卷好的奖状。

萨沙沿着楼梯爬上阳台，大声喊道：

“看我的奖状！”

他快乐的声音打破了屋里惯有的宁静。萨沙欣喜若狂。听到他的声音，父亲的头更疼了，不过和以前一样，并没有表现出来。

“给我看看，给我看看。”他温柔地说着，手里还抚弄着腮边红褐色的胡须。他的动作慢极了，似乎非常疲累。唇边的胡子过于浓密，就连唇角的笑容都差点被它盖住。

萨沙双手一展，打开了奖状。奖状铁箔似的，在他手里沙沙作响。

“基本都是 5 分，4 分都很少。”萨沙高兴地说。

“真不错，好极了。”父亲说道，脸上的神色却显得疲惫不堪、心事重重。

“哎呀，考的东西我全都知道。”萨沙还是那么高兴，话音却小了很多。

父亲的话音和表情中有什么东西让他浑身一凉，可究竟是什么，他还来不及细想。

“怎么，要挂在墙上吗?”父亲问道。

萨沙笑了，不过笑得有点不太自然。

“为什么要挂在墙上!”他窘迫地说，“我把它们收到箱子里去吧。”

“那就没人看得见了。”父亲好笑地说。

“需要给人看时再拿出来嘛。”

“就放在外面给人看吧，大家都会夸你的。”父亲悄声说道。

“那你呢?”小男孩问道。

“夸你把奖状拿出来给我看?”

“哎呀不是。”

父亲把儿子搂进怀里，亲了亲他的脸颊。

“我的好儿子。”他说。

他的声音中有种安抚的意味。萨沙心里闪过一丝疑惑，不过他很快就把这事儿给忘了，又高兴地笑了起来，笑得止都止不住。

父亲看着儿子，嘴角轻微上翘，心中的思绪却不如表面那么阳光。

萨沙是个健康快乐的男孩儿，父亲有时却觉得他活不了多久，用通俗的话说，就是觉得他是个短命的。萨沙的眼神中蕴含着某种晦暗而悲伤的东西，总能勾起父亲悲伤的思绪。他伤心地眺望远方时，眼前偶尔会浮现出妻子的坟墓，墓旁还有一座新坟，坟头的土刚填好不久。

二

萨沙一天都在到处疯跑。傍晚时分，夕阳的余晖吊在天空，显得疲乏不堪，满心欢喜地走向衰亡。萨沙累得坐在自家花园里的椅子上，看着通红的落日和晚霞，看着不停亲吻河岸的河水，看着篱笆上开着蓝色花朵的草藤。他想起了自己上午那副兴高采烈的样子。在学习上表现出众对他来说不是什么难事，易如反掌，根本不需要花太多时间准备功课。所以萨沙岁数不大，课外阅读量却很大。

奖状上写着："成绩优异，品行出众。"品行出众，多么奇怪的表达。

"意思就是，"萨沙心想，"我性格宽厚、善良，是个好男孩儿。"

萨沙笑了，他出众的品行得到了承认，这又让他觉得有些尴尬。

如果他因为正直和善良再得几份奖状呢？

不可能。正直的人本就没有私心。如果因为善良就能得到奖励，那善良又有何意义？

天堂呢？天堂也是奖品，因为它会令人愉悦。好人就不可怜那些罪人吗？罪人可是在火中哀号呢。好人知道罪人的遭遇后，还能继续怡然自得吗？

他倒是在享福，可那些留级的"罪人"们呢？他们也在哀号啊，毕竟在家挨了打，又疼又羞。

萨沙看向黑暗凝聚的地方。一片寂静，周遭的一切都仿佛在告诉他，说某个人会过来，会透露点儿什么。然而谁也没来，唯有潮湿的树枝在不停颤抖，发出簌簌的响声。鸟儿的鸣叫透过树林远远传来，声音里倾注着它们的故事和渴望。

似乎一切都闭上了双眼，安静下来，只有天空还全神贯注地凝视着大地。可它又太过遥远，就连星辰的只言片语都无法抵达这里。

萨沙安静地起身回家，灌木丛湿润的枝条偶尔会划过他滚烫的脸颊。他的心中一片火热，有种奇怪而烦闷的感觉。

三

天色已晚。列别斯金妮娅在萨沙的卧房中整理床铺，收拾东西，动作不慌不忙。她年事已高，佝偻着脊背，满脸皱纹，从来不笑。即使萨沙不说话，她也能明白这孩子心里在想什么，她可没白照料他这么多年。列别斯金妮娅的动作很轻柔，走路也不会弄出响动。

萨沙在脱衣服。

“萨沙，快祈祷。”列别斯金妮娅说。

“列别斯金纽什卡①，我不知道应该祈祷什么。”萨沙懒洋洋地回答道。

他困了，对现世也没什么特别的想法和愿望。

“为了你父亲，为了你自己祈祷啊。”列别斯金妮娅不急不缓地说道。她嘴里缺了几颗牙齿，说话有些漏风。

“为什么要祈祷呢?”萨沙问。

“上帝才知道为什么。你只需要靠近他，他自然会倾听你的话。”

萨沙跪在圣像面前，他记不全祷词，也不知道该祈求什么，可

---

① “列别斯金纽什卡”是对“列别斯金妮娅”的爱称。

他的心中就是有种温柔、恭顺的感觉。他的灵魂被触动，从心底里自然生发出了无声的祈祷。

他忽然听到了某种噪音，注意力被分散开来。是风声，风摇动着树枝，刮到了打开的窗户。自发的祈祷瞬间停止了，十分可惜。萨沙开始复述记忆中的祷词，他当时是为了取得高分才把这些话死记硬背下来。背诵这些陌生的话语让他觉得不太舒服。他用手画了个十字，站起身来。

没过一会儿他便躺下了，却睡意全无。列别斯金妮娅正想离开，他叫住了她。

“怎么了，小乖乖?”老太太站在门槛边问道。

萨沙轻柔地说：

“列别斯金妮娅，你说，为什么星星们看着大地的眼神如此悲伤?”

列别斯金妮娅走到窗边，看着昏暗的天空和明亮的星辰。

“星星的眼神?”她边想边说，“看来，是上帝让它们这样的吧。它们看它们的，你就别到处看了，快睡觉吧。”

“我也不想看啊，列别斯金纽什卡，是我的眼睛在看。”

列别斯金妮娅用手托着腮，走到萨沙身边，满怀爱意地看着他，轻轻说道：

“睡吧，小宝贝儿，快睡。闭上这只眼睛，乖，把这一只也闭上。”

萨沙微笑着，先闭上了一只眼睛，然后闭上了另一只。列别斯金妮娅刚走，萨沙便张开双眼，直勾勾地盯着周围的黑暗处，仿佛里面藏着什么肉眼无法看见的东西，要知道萨沙的目光可是很敏锐的！

为何这片黑暗和寂静中有这么多声音，低低的，几不可闻，却又如此清晰？它们来自哪里？

萨沙盯着黑暗处看了很久，脑子里混沌一片。他思考了一整夜，饱受失眠之苦。当他在不知不觉中沉入梦乡时，天已经亮了。

四

烈日当空。太阳就像一条盘卷起来的巨大火蛇，紧紧挤压在一起的身体颤个不停。河边长着一棵柳树，萨沙双手大张，光着脚躺在树下的草坪上，在树荫里躲避暑热，身旁放着一根他自己做的芦笛。

蜜蜂嗡嗡飞着。热风吹过枝头，发出沙沙轻响。太阳光芒万丈，灼热异常，毫不留情。这幅盛景让萨沙心烦意乱，他浑浑噩噩的，又有些莫名的开心。正午时的寂静似乎有种独特的魅力，放大了萨沙本就灵敏的感官，让他能更清晰地感知周围的一切。他甚至能听到最轻细的声响，能观察到光线最细微的变化。萨沙听见屋顶上那个公鸡形状的风向标被风吹着，依着轴承不停转动，吱吱呀呀地响着。

辽阔的田野在河对岸连绵起伏，在远方凝结成了一条充满谜团的细线，继而再向远方延伸出未知的新地界。路边的麦田里有时会刮起灰色的旋风。绿金相间的麦浪层层叠叠，看着这幅景象，萨沙感觉自己也心潮澎湃起来。大自然的模样庄重严肃，真好奇它想要什么，它的目的又是什么。这个问题很难想明白。萨沙脑子里闪过一丝模糊的念头，进而再次陷入了令人心烦意乱的困惑。他心想，为了不让他获悉自身的秘密，邪恶又狡猾的大自然肯定施了什么魔法，这样才能像从前一样故弄玄虚而不被人戳穿。怎样才能破除大自然的咒语呢？怎样才能理解这奇特又亲近的大自然呢？

萨沙翻了个身，趴在地上。草丛中的世界展现在他眼前：小草们在呼吸、生长，瓢虫们跑来跑去，它们五颜六色的背壳闪闪发亮。萨沙把耳朵贴近地面，听见了轻微的沙沙声。草儿们轻轻晃动，发出类似蛇行地面时蹭出的轻响。水分不停蒸发，沉积的土块有时也会簌簌出声。泥土之下，细细的水流涓涓而过。

列别斯金妮娅走过来晒太阳，她嘴里哼哼着，坐到了萨沙身旁。萨沙的黑眼睛里充满疑问，温柔地望着她。列别斯金妮娅用干燥的双手抓起一捧泥土。萨沙知道她马上就要一脸慈和地轻搓地面，嘴里还会悄声喃喃说：

“尘归尘、土归土哟。”

其他人可能会害怕，但萨沙对这些话已经很熟悉了，此时只是轻轻地微笑着。

“哎，萨申卡①，我老了。”老太太说，“就连太阳都躲着我，不想温暖我这个老太婆了。”

萨沙吃了一惊，认真地看着列别斯金妮娅，亮着嗓子温柔地说：

“列别斯金纽什卡，所有的东西都朝我转过来，似乎在盯着我

---

① “萨申卡”是“萨沙”的爱称。

看。那些草丛和灌木，无论远近，都在看我。你瞧，就连河对岸的灰石头都在盯着我看呢。”

“全是你的幻觉吧。”老太太说着，有些担心。

“不，列别斯金纽什卡。”萨沙快乐地回答道，“我从没有过幻觉。刚才我说的都是亲眼所见，清清楚楚的，就是有些奇怪。它们没有眼睛，可还是在盯着我看呢。”

“这是死神在到处看呐。”老太太说道，“注意身体，小宝贝儿。你被它，被死神盯上了。”

列别斯金妮娅坐在草坪上，满是皱纹的褐色双手环抱着膝盖。她双眼含泪，木讷地盯着远方，苍老的脸上没有流露出一丝惊讶或者怀疑。

“嗯，是，死神。你就编吧。”萨沙轻声说了一句，想了一会儿。“为什么呢?”他突然问。

“为什么会盯上你?”列别斯金妮娅反问，“你瞧，你的眼睛，很不祥啊。”

“怎么不祥呢?”萨沙温柔地问。

“你的眼睛看着不该看的方向，看着不该看的东西。那些躲起来的东西可不能看呐。死神不喜欢被人偷看。小心点儿，宝贝儿，你可别被它勾走了。”

“列别斯金妮娅，难道是我在偷看它?”萨沙的话音更温柔了，清澈如积雪融化后汇成的小溪。

“它无处不在，我的宝贝儿，无处不在，在草丛里，在河水中，”老太太说话很慢，“你脚步一动，它就跟过来了，折断草茎、压扁甲虫。别老到处看，它不喜欢。”

“那怎么办呢？我亲爱的列别斯金妮娅，如果我的眼睛自己要看呢?”萨沙边笑边说，看向老保姆的眼睛里透出浓浓的询问意味。

“能怎么办呢，小乖乖。你的眼睛是上帝给的，没办法。就算你不想看，你还是看得见。”

萨沙合上双眼。他觉得自己快要死了，马上就会躺在泥里腐烂。可他不怕，他热爱这片土地，喜欢一个人走到远方的田野，贴近大地倾听它的絮语。为了能与大地更亲近些，他甚至喜欢光脚走路。

萨沙坐起身，开始吹奏芦笛，温柔凄婉的音符流泻而出，悲伤和烦恼随之而来。

他的朋友拿着钓竿走了过来。两人跑到河边，开心地聊着有关鱼的话题。他们一起走到水中钓鱼，冰凉的河水抚弄着光裸的膝盖，赶走了萨沙心中沉重的忧伤。

小河流淌着，脚步缓慢而坚定。河水静悄悄的，在阳光的照射下显得平滑如镜、清澈透亮。偶有细流涓涓而过，拍击着河岸，鱼儿们有时也会惊慌失措地拍打河水。灰绿的芦苇立在河边，轻轻晃动着，高高的枝干划过半空，时而会留下微弱的声响。

男孩儿们在河边嬉戏玩水。正玩得高兴呢，萨沙突然沉默下来，盯着河水猛瞧。他走到岸边，若有所思地坐在石头上，缓缓开口道：

“水，一直在流呢。”

“什么?”他的朋友问道。这是个浅色头发的小男孩儿，脸圆圆的，非常朴实。

“奇怪!”萨沙说。

“有什么奇怪的？水在河里啊，怎么能不流呢?”浅色头发的小男孩儿答道，他觉得萨沙说的话很可笑。

萨沙叹了口气，看了朋友一眼，问道：

“你听见过小草生长的声音吗?”

小男孩儿目瞪口呆：

“没有。”他说。

“据说听得见诶。”萨沙说。

“你胡说什么呢!”

五

萨沙大清早就跟着父亲去给妈妈扫墓。他们一路上都在轻声聊天。明亮、冷漠的阳光洒在他们身上，没有一丝热度。

父亲讲了些妈妈的故事。萨沙喜欢听他讲故事，喜欢盯着父亲黯然神伤的脸，喜欢看他早已疲惫不堪的眼睛。

时间很早，墓园里没什么访客，一切安好。墓地还在沉睡，就像人迹罕至的寂静森林，只有鸟儿的鸣叫和风吹过树梢的声音。这些声音温柔至极，丝毫没有破坏清晨的宁静。

萨沙和父亲一起坐到母亲墓前的绿色长椅上。坟墓上长满了青草，开满了鲜花。萨沙心里难过，因为长眠之人不会再度起身，不会再次出现。要是能和亲爱的妈妈再见一面就好了！可是没办法，他们已天人永隔。任何等待和祈祷都徒劳无功。

“爸爸，你知不知道我想要什么?”萨沙轻声问道。

父亲沉默地看着他。

“我很想再见到妈妈。”萨沙接着说道，“真的，哪怕见一次也好。”

父亲悲伤地扯了扯嘴角。

“怎么见她？”他问，“在梦里见吗？”

“她就算显一下灵，出现一分钟也可以啊。”萨沙郁闷地说。

“人去世了就不会再回来了。”父亲伤心地说，“会吓着我们。”

萨沙心想，难道他会害怕自己亲爱的妈妈？不，如果他连其他陌生的死者都不怕，就更不会害怕自己死去的亲人。

可她已经在坟墓里腐烂了，身体变黑、发软，与墓土渐渐融为一体。

萨沙睁开乌黑的双眼，锐利的眼神向前扫去，目光穿过透亮的空气，只看见草地、树林、坟墓和低矮的灌木丛，无数堆叠在一起的树叶和草茎，还有飞来飞去的蚊蚋，尽是些没用的东西，招人厌烦。萨沙渴望和珍视的人，年轻开朗的妈妈并不在这里，她已经永远离开了这个阳光明媚、多姿多彩的世界。

父亲站起身来。

“该回家了。”他说。

要离开妈妈的墓地了，萨沙心中涌起一阵悲伤。世间的一切都有尽头……

六

晚上，萨沙和父亲在饭厅坐了很久。父子俩的心情都十分沉郁，没来由地伤感。这份心绪虽不知来处，却势如破竹，直接侵占了两人的心。他们一齐看着妈妈的肖像，那是一张挂在墙上的巨幅照片。萨沙说：

“妈妈哪怕是从旁边经过一下也好啊，在门后面走一圈什么的。”

父亲忧郁地看了萨沙一眼，看向门口，说：

“如果她来找你，你会被吓到的。”

萨沙回头看了看，前厅一片昏暗，人影子都没有。他叹了口气，说：

“我不会被吓到的。”

“你确定？”父亲严肃地问道。

“真的，绝对不会。”萨沙又说。

“别吹牛了。”父亲说完便不再开口。

萨沙陷入了沉思。他不记得自己曾经害怕过。他翻来覆去想了很久，一直觉得如果死去的妈妈再次出现，自己应该不会害怕。不过萨沙已经感到父亲看他的眼神中透露出不满。他早就习惯了相信父亲，所以他努力告诉自己父亲是对的。萨沙知道自己很勇敢，可这份勇气的来源是什么？会不会只是因为不想在大家面前露怯？尽管萨沙确信自己心中没有一丝恐惧，他还是决定要考验自己一下。

七

萨沙躺在被窝里却没有入睡。他在倾听屋子里的声音，在等待。入夜后各种声音在向来安静的房间里显得尤为清晰。穿过几面墙都还能听到父亲在走动，随后他的床又吱吱嘎嘎地响过几声。列别斯金妮娅在屋子里走来走去，鞋子拍在地上吧嗒作响。些许轻微的，不知从何而来的噪音不断产生又消失。圣像前的小灯闪过微弱的光芒。墙上的影子极缓慢地变幻着、移动着，悄无声息。

终于，列别斯金妮娅也躺下休息了。房中一片寂静。夏日的夜色晦暗不明，光线最微弱的时刻来临了。萨沙爬起来穿好衣服，从窗户跳进花园。夜晚的清新空气包裹住他。露珠打湿了萨沙的双脚，没过多久他便觉得浑身发冷，想回家睡觉。然而萨沙没有停下脚步，继续前进。他站在栅栏门前思索了一会儿，终于下定决心，走出门去。

河面飘飞着轻盈的雾气，对岸的农田也隐藏在团团浓雾之中。路又潮又硬。

萨沙光脚走着，踩到小石子儿时感觉非常清晰。

萨沙下到河里，温暖的河水轻柔地拥住他的膝盖。河面宽阔，水流潺潺，在水里很难走成直线。他脚步不稳，摇摇晃晃的，每走一步都会遇到河水的阻力，水流冲击着膝盖，发出悦耳的轻响。上岸时萨沙忽然觉得有些遗憾，因为河水越来越低，它温暖轻柔的触碰变得越来越虚弱无力。真想一个猛子扎下去，那才叫舒服！可他没时间了，还是明天来吧。心中想定之后，萨沙走上河岸。

萨沙沿着河边的路慢慢走着，不时抬头环视周围，期待着会有什么可怕的东西到来。然而他只能感觉到疲惫和好奇，还有些紧张，这种紧张情绪源于他对恐惧的期待，而不是恐惧本身。他的感觉同往常一样，十分清晰。

白夜微光，无论远近，一切都无所遁形。在这无月无星，苍白寂静的天幕之下，没什么东西能看得真切。整个世界都在沉睡，一片迷蒙。薄雾之下的河流略显烦闷，冲着芦苇轻轻叹气，眼泪汪汪地拍打着河岸的沙滩。

朦胧的夜色笼罩着大地，世间的一切都浮现出来，仿佛在呼唤萨沙，却不让他了解这表象之后的真容。树木一动不动地立着，枝杈又长又细，柔韧非常，蕴藏着旺盛的生命力和不屈的意志。然而令人困惑的是，它们想要什么，又靠什么活着。

道路两旁偶尔会出现一两棵纤细的杨树，随着地势逐渐升高，路也离河渐远。沿途的泥土湿润、温暖，轻柔地触碰着萨沙的双脚。清新的空气带着让人愉悦的凉意拥抱着他的身体。萨沙快乐地大口呼吸。他的身体是愉悦的，心里却充满悲伤。

很快，墓地的白色围墙出现在了远方。萨沙越来越失望，他等待着，甚至渴望着恐惧的感觉，走得越远，这种渴望就越强烈。然而这种渴望是无法实现的，因为他一点儿都不害怕。明亮的夜色沉默着，就好像在思考着什么。它与萨沙并不熟悉，不想惊吓到他。

这一切如此明亮、宁静、冷清。真奇怪。夜晚给萨沙的感受与白天完全不同，既不讨厌也不可怕，他只是非常吃惊，无声的疑问在心中翻卷。湿润的草地、苍白的天空，一切都仿佛在等待着什么，疲惫不堪、昏昏欲睡。就像是一直在家守候未婚夫的疯女人。她的未婚夫其实就站在门口，只是迟迟没有动作而已。

十字路口到了。灌木丛遮掩了道路，留下了充分的想象空间。萨沙走近之后，发现眼前一片空旷，连个影子都没有。无论是行走的活人还是飘荡的魂魄，都没有在此处寻求偶遇。

萨沙站在十字路口，喊道：

“来啊!”

他的声音洪亮、放肆，周围却一片死寂。萨沙又说：

“如果你在，就快出现!”

眼前的一切都晦暗不明，纹丝不动，似乎在不停地召唤萨沙。谁也没有出现。

萨沙站了一会儿，徒劳地等待着，朝周围看了看，接着便向围墙走去。想要感受恐惧的愿望越来越强。

墓园的大门同城里的寻常大门完全不同。它淡然地向萨沙展示自己铁栅栏上的绿色外皮。

萨沙走过去推了推门，门锁在后面发出轻响。萨沙爬过那冰冷的白色矮墙，跳到了墓园里柔软的草坪上。

围墙后面的一切都凑了过来，它们近在咫尺却给人一种陌生、纯粹而神秘的感觉。灌木丛颜色深暗，教堂白墙绿顶，黑洞洞的窗户就像一只只瞎了的眼睛。萨沙支起耳朵全神贯注地听着，希望能分辨出什么声音，却只听见自己的心跳，还有太阳穴和腕关节处血管颤动的声响。

去哪儿才能体会到害怕呢？萨沙穿过一个个十字架和一座座坟墓，走过丛生的灌木和树林。他知道地底躺着正在不断腐烂的死者，每个十字架和坟堆下面都有一具散发出恶臭的尸体。可在哪儿才能感到害怕呢？

一切都像幽灵一样影影绰绰，真正的幽灵却无影无踪。十字架一动不动，后面根本没有伸着手臂、不停抖动的白色影子。

难道是因为没有遇见幽灵，所以才不害怕？

如果萨沙会害怕，他肯定会觉得这一言不发的神秘自然比幽灵更加可怕。

萨沙没有规划路线，直接沿着自己熟悉的路来到了妈妈的墓前。整座坟墓周围都笼罩着寂静和神秘。这就是死亡。死亡是什么呢？妈妈长眠在这里，全身腐烂。死亡到底是什么，又能怎么样？

萨沙一动不动地坐在坟头，满心悲伤，他双手抱住白色的十字架，把脸贴了上去。他耐心地等待着，那么小的个子，仿佛已经迷失在了一排排十字架和坟墓中。他的脸变得苍白，乌黑的双眼透出悲伤，目不转睛地盯着周围朦胧的暗影。

他终于等到了。就在那一瞬间，他欣喜若狂，内心充满甜蜜和温柔。他感受到了一种难以言喻的圆满，就好像天使来到了他的身边，引领他进入天堂。萨沙一脸苍白，嘴角却挂着快乐的微笑，萨沙紧紧贴住白色的十字架，睁大乌黑的眼睛看向前方，看着一掠而过的天国世界。

这种感觉消失了，恼人的景象扑面而来。

刚刚感受到天堂带来的快乐，它便消失在了记忆深处。这种感觉并非尘世所有，也不为尘世而存在。人居于此，灵魂容量有限，萨沙也不例外，他还受到此间规则的制约。

太阳冒出头来。教堂披上了一层粉色，渐渐沉入了尘世的梦乡，永恒的、酣甜的梦乡。

萨沙站起身时，教堂和十字架似乎都在轻轻晃动。他知道是自己太累了，身体在微微轻晃，毕竟一整晚都没睡。

八

萨沙怀着满腔的疑问和伤感回到家中。眼皮发沉，浑身血液的流动都显得黏滞不畅。脚下的泥土又冷又硬。潮湿的空气透着凉意，惹人不快。

温暖的水流轻柔地包裹着他的双脚，可萨沙着急回家，因为天就快亮了。

萨沙不想被家里人发现，不过他也没想藏着掖着，反正他会把这些事告诉父亲，不过他现在不想和任何人说话。

萨沙从窗户偷偷钻进了家里。列别斯金妮娅此时已经站在大门前的台阶上，对着城里教堂上的十字架祈祷着。在温柔的晨光中她显得尤其苍老衰弱。

“叶比斯基米亚，渊博多知的人。”萨沙想起他曾在日历上看过老太太名字的含义：“可她不知道我一整夜都在哪里。”

虽然没必要这么偷偷摸摸，可萨沙还是很高兴列别斯金妮娅没看见他。没有陷入险境，没能体会何为恐惧，他竟然感到了一丝开心，这也令他觉得很滑稽。

他躺下之后很快便睡着了，做了个焦虑的梦。天空被火光映得通红，城市上空拉响了警报。起初能听见的只有悲戚的警报声，以及从远方传来的，轻微的咔嚓声，类似干柴在炉子里燃烧时发出的声音。接着就有几个人被吓到，发出几声尖叫。有人跑过去，嘴里喊着什么。近旁也一片混乱，人们高声尖叫着跑来跑去。萨沙醒了，心咚咚跳着。周围一片寂静晴和，阳光明媚。太阳一脸喜气，晨光和往常一样洒进窗户。

萨沙把脸转向墙边，往上拉了拉被子，这样阳光便不会直接照到脸上。没过多久萨沙就又睡着了，火灾再次走进了他的梦。受惊的人们又开始在他的窗边奔跑呼号。萨沙跳了起来，匆忙穿好衣服，朝着火的地方跑去。

他的心一阵阵抽动。他知道动作要快，要救人。

木房子着火了，火焰明亮欢快。人们在旁边奔忙。火灾的场景很漂亮，一点都不可怕。不能离得太近，会热。左半边房子暂时还没起火，只有一缕缕黑烟从屋顶下面飘出来。面色苍白的女人六神无主，号啕大哭着，因为她的孩子还在里面。满面红光的壮小伙儿们冷漠地看着不幸的母亲。她一会儿求这个，一会儿求那个。都走到萨沙面前了，却发现他还是个孩子，于是又接着往前跑。萨沙心中有种模糊的感觉，迫使他朝前迈动脚步，遇到堆在一起的木板便从上方跳过去。他走到了门前的台阶，用力把门打开，一阵浓烟涌出，将他团团围住。

“后退，后退!”有人站在街上朝他喊着，声音中满是恐惧。

萨沙用手肘掩住脸，向门内奔去。一股水流淋到了他背上。火舌在近旁闪动，到处都闪烁着火光。腾腾的热气和呛人的烟雾让萨沙晕头转向，可他感觉自己全身都充满了勇气和力量。屋里浓烟滚滚，只有贴近地面的地方还可以稍稍呼吸。为了不在浓烟中窒息，萨沙用手撑着地板，俯下身去。

他来到了一个微亮的房间。浓烟一团一团地凝聚在天花板上，再从窗缝挤出去。墙边摆着个摇篮，一个小孩在里面睡觉。黑烟从摇篮下方某个地方飘出来。天花板上着火的地方忽然连成了一条火带。孩子在睡梦中微笑着，脸蛋儿上满是烟灰，没什么血色。萨沙将他从摇篮里抱起来，裹在小被子里，带着他向窗户跑去。木头板子和桩子被火烧得变了形，从头顶和两旁伸出来，阻碍了萨沙的脚步，不停涌出窗户的黑烟又隔绝了他的视线。萨沙把孩子从一个小洞中塞了出去，将他抛到街上。

“我该怎么办?”这个问题在他的脑海里一闪而过。

萨沙朝上看去。燃烧的房梁倒悬在窗户上方，哔剥作响，一面散发出逼人的热气，一面抛洒着炽热的火星。萨沙垂下头，心紧紧一抽。有重物压到萨沙背上，他不得不弯下腰去，弯腰的时候头碰到了窗台，很疼。烟越来越浓，扼住了他的咽喉，想让他窒息……

萨沙气喘吁吁地醒了过来。他蜷缩着身子躺着，被子蒙住了头和嘴，所以他呼吸才这么困难。

萨沙迅速把被子丢开，呼吸顺畅起来。他心情很好，一身轻松，因为他还活着，待在家里，没有在苦涩的烟雾中丧命。

梦境和做梦时的紧张感挥之不去。萨沙突然反应过来，记起自己曾多次想象过这个场景，想象自己会救一个小孩的命，想象自己会建功立业。他的愿望在梦里成了真。

“做梦的时候最适合救人了!”萨沙心想。

他躺在那里，嘴角挂着温柔的笑意，支棱着耳朵，似乎在等待着什么。长长的黑色睫毛遮住了微微张开的乌黑双眼，眼中流露出尘世的气息。半梦半醒间，回忆和梦想混在一处。萨沙的眼睛睁得老大，感到一阵头晕目眩，眼前突然出现了一大堆耀眼的光团。没过多久，一团团金色的蒲公英碎裂成了粉末，消失无踪。萨沙再次沉入了梦乡。

他梦见自己躺在棺材里，一动不动，毫无生气。他在大火中死去，人们把他那烧透了的尸体从废墟中拖了出来，埋在地底。甜美的歌声随风而起。来了很多人，萨沙听见有人压低了嗓子在说话，还有人在悄悄哭泣。有人在称赞萨沙，他们的话让他很高兴。女孩子们来得尤其多，她们温柔地啜泣着，不停地夸奖他。

人们抬起棺材，一边恸哭，一边吟唱。萨沙的身体轻轻晃着，仿佛置身摇篮之中。清风拂来，阳光直接照到脸上，暖洋洋的，一点都不刺眼。太阳如此温柔，仿佛它的光亮直接来自天堂。就这样浑身软绵绵地躺着、晃着，也是件令人愉快的事情。

过了一会儿，萨沙感觉自己的灵魂被分离了出来，从上往下俯视着自己的身体。棺材很小，里面撒满了鲜花，菊花、锦葵、毛茛，虽然普通却十分可爱。模样俊俏的少男少女们交替抬着棺材，人们挤在周围，小姐们身上穿着华丽的衣裙。所有人的手中都拿着鲜花，衣服上也别着鲜花。父亲走在棺材后面，抚摸着自己红褐色的胡子，有些疑惑地微笑着，细小的泪珠在脸颊上闪闪发亮。只有从萨沙这个角度，从天上才能看见他的眼泪。唱诗班的人走在前方，吟唱着甜美而忧伤的歌曲，曲调温柔悠扬，此前从未在人间响起。所有人都抑制不住地流出了眼泪。

萨沙流着泪醒了，阳光直接照进他的双眼。

萨沙满腔悲痛，苦涩地思忖着，所有人都赞赏这样的死亡，就好像他是为了得到夸奖才会跑进火中一样。他躺在那里凝神倾听着，仿佛想听到什么来安慰自己，平复心情。最后，粗鄙的、浊重的声音从遥远的尘世传进了他的耳朵。

九

萨沙似乎被某个狂躁的灵魂附了体，总是调皮捣蛋，到处搞破坏。

他跑去把家里所有的钟表都往前调了一个小时，所以午饭时间就延后了，父亲只能等着。列别斯金妮娅十分不安，萨沙却哈哈大笑。

他把罐子里装满水，接了根绳子放到门框上。只要有人推门，推门的人就会被淋一身水。

他爬到大棚顶上，从半俄丈的地方跳向地面，跳到柔软、浓密的草丛中，想吓一吓列别斯金妮娅和他的父亲。

萨沙调皮捣蛋时和做别的事情一样，不知疲倦、坚持不懈、推陈出新。最不起眼的东西都会被他用来做一些不可思议、难以预料的事情。

萨沙搞完破坏之后从不遮掩，总是急着把每一次恶作剧都告诉父亲，同时又会在心里埋怨自己，后悔不该这么做。

他越来越心烦，越来越淘气。他故意变成了这个样子，可这样做的目的是什么，他自己也不清楚。他可能想彻底激怒父亲，希望父亲能用某种强烈、可怕和难以耐受的方式来表达心中的愤怒。可父亲只会皱着眉头，又是好气，又是好笑地骂萨沙几句。

列别斯金妮娅有时会教训萨沙，她说：

“你这孩子怎么不听话呢？你父亲忍着忍着就会暴怒，狠狠地抽你一顿。”

“那就让他打呗。”萨沙平静地回答说。

“嘀哟，”列别斯金妮娅说，“他打你的时候，你嗓子都要叫哑。”

“那又怎么样呢?”萨沙问道。

“没什么，宝贝儿。你到时会尖叫的，你会的。你是你父亲唯一的儿子，所以他才这么宠你。你怎么能这样？人要有良心，要知道羞耻，知道害怕。”

“那我该怎么办呢?”萨沙问道，心中暗暗期待她能说点儿什么具有指导意义的，充满智慧的话。

列别斯金妮娅说：

“祈祷吧，这样恶魔才不会来祸害我们。你父亲不会祷告，你也没学会，这可不行。都是些有文化的人，还不看该看的书，哎。”

十

父亲不在家。萨沙在河滩上用衣服下摆包了一堆小石子儿，把它们带回了花园。他刚才在河岸上用石子儿打水漂，石子儿在河面跳跃的样子十分美丽。现在他沿着小路走着，灌木丛、枝叶繁茂的槭树林，还有鸟群里都被他扔了石子儿。他拿起一块小石头扔向凉亭，直接砸在窗户上，把窗户打碎了。萨沙爱上了它碎裂时的声音。于是他跑到屋子旁边，开始朝窗户扔石头。窗户一扇接一扇被他打碎，发出细碎、悦耳的声音，那些愚蠢的婴儿开心时的笑声就是这样。萨沙被逗乐了，笑得不能自已。看着一地的碎玻璃，他心情变得很好，因为父亲和列别斯金妮娅都不知道他在这里作威作福。他高兴地吹着口哨，沿着小路跑来跑去。突然就想知道从里往外看是什么样子，于是萨沙跑进屋去。

和往常一样，一进屋他就安静下来，也不再吹口哨了。玻璃窗已全被他砸碎，显得既悲伤又丑陋。萨沙忽然回过神来，仿佛有人叫醒了他。

他很清楚自己所做的一切都毫无意义。玻璃被砸碎时的声音这么难听，怎么可能会让人高兴。

萨沙心里难过，挨个房间转悠。家里和平常一样，安静得有些瘆人，只有钟摆的声音响彻全屋。玻璃碎片四散在地板上，窗户上的破洞张着大嘴。窗框边缘部分的玻璃幸存下来了一些，上面布满了弯弯曲曲的淡蓝裂缝，可怜巴巴的。年迈的列别斯金妮娅来了，在萨沙身后走来走去，一边抱怨一边收拾碎片。她的声音听起来就像水边芦苇丛发出的悲伤絮语。

萨沙心烦意乱地等着父亲。父亲终于回来了，还没进屋就已经看到了被打碎的玻璃，皱起眉头。

萨沙心中有愧，满脸通红，结结巴巴地说：

“是我把窗户打碎了。我淘气了，故意打的。石头是我在河边捡的。”

他把自己瞎胡闹的过程详详细细地告诉了父亲，羞愧的神色和坦率的态度令父亲有些感动。

“儿子，你怎么能这么做，啊？这样不行！”他轻轻说道，说完往椅子上面一坐，抱起儿子放在了自己腿上。接下来他就开始批评儿子了，他的声音清晰、和缓、温柔，边说还边用手抚摸自己红褐色的胡须。

萨沙哭了。父亲没有生气，只是话音里带着不满和悲伤。父亲这副样子折磨着萨沙的心，他终于请求道：

“狠狠地惩罚我吧。”

“怎么惩罚你啊？”父亲问道，心事重重地看着萨沙。

“用树枝打我吧，狠狠地打我。”萨沙说完，脸红得更厉害了。

父亲吃惊地看了看他，笑了。

“真的，爸爸，你如果能对我严厉些就好了。”萨沙边哭边说，“不然我会更无法无天的，你就管不了我了。”

父亲沉默了一会儿，放下萨沙，走了。

父亲什么都没说，萨沙有些尴尬，他非常想让父亲照他说的做。

“他什么都能原谅。”萨沙心想，“肯定有什么事情是他不能原谅的。到底什么事是他不能原谅的呢？”

十一

萨沙一直都在翻来覆去地思考激怒父亲的方法。他既不想做太粗鲁的事情，又不想让父亲太伤心。萨沙焦躁不安、四处乱窜。他经常一个人跑去远方的田地，似乎期待着能在那里找到答案。

他的脸、手和脚都被晒得黝黑，看起来像茨冈人的孩子。

萨沙本就仔细、敏锐。在这些天里，他的感官变得更细腻了。

他从未在森林中迷过路，也从未找错过地方。锐利的双眼认得所有标记，灵敏的听觉能识别密林里和居民区中最细微的声音，泥土里淡得几乎闻不到的气味总能教他选择唯一正确的道路。现在的他比以前还爱坐在田野里静静聆听。那些寻常人听不见的细微声响萦绕在他耳边，他凝神区分它们的来源：要么是瓢虫在草茎上爬来爬去，要么就是草丛里的小果子成熟了，不断裂开。除此之外，还有一些更细小的波动在不断传递，那甚至都不是声音，而是对声音的预感。是草丛在生长，还是地下的暗流在涌动?

草丛摇摇晃晃，不断生长，不由自主地朝某个方向伸长身体。还阳参从沙土里冒出头来，越长越高。灰叶黄芪开着紫色的花，紧紧贴在砂质悬崖上。沼泽中的毒芹不太高兴，四处抛洒白色的小花。萨沙这几天最喜欢的花是蒲公英，它和他一样细腻敏感。蒲公英灰色的花序成熟之后，他不会把它们拔起来，而是会躺在草丛里，轻轻地把它们吹散，盯着那些白色的种子缓缓向远处飘去。

正午时分，萨沙疲惫不堪。恐惧藏身于麦穗之后，躲进水里，躲到芦苇丛中，在乡间小道上腾起的灰尘旋风中抖个不停，透明的影子在半空中悄无声息地飘来晃去。萨沙明白这应该挺吓人，却完全不受其影响。他心烦意乱。周围的寂静吸引了他的注意力，整片空间里只有这份寂静不令人反感。灼热的空气呼吸起来十分沉重，影响心情。

萨沙有时会去森林里转转。这片广袤而安静的森林就像一座荒芜的教堂，四处弥漫着树脂的味道，又有点像神香。走在树林里，呼吸变得自由顺畅。看着笔直挺拔的松林，连灵魂都获得了安宁。森林静悄悄地把远方未知的一切都掩藏起来。

寂静的森林没有泄露只言片语，萨沙每次从林中出来时都浑浑噩噩，心生不满。

十二

几天过后的一个早晨，父亲正在处理自己繁重的工作。萨沙从厨房里拿出一块煤，晒得黝黑的脸上带着欢快的微笑。他走进客厅，客厅的墙上挂着一幅妈妈的肖像。这幅肖像是将照片放大后制成的，嵌在胡桃木做的边框里。萨沙爬上椅子，隔着玻璃用煤给妈妈添上了胡子，画好后又仔细看了看，笑了。长胡子的妈妈显得既年轻又高兴，就像一个想要捣捣乱的小男孩儿，多可爱，多好玩儿。

萨沙跑去找父亲，笑着把他带到客厅。父亲忧郁地望着妻子的像。忽然，萨沙眼中的妈妈变了，嘴唇上的胡须破坏了她美好温柔的脸庞。恶作剧的激情忽然消失。他悔恨地哭了，悔恨之余，心中却欢腾不已。父亲一脸严肃，面无表情，萨沙知道自己把父亲惹生气了，可能会被痛打一顿。萨沙边哭边说：

“你看，爸爸，我成了什么样子。狠狠地打我吧。”

“是啊，早就该打了，早就该打了。”父亲若有所思地重复着，最后他说，“行吧，去找棵桦树，掰根枝条下来……”

十三

……父亲把树枝扔在地上，扶起萨沙，让他轻轻靠着自己。萨沙马上就不再尖叫了，心中还因为自己刚才的叫喊羞愧不已。难耐的痛楚瞬间减轻了很多，不再一下下叠加了。萨沙抽泣着，窘迫地把脸埋进了父亲的肩窝。

“终于还是体验过了。”他的内心欢腾着，品味着还没有完全消退的痛苦。他心想："疼痛总会过去，这就不可怕了。虽然难以忍受却终将过去，一点儿都不吓人。"

"那我还叫什么呢?"他自问自答道，"可能是因为我还没习惯吧，这也不是我能控制的。"

萨沙安静下来，不再四处捣乱。他体验过了肉体的折磨，却仍然没有被恐惧压倒。

十四

秋天到了，新学期开始了。八月里，学生和老师都还没太进入状态，学生做作业敷衍了事，老师上班也总是迟到。萨沙和惹祸精科里亚·叶戈罗夫在课前因为一件很小的事情吵了一架。叶戈罗夫告诉几个单纯的小男孩儿，说奥巴黎哈的池塘里不干净，住着怪物，说有人看见过，特别可怕。萨沙听后笑着问道：

"怪物？这怪物长什么样啊?"

见萨沙不相信，叶戈罗夫有些生气，他不情愿地回答道：

"圆圆的，全身滑腻腻的，头和癞蛤蟆的头一样。"

"啊，"萨沙说，"看来你也相信啊。那儿可没什么怪物。"

叶戈罗夫勃然大怒，脸红脖子粗地嚷嚷道：

"怎么没有，谢廖加·拉辛斯基和万卡·博利绍伊亲眼看见了!他们又不会骗你!"

"骗我肯定不会，可是会骗你啊。"萨沙平静地反驳道，"没什么怪物。"他又重复了一遍，"都是错觉，他们可能被什么东西吓到了，随便说说而已。"

萨沙的反驳让叶戈罗夫对怪物的存在产生了怀疑。可他这么好斗的人，不可能承认自己有错。萨沙轻声说出的话和平静的眼神让他越来越气。叶戈罗夫非常激动地想要证明怪物的存在，气得撸袖子准备大打一场，可他又不敢和萨沙打架，因为萨沙比他长得壮。他愤怒又戏谑地说：

“等你看见那个怪物，你会被吓死。”

“有什么可怕的！就连这面墙都比鬼怪可怕。”萨沙回答道。他心里想着，世上的一切都如出一辙，毫不可怕。

叶戈罗夫出离愤怒了。萨沙的话在他听来就是明目张胆的挖苦。萨沙似乎是想激怒他，笑着说道：

“哈哈，你啊，别人说什么信什么，你自己才是怪物！”

男孩儿们笑了起来。叶戈罗夫忍不了了，跳向萨沙，一巴掌打到他脸上。萨沙耳朵里嗡嗡作响，眼前冒出红色的火花和绿色的圆圈。

“难怪有人说眼睛里能掉出火花。”这个念头划过了他的脑海。

他窘迫地站着，叶戈罗夫一巴掌把他打蒙了。又疼又丢脸，落在下风的感觉让他觉得十分屈辱。叶戈罗夫傲然地看着他，一脸鄙夷地微笑着。男孩儿们和平常一样，崇尚胜者。他们已经准备好要开始嘲笑萨沙了。

所有人忽然都闭上了嘴，四散跑回自己的座位。年轻的老师出现在门边，红褐色的头发打理得整整齐齐。他在远处就听到了巴掌声，现在又看见两个小男孩是这种状态。作为一名经验丰富的老师，他眼睛一扫就知道出什么事了。他问萨沙：

“怎么回事，卡拉布廖夫？他为什么打你？”

萨沙不说话，堆出一脸微笑。科里亚的手指在他脸上留下了鲜明的印记，正在发烫。同学们将整件事情的经过告诉了老师。老师笑了笑，说：

“叶戈罗夫，你今天留下。我要在你的评语手册里写个差，你父母看到后会想办法帮你改正的。”

叶戈罗夫含泪争辩道：

“可他叫我怪物！我也很难过，瓦西里·格利高里耶维奇，我怎么可能是怪物！”

老师平静地反驳道：

“那你也不能动手啊。”

下课后，叶戈罗夫边哭边朝同学们抱怨，说卡拉布廖夫害得他回家要挨打，一会儿他又跑去骂萨沙，挖苦他。大家同时嘲笑他们两个人，不过叶戈罗夫受的气要多一点，因为现在萨沙占了上风。萨沙很不自在，心情糟糕。应该做点儿什么，可究竟应该做什么呢？他没有生气，还一直在想用什么法子能安慰这个气鼓鼓的，哭个不停的男孩。然而萨沙并不知道怎么才能安慰他，心里甚至有些不由自主地鄙视叶戈罗夫的眼泪，鄙视他面临惩罚时的软弱。

十五

一天的课程结束了。祷告完毕后，学生们吵闹着四散回家。老师瓦西里·格利高里耶维奇再次走到班里，要叶戈罗夫把评语手册给他。叶戈罗夫哭着，极不情愿地把小册子掏了出来。萨沙突然走到老师身边，说：

“瓦西里·格利高里耶维奇，原谅他吧，我没生他的气。”

“你生不生气不重要，学校里不允许打架。”老师的话音很坚决。

“啊，对不起。”萨沙请求道，“我俩会和好的。我先招惹的他，说他是怪物。您就原谅他吧。”

老师笑着说：

“你可真不会求人。”

有人在请求他的原谅，他很高兴。看见即将接受惩罚的男孩在哭，一想到自己作为老师所拥有的权力，心情更是美好。他当下所为的确过于严苛，无甚必要，不过用一句“这是为他们着想”就能替自己解释好一切。

萨沙一直恳求老师不要这么做，他和其他同学一样，知道老师们最喜欢学生的眼泪和哀求。

“你的确不会求人。”老师无动于衷，微笑着说，“鞠躬的时候身子得再低一点儿。”说这话的时候他还在笑，似乎在开玩笑。

“您原谅他嘛，就算要让我给您磕头也行啊。”萨沙说完，脸忽然红了。

“行，那你给我磕个头，我就原谅他。”老师回答道。

他不信萨沙会给他磕头，所以心里有些烦躁，手上开始翻动叶戈罗夫的评语手册，准备找一页来写评语。萨沙把书包往边上一扔，飞快地给老师磕了个头：他先用手支住满是灰尘的地面，再把头往地上一磕。他不觉得磕头有什么难为情的。起身时，他心想如果老师还不原谅叶戈罗夫，自己会很难过。于是他坚定地看着老师，说道：

“现在您应该原谅他了吧?”

老师很吃惊。他满脸通红，笑得有些不大自然，说道：

“哎，没办法。我答应了你的。”

他把评语手册还给了叶戈罗夫，说：

“本来不想原谅你，快谢谢卡拉布廖夫吧。”

叶戈罗夫这下高兴了。他呆呆地笑着，双手擦拭着脸上的泪痕，不知该用什么方式表达自己的喜悦。老师看着两个孩子，尴尬地笑着，本来想离开教室，脚步却慢了下来。他不太能理解萨沙的行为，觉得有些奇怪，这是怎么回事，同学之间的友谊还是新的捣蛋方式?

萨沙非常高兴，潜意识里对自己的表现很满意。两人的家在一条线上，叶戈罗夫收拾书包时叫萨沙等他，看向萨沙的目光也温和起来。萨沙走出教室，在走廊里等叶戈罗夫。老师走过来，想说点什么表示亲近，却不知道说什么，只能尴尬地说些没有逻辑的话，语气倒是很和缓。

“怎么，你这么袒护他，你们俩是好朋友?”他问道。

“我们是好朋友。”萨沙高兴地回答道。

“啊，朋友啊。可他很淘气吧?”老师问道。

“没关系啊。”萨沙说。

“行吧，你现在回家吗?”老师又问。

“回家。”萨沙开心地回答道。

他一脸笑意地看着老师，天真地期待着老师能说些充满善意和智慧的话。他觉得自己还是个小孩儿，只有成年人才知道充满善意和智慧的话是什么。

然而老师并不知道这些话。他完全想不出自己应该说什么，只好拉起萨沙的手，悄悄握住。萨沙有些难为情，满脸通红。老师尴尬地转过身，离开了。

萨沙心中的喜悦消失了。似乎老师的心情感染了他，他也尴尬了起来，思维和情绪再次陷入混乱。

十六

萨沙和叶戈罗夫一起，沿着寂静的城市街道步行回家。叶戈罗夫真诚而开心地感谢了萨沙。

“要不然我肯定会被暴打一顿。”他说，望向萨沙的眼神中带着尊敬。

他这样子让萨沙更觉厌烦。叶戈罗夫从侧面看着他，就好像想说点儿什么，又开不了口。萨沙等了一会儿，希望叶戈罗夫能做点儿他应该做的事情。叶戈罗夫终于想定，突然问道：

“你想让我给你磕头吗？”

“不用了。”萨沙难为情地说。

“那我给你磕了啊。”叶戈罗夫继续道，好像着急还债似的：“就现在，在街上也可以！要不要？”

“呃，我说过了，不用。”萨沙懊恼地重复了一遍。

叶戈罗夫似乎平静了下来。

“行吧，”他高兴的情绪没有受到影响，“我会报答你的。你开口就是了。”

萨沙心里思忖道："我磕头是为了让他回家不挨打，他却说他要报答我。我得到的好处可真不少，老师表扬了我，我还和叶戈罗夫交上了朋友。"

做件好事还这么多算计，萨沙的心备受折磨。

真伤感！世间万物皆有力有不逮之时！他们走过一片菜地，猫眼草徒劳地朝太阳伸展着身体，它们又小又弱，愚蠢的菊花倒地时都能把它们压倒。

十七

萨沙悲伤地坐在灰色赤杨下的长椅上，这里靠近河岸，是花园里地势最低的地方。他跑了一天，既高兴又疲乏。长长的睫毛在他晒得黝黑的脸上投下悲伤的阴影。

天色渐晚，河对岸一片寂静。年纪大一些的男孩儿们每天傍晚都会来到河边，在沙地上用木棍子玩游戏，长长的木棍时不时会搅起一阵轻盈的灰雾。

花园里有个充满野趣、无人问津的角落。水边长着茂盛的荞麦，绿叶和白花相映成趣。侧金盏花铺开了白色花序，轻轻散发出微弱的香气。灌木丛中隐藏着天蓝色的风铃草，无味无声。曼陀罗把自己巨大的白花高高举起，样子傲慢、丑陋、沉重。更潮湿些的地方长着龙葵，被鲜红的椭圆果实压得弯下了身躯。谁也不需要这些果实，也没人来欣赏这迟来的花朵。大自然疲惫异常，低下了头颅，逐渐枯萎凋敝下去。萨沙感到世间万物都会面临死亡，所以一切都是平等的，都不会被需要，这才是正理。淡淡的悲伤占据了他的脑海，他心想：

“一累就想睡觉，要是活累了肯定就想去死。赤杨树站得累了也会倒下。”

他生于尘世，也将死于尘世。这种想法在他内心深处愈发清晰，却并未让他感到恐惧。

有人在对岸唱歌，凄凉悠长的歌声在寂空中传播开来。歌声催人泪下，瓦解人的意志，仿佛有人在呼唤，在祈求什么非同寻常的东西。

难道人注定不能在现世获知真理？真理存在于某个地方，一切也都朝着那个方向运行。我们的步调与万物一致，从不停歇——永远都在渴求我们没有的东西。

是不是只有死后才能了解真理？可死亡之后应如何去了解，又会了解到什么？

拯救一切的死亡存于世间，多么美好！

萨沙盯住水面，心想：

“如果我掉到水里，沉下去了呢？会不会很可怕？”

河水散发出湿润、虚幻的气味，吸引着他，诱惑着他。萨沙漠然地想着自己可能会死，却一点儿都不害怕。反正已没有任何愿望，想去哪里就去哪里吧。

他一动不动地盯着前方。列别斯金妮娅从他身后走来，看向他的目光十分严厉。她晃了晃苍老的头颅，沉声说道：

“你在看什么？你在看哪儿呢？你又偷看它啦？”

说完，她再没看萨沙一眼，径直从他身旁走了过去。她对他的现状似乎毫不关心，也没叫他和自己一起走，就那么一脸漠然、神色峻厉地离开了。

萨沙觉得身上有些冷，浑身抖个不停，神秘的恐惧袭上心头。他起身跟着列别斯金妮娅回去了，回到了尘世的生活，回到了痛苦的向死之路。

奔向星星

谢廖沙[1]又被迫穿上了西服，心里十分委屈。西服是给小个子男孩儿准备的，又短又紧，套在他身上特别难看。谢廖沙不喜欢穿，也不太会穿西服，穿上后他总觉得不舒服，就连动作都变得迟滞起来。他沮丧又郁闷，正恶狠狠地瞪着乌黑的双眼，视线穿过花坛里五颜六色、香气浓郁的鲜花，朝别墅的围栏看去。谢廖沙的父母带着他住在这栋别墅。大门边停着辆四轮马车。妈妈和几个谢廖沙不认识的男人开心地聊着天，正打算出门。这些男人身材高大、举止随便。谢廖沙觉得他们穿得像小丑。父亲也和他们在一起……

妈妈同谢廖沙道别时，一边亲吻他一边说道：

“啊，我亲爱的儿子，你是不是有什么事想对我说来着？再等等吧，我很快就回来，到时我们随便聊，聊聊星星什么的。”

谢廖沙感受不到母亲话音中的诚意，知道她也就是随便说说。妈妈打扮得很漂亮，浑身香气缭绕，这些都特别影响谢廖沙的心情。

“我儿子可真是个幻想家。”妈妈说道，“你们看，他昨晚一直咿

① “谢廖沙”系“谢尔盖”的小名。

咿呀呀地和我聊星星，你们懂的吧，全是些天真的孩子话，不过还挺有诗意的。我儿子将来是个艺术家，对不对?”

客人们笑了，爸爸也笑了，他笑的时候嘴里还叼着根烟，香烟随着笑声在他嘴里晃个不停。大家都走了，谢廖沙留了下来。他独自一人站在花园中央，生气地盯着妈妈刚才站立的地方。

妈妈走后，谢尔盖苍白的小圆脸上满是愤怒，转身朝家的方向走去。木屋上修有阁楼，很是精致。窗台上的鲜花多彩又芬芳，青翠碧绿的藤蔓爬满了阳台柱子。谢廖沙忽然感觉自己不属于这里，心里有些害怕。这华丽的一切在他看来都透着阴沉和诡异的味道。他不想进去，里面全是些舒适又昂贵的家具，漂亮却令人腻烦。

谢廖沙的脸不够黝黑，不好看。他把脸偏到一边，悄悄向花园深处走去。院子里有两个光脚的小男孩在嬉戏玩耍。谢廖沙趴在围栏上，一直盯着他们看。三个孩子年纪相仿，谢廖沙却不能加入他们，因为这么做不体面，大人们不准。不能和这些活泼快乐的男孩们一起玩，谢廖沙觉得很遗憾。他好奇地观察着他们，看他们你追我赶地玩着沾人游戏①。对于谢廖沙而言，跑步是被严格禁止的娱乐方式：跑步会让他心动过速，跑不了多久他就会因为喘不上气而停下脚步。不过现在是别人在跑，他只是贪婪地盯着他们而已，他们的动作和叫喊令他十分开心，面露微笑。他的心脏急剧跳动着，仿佛刚和男孩儿们一起跑过似的。谢廖沙努力想收敛自己的笑容：如果被其他人知道他看流浪儿玩游戏看得这么兴致勃勃，他会觉得

① 一种儿童游戏，一人须用手触及或用球投中跑动中的其他游戏参加者。

很羞愧。

男孩儿们暂时停下了游戏，他们站在院子中央，大声叫喊起来，似乎在吵架。谢廖沙还在观察他们，他觉得很奇怪，因为他们破衣烂衫的，连鞋都没穿，却没有丝毫的不自在。他们又跑起来的时候，谢尔盖的心思已经飘远了。

院里传来的叫声惊得他浑身一颤。厨娘纳斯塔西娅疯狂地叫着，狠狠地抽打着其中一个男孩，那是她的儿子。男孩拼命号叫起来。谢廖沙感同身受，吓得尖叫一声，跑开了……

爸爸和妈妈晚上都没回来，谢廖沙几乎一直一个人待着。他的家庭教师是个长着一头浅发，性格温和慵懒的年轻大学生。大学生今天一直冲着好打扮的侍女瓦尔瓦拉献殷勤。谢廖沙不喜欢这个女人，因为她看向妈妈的眼神充满讨好，甚至还总去亲她的手。

夜晚降临之后，谢廖沙悄悄走出家门，朝花园里最偏远的一条小路走去。他双眼望天，枕着双手躺在长椅上。天空似乎在一层层融化，逐渐显露出隐藏其后的星辰和幽蓝的无底深渊。

七月夜晚的湿气和凉意笼罩了男孩。如果年长一些的人在花园里看见他，会赶他回房间。丁香树枝上凝满露水，他知道躺在树下不好，因为他的身体很脆弱。可他还是故意躺了下来，气呼呼地回忆着母亲瞧不起他的样子，以及客人们瞧见他的瘦小身板后嘲笑他的语气。他甚至还想起卡佳姨妈曾经说他长得很袖珍，这个词让他极不舒服。

“我这也能叫袖珍？”他生气地想，“为什么大人们成天都张牙舞爪、搜肠刮肚地想些滑稽好玩的话来说？高兴了可以笑，这没什么，可他们生气了要笑，嫉妒了也要笑，甚至还嘲笑我个头小。这些人死得可比我早。”

他心想，如果他有一副强壮的身板，他肯定要让卡佳姨妈跪在自己面前乞求原谅。周围最好一个人都没有，这样就更没人可以嘲笑他了。他会抓住卡佳姨妈的耳朵，对她说：

“小心点儿，下次可没这么简单。”

她最好能顺从一点儿，收起那张笑脸滚得远远的。那些长舌的男人们怎么办呢？没事儿，赶走就行，反正对于他们来说，他和星星们一样可有可无。只要他们不来打扰他，不用愚蠢的笑声影响他看星星就好。

星星们遥远又平和，它们的目光照进了他的眼睛。星星们忽明忽灭，似乎很腼腆。谢廖沙也很腼腆，但他觉得自己和星星们在一起很舒服。他想起大学生似乎曾告诉他，说每颗星星都和太阳一样，有自己的地球。他无法相信天上和这里一样，觉得星星们那里更好。他觉得遗憾，因为他去不了。地球太大，有引力。如果它没有引力，自己就能朝星星们飞过去，看看它们身边是什么景象，看看那里是不是居住着长有白色翅膀，穿着金色衣衫的天使，或者那里和这里一样，全是人……

为什么星星们凝望大地的眼神如此认真？难道它们也有生命，会思考？

谢廖沙盯着星星们看了很久，渐渐忘记了先前的郁闷和愤怒，心中只余一片温柔和清明。他的嘴唇丰满苍白，表情安然平和。

星星们愈发明亮温柔起来。它们从不争夺彼此的空间，星光中既没有嫉妒也没有笑声。星星们每分每秒都好似在朝男孩儿靠近。长椅在空中穿梭飞行，谢廖沙全身都放松了下来，畅快不已。星星们紧紧靠在他身边。周围的一切都体贴地默不作声，夜色变得愈发浓稠和神秘。谢廖沙忘记了自己的存在，他全身都失去了知觉，仿佛与星星们融为了一体……

一阵尖利刺耳的手风琴声从远方飘来，将谢廖沙从忘我的状态中唤醒。谢廖沙似乎有些吃惊，觉得那种转瞬即逝的忘我状态很奇异。手风琴拉出的难听声响在空中高低起伏，刺耳又烦人，让他想起了白天的一切，想起了客人们、大学生、瓦尔瓦拉，还有那个被厨娘打得尖叫的男孩儿。一想到他，谢廖沙突然开始发抖，心脏也开始痛苦地快速搏动起来。烦闷充斥着他的身心，他忽然很想离开这里，离开这片土地。

“要是大地的引力对我没有作用呢?”他忽然想道，“那我说不定就能飞离地面了。吸引着我的是星星而不是大地。我要是真飞起来了呢?”

谢廖沙忽然听到了星星们发出的嗡嗡声，大地开始缓慢、谨慎地倾转，花园的围栏渐渐朝他脚边滑去，身下的长椅平稳地动了起来。谢廖沙抬起头，放下脚，有些害怕地轻叫了一声，迅速跳下椅子，向家的方向跑去。他的双脚十分沉重，心脏砰砰跳动，胸口阵阵发疼。脚下的大地似乎在不停摇摆，发出沉闷的声响。

萨沙浑身颤抖着跑进家门。谁也没注意到他。和平常一样，空荡荡的屋子里灯火通明，有人在近旁说话。

“我怎么会被吓到?”谢廖沙心里思忖道，“我躺在长椅上，围栏就在腿那边，可当时我觉得地面似乎正在翻动啊。”

他想和大家一起，不想一个人待着。大学生的声音从旁边某个房间传来，谢廖沙听见后便走了进去，打断了大学生和瓦莉娅①的聊天。大学生一脸尴尬，不情不愿地转身看向谢廖沙。他的双手很不自然地摊着，因为它们刚才还搂着瓦莉娅的肩膀。瓦莉娅笑得一脸春情，站在桌旁装出正在收拾东西的样子。她看着谢廖沙的眼神中有种优越感，似乎觉得他什么都不懂。谢廖沙知道大学生康斯坦丁·奥西波维奇颇得瓦尔瓦拉欢心，也知道他只是逢场作戏，不会娶她，因为他们并不合适。谢廖沙看着这两人就不舒服，他们长得不好看，康斯坦丁一脸麻子，还有个朝天鼻，瓦尔瓦拉满脸血丝，两道眉毛又粗又黑。也不知道是哪儿的问题，这两张脸总能让谢廖沙感到厌烦和羞耻。

他将目光移开，望向一旁的电灯，红纸做的尖顶灯罩上有条细细的透明镶边。他想起了星星们，看着这艳红的灯光，心中有些压抑。他走到窗边，晦暗朦胧的尘世灯火映入眼帘。不远处的别墅里亮着两盏纸灯，这家人应该在庆祝某个家庭节日。花哨、刺眼的灯光让谢廖沙心烦意乱。

“那个，”他可怜巴巴地问道，“妈妈什么时候回来？”

“您的母亲很晚才会回来。”瓦尔瓦拉声音甜美，“谢廖申卡②，您该睡觉了，明天早晨您会见到他们的。”

---

① “瓦莉娅”系“瓦尔瓦拉”的小名。

② “谢廖申卡”系“谢廖沙”的爱称。

谢廖沙看了看瓦尔瓦拉，眼里闪过一丝恶毒、冰冷的光芒。白里泛黄的脸色配上这种眼神显得十分奇特。他讥诮地笑着，似乎下半边脸有些肿。他又怒又烦，就像没吃饱似的。

“我现在就去睡。”他的声音微微发抖，“你要和他接吻吗？”

瓦尔瓦拉脸红了。

“说什么呢，谢廖申卡，您可真不害臊。”她的话音有些犹豫，“我会告诉夫人的。”

“我还要告状呢。”谢廖沙回答道。他还想说些什么却没说出口，烦恼和郁闷紧紧掐住了他的心口和喉头，掐得他疼痛不堪。

“谢廖沙，您就别胡闹了。”大学生说道，努力想用盛气凌人的口吻和鄙薄的微笑掩饰自己的尴尬，“快去睡觉。”

谢廖沙皱着眉看了看他，沉默地回到了自己的房间。

脱衣服的时候，他奋力想把大学生、瓦莉娅和其他人都赶出自己的脑海，想将满心的温柔爱意都留给天上的星星。他走到窗边，轻轻拉开窗帘，望向繁星闪耀的天空。星星们就像一颗颗钻石，放射出冰冷的光芒，传来阵阵凉意。

谢廖沙弯下身子，把肩膀靠在窗框上。他有些伤心，因为星星们无论如何也不会把天上的景象告诉他。苍白的脸上闪过冰冷的目光。他就这么站着看了很久，心中的愤懑渐渐平息下去，没那么难受了。

深夜，谢廖沙梦见了星星们的世界，它神秘又迷人。森林朦胧迷离，树上立着聪明的鸟儿，它们看着谢廖沙。各类地球上没有的智慧生物在树下走来走去。这里的人类开朗直爽，眼睛大大的，嘴边没有笑容。谢廖沙同这个世界的人类和动物相处得十分愉快。

二

谢廖沙怕热，不喜欢明亮的阳光，讨厌晒太阳。这天恰巧很热，光和热都集中在他胸口，他郁闷极了，心脏周围甚至会偶尔发出一阵不舒服的颤动。

白天他有时会想一个人呆着，想想事儿，大人们却总是不停地教育他，给他分派各种各样的任务。当他希望讲点自己的事情或者想法时，大家总会轻蔑地把他推到一旁。家里每天都有不认识的人做客，尤其是那些男人们，吵吵闹闹，举止随意。谢廖沙一直觉得他们身上脏兮兮的，仿佛他们无休无止的大笑激起了一地灰尘，又落在了他们自己身上。

谢廖沙希望黑夜快点来临：他想知道今天的星星会不会像昨天那样闪烁。看星星总是令人快乐，白天则是无尽的烦恼！一切在他看来都是陌生的，带着敌意。父亲完全就是个陌生人，他甚至不知道和谢廖沙聊什么，只会站在儿子面前，摸摸他的头，说一些毫无逻辑和意义的话，比如：

“嗯，谢廖沙，怎么样了？”

还没等到谢廖沙开口，他便和其他人攀谈起来。妈妈有时会突然把谢廖沙搂进怀里，抚摸他，同他说话。此时的她多么纯粹和柔美，就连谢廖沙都不再恐惧她亮丽的衣裙，放心大胆地向她倚靠过去。然而这种情况很少，特别少。妈妈平常也像个陌生人，喜好与不同的客人交际。在那些追逐潮流，穿得十分可笑的高大男人眼中，她是个衣饰华丽，浑身香气缭绕的女子。可在谢廖沙看来，自己的母亲不过是一个既傲慢又冷漠的人罢了。

“是啊，妈妈也是个陌生人。”谢廖沙想，“白天的一切都烦得要死，夜里出现的星星才真心和我亲近。它们一直看着我，不会转身离开。它们那么亮，地面那么暗。妈妈身上的光芒也只是偶尔才会出现一下。我的灵魂会不会在星星上面的某个地方，这里的我只是个睡着了的躯壳，所以我才如此寂寞？”

谢廖沙和康斯坦丁·奥西波维奇一起去游泳，出发的时间和往常一样。他发现康斯坦丁被热得有些不舒服，步子懒洋洋的，面无表情，于是认定现在是谈心的好时候，打算和大学生聊聊自己的想法。

“太阳阴沉沉的。”谢廖沙开口道。

大学生意味不明地哼了一声。

“真的。”谢廖沙似乎很肯定自己的话，他继续道，“不能盯着它看。如果你看了，眼睛里会留下一圈黑影。天色也很阴沉，什么都看不见。晚上就亮堂多了，星星们比太阳好。”

“您就别操心天上的事儿了，谢廖沙。”大学生懒洋洋地制止了他，“少说点这种不着边际的话吧。”

大学生的粗鲁让谢廖沙很不愉快，但他还是继续道：

“所有人都看得见你肩上搭着的毛巾。”

“嗯？”大学生问道。

这声“嗯”的粗鲁声调又惹得谢廖沙很不快，他轻轻叹了口气，说：

“这样大家就都知道我们要去游泳了。”

“是啊，”大学生以一副正在听废话的口吻说，“然后呢？”

“我们去水滨浴场吧，那儿人不少，我们偷偷进去游，别让人看见。”

大学生突然咧开嘴笑了，笑嘻嘻的样子奇怪极了。谢廖沙吃惊地看了看他，发现他的脸又变得和昨晚一样丑陋了。谢廖沙心中涌起一阵尴尬和沮丧，想换个话题。

“地球上的马儿们多愚蠢啊。”他说道，说话时看向一匹拉车的马。马脸毛茸茸的，神情温顺。

车夫坐在座位上，正沐浴着和煦的阳光打盹儿。谢廖沙想起了自己曾经梦见的那些智慧生物，它们眼神锐利，头脑聪敏，眼前这些嘛……

“是啊，愚蠢。”他又重复了一遍。

“它们哪里让您不满意了呢？”大学生笑嘻嘻地问道。

“这还用说，有力气，没脑子，只知道拉着人到处跑。”

大学生哈哈笑了起来。谢廖沙被他的笑声吓得浑身一颤，沮丧地看了看四周。到处都吵吵嚷嚷的，令人紧张和反感：成群的别墅、苍翠的绿荫、明黄的沙地、鲜艳的花朵、衣饰华丽的女人们。这些人的生活奢华无比，和他们比邻而居的却是些蓬头垢面、浑身邋遢的孩子。那些孩子的目光贪婪又怯懦，总是赤着脚跑来跑去。

海水十分凉爽，谢廖沙懒洋洋地泡在水里，惬意极了。他想起了不能游出浴场范围的警告，所有人都认为在开放海区游泳是件令人羞耻的事情。他无法理解这一点，觉得没什么可羞耻的。他现在泡在水里，水流透着凉意，平静地拥抱着他。他现在和大家一样，所以心情很不错。回到陆地穿好衣服之后，他又要变回那个滑稽的小矮人。他开心地叫喊着，不停把手和腿飞快地戳进水里，扬起片片水花。狂喜涌上心头，其中还夹杂着难以忍受的愤怒，他觉得很挤，手边和脚边都有碰到墙的感觉。他咬紧牙关，尖叫起来，潜到浴场围栏的下面。水不深，他没费什么劲儿就来到了开放地带。这里明亮、宽敞、清凉、愉悦。旁边是另外一个浴场，可以听到女孩子们说话和喊叫的声音。谢廖沙快乐地高声叫着，一头扎了过去。

这里一共有五个女孩儿，旁边没有大人。见身边突然来了个男孩儿，她们纷纷挣扎着转身，想要避开他的目光，嘴里还不断尖叫着斥骂他，朝他泼水。有个女孩儿身材高大，胆子也大，她仔细看了看谢廖沙，轻蔑又愤怒地嚷嚷道：

“一个矮个子小男孩儿而已！”

说完便朝他游去，明显不怀好意。谢廖沙连忙逃回自己原本的浴场。

他一边穿衣服，一边沉默地听着大学生的训斥，眼神愤怒，放射出恶毒的光芒。大学生的话既粗鲁又难听，和之前已经听了无数次的空话一样，从谢廖沙的左耳进去，又从右耳出来了。谢廖沙知道回家后大学生肯定要说他的坏话，大家又会围在一起责骂他、笑话他。想到这里，谢廖沙心中忽然涌起一阵苦闷。

“每天都被嘲笑和羞辱！”他心想，“为什么我的生活是这样的？”

回到家后，大人们纷纷数落他，说他行为荒唐。姑妈和表姐也在场。姑妈是爸爸的姐姐，一个满脸皱纹的黄脸肥婆。表姐名叫萨沙，是姨妈的女儿，身材纤瘦，说话慢条斯理，没什么起伏。这两人同妈妈、卡佳姨妈一起教训他。谢廖沙木讷地听着，看都不看他们。他也知道自己的所作所为不体面，可他就是没兴趣把注意力放在这上面。

妈妈叹了口气，半阖上自己美丽的黑眼睛，轻声自语道：

“他现在可真好动。我就不明白了，他是怎么变成这样的。”

妈妈看了看大学生。

“康斯坦丁·奥西波维奇，”她忽然顿住了，不知道该说什么，“得对他更严厉还是更温和一些……”她终于决定结束这个话题，“无论如何……这样。”说话的时候还做了个非常优雅的动作，一个谢廖沙非常不喜欢的动作。

康斯坦丁·奥西波维奇表示理解，他若有所思地说：

“神经太敏感了……总之……这代人……世纪末了嘛。”

卡佳姨妈说话时显得非常愤怒和疲惫，仿佛让她最为生气的就是这个外甥以及外甥的所作所为：

“现在的孩子啊！涅恰耶夫家也是个男孩，太可怕了。”

她凑到妈妈耳边说悄悄话。谢廖沙忧郁地站在远处，等着大家放他离开，心里涌动着各种恶毒的小心思。妈妈愁眉苦脸地听完了姨妈的话，又叹了口气，说：

“是啊，孩子们……多少操心事儿……真不知道该拿他们怎么办。你，谢廖沙，我的宝贝，你别做这些逾矩的事情了。你明白吗，这对你不好：大家会骂你，你会紧张的。情绪紧张对你的身体有害。你真是太让我伤心了。可怜可怜我吧，即使没有你，我这需要操心的事情……”

“你看，谢廖沙，”堂姐说，“你让你妈妈伤心了，这可不好。”

谢廖沙看了看她带着蝴蝶结装饰的浅色百褶裙，心想她插嘴干什么，和她一点关系都没有。堂姐又继续不紧不慢地说了些什么，两片薄唇恶心地翕动着。拖长的声调让谢廖沙又烦又怒，心跳渐渐微弱下去，备受煎熬。终于，他出声打断了堂姐的话：

“娜佳堂姐已经嫁人了，你今年连个未婚夫都没有，就你这么酸不拉几的人，没人会娶你。”

妈妈勃然大怒，红着脸说：

“谢尔盖，我要惩罚你。”

堂姐抿紧了自己的薄唇。姨妈叫道：

“谢廖沙，你心眼儿怎么这么坏！”

“必须要惩罚你了。”妈妈声音疲惫地重复了一遍。

谢廖沙忧郁地看了她一眼，感到自己的心跳越来越快，脸色渐渐变白。他心想：“真希望有人能每天都威胁要惩罚这些大人。惩罚他们！”

“怎么？”他问。

“什么怎么？”妈妈惊讶地反问道。

“怎么惩罚我？”

“没人问你想被怎么惩罚！”妈妈生气地说，“现在我就叫瓦尔瓦拉过来，你马上就知道了。”

“那我去找瓦尔瓦拉领罚？”谢廖沙再次平静地问道。

妈妈双手一拍，神经质地笑了起来。

“您和他谈吧。”妈妈因为生气，声音放大了很多，“不，把他带走吧，康斯坦丁·奥西波维奇，我不行了。这孩子怎么越大越不懂事。”

谢廖沙同妈妈一样尖声笑着，从房间里面跑了出去。红色窗帘粗粝的面料擦过了他短短的头发。谢廖沙突然想道，自己总是被侮辱，换别人早就放声大哭了。他从来不哭，可现在他竟然有点遗憾自己没哭过，不然妈妈可能已经在安慰他、爱抚他了。男孩的内心燃起了强烈的愿望，想要妈妈亲吻他、抚摸他，然而他很快便把这种愿望压制了下去。嘴唇淘气地抿了起来，颤抖的下巴靠近胸腔。他跑到自己的房间，扑到床上，双腿卷起来在空中踢腾，嘴里发出一些奇怪、难听的声音。他的双眼睁得老大，闪烁着愤怒的光芒，漆黑的瞳孔与脸色一对比，显得特别深邃。他很少晒太阳，没什么血色的面孔泛出病态的黄。

三

有人碰了碰谢廖沙的肩膀，他沮丧地蹬了蹬腿，仰面躺好。康斯坦丁·奥西波维奇正站在旁边。大学生一脸麻子，朝天鼻，褐色胡须细细软软的，样子十分傲慢。这副神态和他可不搭调，看上去很滑稽。谢廖沙很快便看出康斯坦丁有事找他，可能是某件恶心的事情。谢廖沙感到厌烦和害怕，他一动不动地躺着，双手伸得笔直，全身紧紧贴在床上。漆黑的双眼很干涩，饱含着愤怒。

大学生在男孩身边站了一会儿，皱眉说道：

“第一，白天不能就这么无所事事地躺着。”

谢廖沙默默坐起身，接着又站了起来。他高扬起头，目不转睛地盯着大学生，从下往上盯着他的脸。不知为何，此时谢廖沙的脑子里空空如也。康斯坦丁的眉头皱得更紧，想了想词，说道：

“您……尽说些胡话……”

“我尽说胡话。”谢廖沙机械地表示了同意。他仔细地观察着康斯坦丁的手。手很大，骨节分明，青筋暴露。

“您别打断我。”大学生生气地说，“您……对小姐和您妈妈说了那么放肆的话。这……很不好。完全，嗯，您这么做简直就是无理取闹。哎，蛮横无理，这，不是，这完全……呃，就是不好。”

大学生的双手激动地挥舞着，似乎正不断把什么东西快速推到狭窄的裂缝里。谢廖沙很不高兴，因为大学生喋喋不休，说出的话还没什么条理。

“要向她们道歉吗？”谢廖沙问。

“是的。”大学生高兴了，“您……这个……去挨几下板子吧，让她们打几下手心。”

“哪怕是打腿呢，我都无所谓。”男孩忧郁地说。

“呃，这大概就没必要了。”

“不会用鞭子抽我吧？”谢廖沙拿出讨价还价的语气问道。

大学生冷笑了一下，似乎听到了什么令人愉快，很有价值的新闻。

“应该这么做，”他说，“可他们不打算这么做。”

他本想吓吓谢廖沙，却最终没敢。谢廖沙漆黑的双眼愤怒地看着他，令他难堪。男孩儿的行为和语言都出乎他的预料。

谢廖沙又在原地站了一会儿，想了想事儿，摇摇摆摆地朝客厅走去。大学生跟在他身后，心想这孩子可别再说什么无礼的话了。好在接下来的一切都进行得很顺利。

谢廖沙走进客厅，妈妈、姨妈和堂姐都坐在那里盯着他，一言不发。高大的父亲穿着一身灰色的衣服站在壁炉旁边，嘴角隐隐浮现出冷漠又轻蔑的冷笑。谢廖沙朝堂姐走去，站到她面前，鞋跟一碰，就像背课文一样干巴巴地说：

“原谅我，堂姐，我对您说了很无礼的话。”

谢廖沙面色苍白，冰冷的目光盯着堂姐那张虚伪的脸，在她面前站了一会儿，接着又走近了一些，弯腰吻了吻她的手，似乎在完成一个他本人丝毫不感兴趣，却已经成为惯例的仪式。堂姐刻薄地微笑了一下：

“我没生气。”她说，“不过，如果你继续到处撒野，可有你好看的。”

谢廖沙又碰了碰鞋跟，平静地朝母亲走去，把他对堂姐所做的又重复了一遍。妈妈不满地说：

“你要是没说那些话，也用不着现在来求我们原谅。”

谢廖沙走到父亲身边。父亲装出一副严肃、恼怒的模样，然而谢廖沙知道他心里其实无所谓，因为父子俩并不亲近。

“怎么了，淘气包，又调皮了？”父亲说。

谢廖沙皱起眉头，心道能不能不回答这个问题。父亲想了一会儿，没找到合适的词儿。这令他很不高兴，笑得一脸烦恼。

“小屁孩！”他说完，掐了下儿子的脸，“再不听话有你好果子吃。”

“请不要在今天就好。”谢廖沙的脸上浮现出红色的指印，他擦了擦脸，严肃地说。

“嗯，回房间去吧。”父亲皱着眉头说道。

谢廖沙出去了，大学生则被留了下来。谢廖沙知道大家又要在背后议论他。他稍微走开了些，又悄悄走了回来，藏在窗帘后面偷听大人们谈话。

“你们看见了吗?”妈妈的声音中透出疲惫和虚伪，“他道歉的时候怨气多大啊?”

“他长成这样，像你们中的谁啊?”堂姐问。

“没控制住自己而已。”父亲生气地嘟囔着，“把个儿子当女儿管，他当然要闹了。”

“哎，什么叫没控制住自己?”姨妈忽然大声又粗鲁地说，“您就是把他宠坏了。要对他严格一点。”

“还要怎么严格?”父亲不满地回答道，“打他吗?”

“当然了，你完全可以打他啊，对他有好处。”

“不可能。”父亲语气坚决，带着怒意。当然了，他这么说不是因为他不同意，而且他觉得和女人们聊这个话题很不体面，更何况姨妈的话还很不中听。

“为什么不能?”姨妈不满地反驳道，“不用担心，又打不坏。”

“哎，我是真听不懂你们说的话。”父亲生气了，接着便换了种语气开始谈别的，结束了这令他不快的话题，“对了，我差点忘了，今天我在列昂尼德·巴甫洛维奇那里……”

谢廖沙连忙轻手轻脚地从门后走开，朝花园走去。当他走过厨房时，听见瓦尔瓦拉笑着对厨娘说：

“咱家这小萝卜头顶撞了小姐！”

她添油加醋地把谢廖沙的话重复了一遍，俩人笑得十分粗鲁大声。谢廖沙继续往前走，他很愤怒。“大家都在嘲笑我！”他心想，“他们如果不嘲笑别人简直都没法过日子了。”他抬头看天，天边还泛着些白光。谢廖沙烦恼地垂下头，懒洋洋地在花园里的小路上踱着步。

路的尽头蹲着一只小青蛙。谢廖沙觉得它很恶心。一个很孩子气的想法忽然在他脑子里闪过，黑色的双眼里迸发出快乐的光芒。他弯下腰，把青蛙抓在手里。青蛙浑身湿滑，恶心的触感在谢廖沙全身蔓延开来，甚至让他有点想吐。他跌跌撞撞地飞奔进客厅。父亲已经离开了，其他人还坐在原地。三人嘴角带着轻蔑的笑意看着谢廖沙。他径直朝堂姐走去。

“看！”他说，“我抓到了只好……”

他把青蛙往堂姐膝盖上一放，堂姐惊慌失措地尖叫出声，跳了起来。

“青蛙，青蛙！”她一边大叫，一边胡乱挥手。

所有人都大吃一惊，从座位上一跃而起。谢廖沙站在旁边看着堂姐，她边叫边哭，哭得歇斯底里。谢廖沙觉得她只是在装腔作势，心里很是替她害臊。

“它又不坏。”他说，“不咬人。”

见没人听他说话，谢廖沙悄悄转过身，从客厅里走了出去。没人理他，因为小姐已经哭得上气不接下气了。妈妈和姨妈帮她解开了束腰带子，还给她喂水喂药。

谢廖沙知道自己这下估计要遭殃了，不过无所谓。他有点儿头晕，精神也无法集中。他走过窗帘，回到了自己的房间。艳红的窗帘摇来摆去的，褶皱处颜色深暗。它之所以被高高挂起，肯定就是为了用粗粝的布料刮蹭过往行人的头发。

谢廖沙坐在卧室的窗台上，漆黑的双眼愤怒地盯着花园。树木青翠欲滴，枝条舒展，麻雀在树梢上跳来跳去，太阳不断在地上画出刺眼的光斑，黄色的沙地在阳光下泛出刺眼的白光。一切都如此粗野，谢廖沙十分生气，气得心口疼。疼痛的感觉如此清晰，就好像手上或者腿上哪个地方在疼一样。谢廖沙心中怒意升腾，他开始幻想他们会怎么收拾他：骂他、羞辱他、打他。他个子小，可以直接被放到瓦尔瓦拉的腿上，头朝下吊着，两只手就不知道该怎么摆了。

然而今天谁也没动谢廖沙。一位阔太太来拜访妈妈了，她可是个重要的客人，妈妈高兴得不得了。阔太太是个热心肠，大家把谢廖沙的事情告诉了她，她说想见见谢廖沙。谢廖沙在她面前行礼的样子十分正常，他吻了她的手，看着她的眼神专注而愤怒。谢廖沙觉得她又肥又蠢、阴险狡诈，蓬松的裙子沙沙作响，浑身还散发着难闻的香水味——几种刺鼻的味道混在一起，古怪极了。女人脸上也涂了东西，不知是哪种香粉。她觉得谢廖沙的个子比同龄人矮太多，想对谢廖沙笑笑，可他专注的黑色双眼和略微发肿的苍白脸颊令她隐隐不安。她对谢廖沙的母亲说：

“你们随他去吧，嗯，随他去吧。让他自己玩儿。他还需要成长。这一切都只是因为他个头比同龄人小太多了。”

大家便不再理会谢廖沙，留他一人生闷气。谢廖沙心中的怒意一直不肯停歇，不停地折磨着他，仿佛星星们昨天对他下了毒。他疲惫地等着夜晚降临，届时太阳用来掩盖星辰的明亮天幕会被撤下。他终于等到了。

四

大人们很早就打发谢廖沙去睡觉了。今天妈妈在家，没让谢廖沙去花园。因为犯了错，妈妈也不来陪他。可他很开心，终于可以脱掉衣服，独自一人躺在被窝里了。夜幕降临，太阳这灼热的蠢物不见了，周围一片寂静，空中挂满星星。如果现在从床上爬起来走到窗边，拉开帘子就可以一直欣赏它们了。他躺在床上，怡然自得地看着白色的窗帘，安静地微笑着，黑眼睛里闪烁着快乐的光芒。星星们用几不可闻的声音召唤着他。谢廖沙推开被子，跳到地上倾听它们的声音。地毯柔软、温暖，站在上面非常舒服。谢廖沙伸了个懒腰，轻轻一笑后便朝窗户跑了过去。漆过的冰冷木板也让他高兴。他把窗帘拉开，跪在窗前，把下巴搁在窗台上，眼光灼灼地看着那些亮闪闪的星星。星光闪烁，看不太真切，他微微发胖的苍白小脸上似乎露出了些许微笑。事实上他没有笑，尽管心里很高兴。他盯着星星们看了许久，清凉和平静的感觉透过窗户传递了过来。他的心脏在胸膛里快速跳动，呼吸急促，似乎有什么凉爽又欢乐的东西流入了他的肺叶。脑子里空空如也，一切都如梦般离他而去……

周围的声音沉寂下去。谢廖沙站起身，走回床边穿衣服。靴子被人拿去清洗了，他没找到。所有人都睡了，没人再关注他。他走到窗边，拉开窗，跳到窗台上，顺着桦树枝爬进了花园。落地之后，七月夜晚的湿气和凉意笼罩了他。他浑身颤抖了一下。星星们依旧看着他，他抬起了不甚出众的苍白脸蛋，高兴地笑了，随后便开始在潮湿的泥土上奔跑，朝着昨天看星星的那个长椅奔去，离家越来越远。灌木丛生的枝叶不停擦挂他的身体，脚下湿乎乎的，一点儿都不舒服，心跳得也特别快。谢廖沙很着急，因为已经过去很长时间了，天边很快就会渗出明亮的白光，人们会醒来，星星们会伤心。

他跑到地方后便躺在长椅上盯着星星们猛瞧，呼吸异常浊重，脸上笑意全无。他心口疼，心脏在胸腔中剧烈跳动，就连脖子附近和太阳穴周围都能感受到强烈的震颤。他紧紧盯着天上的星星们，努力想以此平复自己的心跳。心脏有时的确会平静一些，却总是在一瞬间又开始剧烈跳动，抽痛不已。当它最终平静下来，只在胸腔中轻轻颤动时，谢廖沙既觉得害怕，又有些欢喜。这是他从未有过的体验，以前没有任何疼痛能像这样，让他咬紧牙关的同时又展露出苍白的微笑。

一切感官都在阻挠他全心投入对星星的观察。更可气的是，一段毫无意义、荒谬无比的记忆忽然涌现在了谢廖沙的脑海，十分恼人又无法摆脱。

堂姐坐在镜子前面，不停闻着手里的白色粉扑，满脸嫉妒的神色。父亲嘴里叼着香烟，蓝色的烟气袅袅升起。街道、别墅、透窗而出的艳红灯光、从车站接连驶来的轻便马车、车上坐着的灰衣男人……谢廖沙站在轮船码头，想和大家聊星星，却遭到了所有人的嘲笑。

胸口迸发出的剧烈疼痛贯穿了男孩的身体。晦暗不明的灰色阴影在眼前一掠而过，灌木丛后隐藏着某种可怕的东西，影影绰绰的，闪现了一下便消失了。谢廖沙全身都在发抖，慢慢从长椅上站起身来……脸颊碰到了纤细的蛛网……他站在那里，一脸惨白，漆黑的双眼凝望着缥缈的夜空。

寂静非常。谢廖沙朝家走去，一扇扇窗户就像一颗颗沉默而专注的眼球，在丛生的林木间若隐若现。谢廖沙很害怕，一眼都不敢看。他转过身，再次躺到了长椅上。

他觉得好多了。心脏很平静，仿佛它已经不存在了。谢廖沙倾听着它的声音：它的跳动很均匀，只是附近某个地方痒痒的，不过这种感觉很舒服。谢廖沙不再关心自己的心跳了。恼人的回忆片段刹那间消失无踪，不再阻碍他接近可爱的星星……

天地间的一切忽然消失了，只剩下漫天的繁星。周遭一片寂静，夜色变得浓稠，它拥住了谢廖沙，和他一起倾听星星的声音。星星们开心地沉默着、闪烁着，不停玩耍着从自己身上溢出的火光。它们愈发明亮，甜美、慵懒地打着旋儿，一开始速度很慢，后来越来越快。天地似乎翻转了过来，谢廖沙朝下望去，望见了星星们周围泛着微光的无底深渊，心中没有一丝恐惧。星星们似乎并不像从前那样在天上闪烁了，它们转移到了谢廖沙身下。它们不停旋转，汇聚成了一个明亮的圆弧。没过多久，星星们似乎打起了瞌睡，星光逐渐向周围洇开，仿佛有人在它们和谢廖沙之间铺上了一匹白布。白布之下，一个面色红润的小男孩儿在对谢廖沙说着什么，谢廖沙手里还抓着一只毛色鲜艳，暗喻着不祥的鸟儿。

“回头!”男孩说。

谢廖沙顺从地回了头。男孩从他手中抢过鸟，跑掉了。谢廖沙感觉自己躺在一艘船上，摇摇晃晃的。旁边的丁香树也在船上。他既害怕又开心。星星们轻微地呢喃着，它们的声音渐渐变得幽怨起来。

冰冷的感觉爬过谢廖沙的身体，从脚到头。

“快逃啊！来我们这儿!”星星们焦急地低语。

谢廖沙身下的长椅耸动着，想把他甩下去。起风了，树林中忽然传出可怕的声响。

谢廖沙跳下长椅，站在地上。他的心脏颤动着，仿佛长出了双翼。大地在谢廖沙的脚下不断颤抖。某种恶心可怖的生物爬行着朝他接近。它长着绿色的眼睛，动作灵活，叫声尖厉、瘆人。有人在谢廖沙背后疯狂大笑。一大片粗野、难听的声音混杂在一起，包围了谢廖沙，差点把他的耳膜震破。星星们还在开心地低语着，充满了诱惑。它们的声音很小，可谢廖沙知道它们在说什么。纤细又带有黏性的蛛丝顺风飘到了谢廖沙脸上，周围的一切都喧嚣不已，只有它悄无声息，所以最是可怕。

谢廖沙不知道他应该做点儿什么来摆脱噪音和蛛丝。忧愁攫住了他的心。他跌跌撞撞地跑起来，边跑边哭。他不知道该朝哪儿跑，双腿变得沉重，心脏咚咚作响。周围的一切都喧嚣不已。

谢廖沙跑到一棵阴沉的白桦树旁，张开双手抱住它，接着又往回一跳，踉踉跄跄地停住了步子，嘴里忧愁地呢喃道：

“我该怎么办？我该怎么办？”

他的心脏骤然抽紧，疼痛几乎撕裂了整个身体。忽然，疼痛和抑郁消失了。一股宁静、温柔的舒适感觉渗入了谢廖沙的身体。他感到有人在朝他吹气，一边吹气一边扶着他的背，帮他躺卧在了地上。天空再次转到了他身下，安静、明亮的星星们又开始眨巴眼睛。谢廖沙双手撑地，嘴里发出类似鸟鸣的尖叫，喜悦而匆忙地离开了阴暗的大地，奔向明亮的繁星。星星们快乐地旋转着，张开金色的翅膀朝他飞驰而来，同时还不紧不慢地轻声说着话。一个身形伟岸、神情温柔的天使用洁白的翅膀托住了他的胸口，温柔地拥抱住他，轻轻合上了他的眼睛。谢廖沙在他的怀里进入了永恒的梦乡，忘记了一切。

清晨，人们在围栏旁潮湿的草地上找到了仰面朝天、大张双手的谢廖沙。他脸色惨白，脸颊似乎因为微笑而显得有些发肿。嘴边有一条已经凝固了的深色血线。他双目紧闭，一脸平静的模样酷似成人。浑身冷冰冰的，生气全无。

宝　贝

年轻的母亲一边努力工作，一边开心地微笑。空白的纸页上逐渐填满了清晰的笔迹。她在等儿子放学回家。这个开朗、阳光的少年是上帝赐予她的宝贝。她在幸福、迷醉和狂喜之巅孕育了他。

家中只有两口人。两年前她离开了丈夫。

丈夫是名一丝不苟、细心认真的官员，他无法理解妻子离开的原因，放她走前曾细细询问过一番。

“你不爱我了吗?”他问。

她耸了耸肩，笑了。

“不知道。”她的声音很平静，甚至有些沉闷，“我都不清楚是不是爱过你。”

“爱上其他人了?”

“没有，我身边没有别的人。”

他有些激动地在房里走来走去，想放任情绪大闹一场，可内心深处又觉得没什么大不了的，这种感觉令他非常不悦。

“你想过其他人会怎么说吗?”

“想过。”她温和地回答道，“也没什么可想的，我决心已定。”

他耸动着肩膀走来走去，脑子里还思考着钱的问题。

“如果你身边没有别人，那我就不懂了。你哪儿来的钱过日子？如果我是你，就靠这两套房子我是活不下去的。”

“我会去工作，会找份很体面的差事。放心吧，我不会跑去做什么不光彩的事情给你抹黑的。我已经打听得很清楚了。”

此后她便带着儿子离开了丈夫。无论如何她都得带走儿子，因为他才是她离开的原因。

所有人，包括她自己在内，都觉得孩子越长越不像父亲。看到自己开朗阳光的儿子同这么个冷淡疏离的人待在一起——她的宝贝，和这个当处长的人待一起！——做母亲的很心痛。

所以现在只有她和儿子了。

母亲看了看表，她的宝贝就要回来了，于是把稿纸都夹进英语词典，走到壁炉旁添了点柴火。

干燥的木柴腾地燃烧起来，慢慢碎裂成暗红的木炭，热流从宽大的炉口一涌而出。她没有点灯，只是坐在摇椅上，苍白的双手静静放在膝头取暖。想入非非。思绪又飘向那遥不可及、不可挽回、独一无二又令人神往的瞬间。那仅有的一次甜蜜约会！

她不知道这算什么，到底是爱情还是一时冲动，抑或是某种能移山倒海、改变人心的力量。

晴朗的一天，海浪不住拍打着空旷的堤岸，隆隆作响。她和他在岸边的树林里相遇了。从未谋面的男人瞬间征服了她的灵魂，领着她来到星辰之上。世间的一切都被遗忘了：阳光不再耀眼，涛声变得遥远。天地间仿佛只余下他的声音，述说着她闻所未闻的奇妙话语。他讲论的主题是人，意蕴深远、发人深省。

夜幕降临时，陌生的爱人同她道别：

“我将永远离开你，我们再也不会见面。”

“你是谁?”她问。

他的面容如朝霞般明朗。他说：

“我是只会到来一次之人。”

“那我为你祈祷时，应该叫你什么呢?”

他回答道：

“我与你永在，你所思之一切皆会成为祷言，你所祷之一切皆会与我相关。”

“那我呢?”她问。

他回答说：

“你会生下儿子，在他身上你会看到我的影子，他会是你的太阳，你的生命。”

不远处的树丛后传来了人们的说话声和笑声，似乎有人正穿越树林，走向海岸。神秘的爱人嘴唇滚烫，给了她一个绵长的吻后就离开了。他的身影很快便消失在树丛之后，而她则回到了寂寞乏味的家中。次年开春，她产下[illegible]了。

瞧，他来了！正站在门边呢。

“我的生命！我的太阳!”

壁炉中的火焰似乎燃烧得更剧烈了。她刚想起身迎上去，儿子已经抱住母亲开始亲吻了。

“你在烤火取暖吗，妈妈？让我也烤烤嘛。外面冷得哟!”

他看着妈妈的目光里似乎有火焰在燃烧。母亲的脸又红了。

“妈妈，你今天脸真红。”

“宝贝，我脸红是因为你和我在一起呀。”

儿子昨天的问题一直在她耳边回响。难道他今天又要寻根究底？

离开丈夫后不久，儿子便问过她这个问题。当时他一直在看影集里的相片，忽然问道：

“妈妈，我父亲是谁？”

从一个 12 岁的男孩儿嘴里听到这个问题，她很是措手不及，浑身发烫，只得强颜欢笑，岔开话题。儿子的脸涨得通红，不再出声。差不多两年过去了，他再没提过父亲。

昨天他忽然又说：

“妈妈，我觉得你丈夫不是我父亲。”

母亲满脸通红：

“我的宝贝，你说什么呢！”

“你为什么离开他呢？”

“宝贝，我们这样难道不是更好吗？”

“是更好，妈妈，可这也证明了……”

母亲止住了他的话头：

“今天我们不谈这个。”

儿子不再开口。从傍晚到深夜，从深夜到清晨，她一直在思考是应该告诉孩子真相，还是应该缄口不言。她不知道该怎么办。

难道今天他又要重提旧问？

他开口了：

“妈妈，你的脸像圣女般美丽、纯洁，让人挑不出任何毛病。你这么安静、温柔，就像完美的天使。”

“宝贝，别这么称赞我。”她制止了儿子。

他固执地皱着眉，继续道：

“这张天使的面孔下隐藏着什么呢，妈妈？我想知道。”

“宝贝，你又开始了。”

“是啊，妈妈，我又开始了。”

“我昨天已经说了，不想告诉你。”

他坐在她脚边的矮凳上，看着破碎的木炭，看着舞动的火舌。

男孩沉思着说：

“火焰跳来跳去，就像红色的小鬼，制造着死亡和毁灭，而我们却在一旁取暖。我有时会觉得奇怪，妈妈，如果没有恶，没有这炽热的火焰，可能幸福也就不存在了。”

母亲有些紧张，她想起了神秘爱人的话，轻声说道：

“恶为善服务，魔鬼服从至高无上的主。”

男孩儿抬头看着她，满脸满眼尽是喜悦。她的心仿佛被利剑刺穿。儿子说道：

“无论好坏皆回避不言。你到底在回避什么？”

“谁给你的权利质问我？”母亲严厉地说。

“我感到心底有种强大的力量。这股力量是善是恶？它从何而来？为何我生活得如此快乐，毫不畏惧邪恶与死亡？为何我想做的事情这么多，这么多，即使它们会令我饱受苦难、失去性命，我还是会去做。我为何要如此呢？”

母亲沉默了。他站在她面前，一把抓住她的手，用附有强大力量的声音命令似的说：

“如果你不想告诉我父亲是谁，那就告诉我，你是谁，是我的母亲还是个娼妇？”

她激动地一跃而起，搂住儿子的双肩，叫了起来：

“孩子，你在说什么呢！哎，好吧，好吧！”

她本想拉着他走到门边，却忽然在房中站定，认真看着儿子的脸。他很平静，脸上似乎还有些快乐的神色，他的目光敏锐无比、充满好奇，似乎看清了她灵魂深处那个甜蜜又可怕的秘密。

她哭了又笑了，抱着儿子，高兴地对他耳语道：

“我的宝贝，我把一切都告诉你，你会理解我的。”

搜　身

一

生活中的快乐和不快总是相互交织。进入最好的班级学习是件值得高兴的事情，因为它能提高人的知名度。不过即使进了这个班，令人心烦的事情也不会减少。

天刚破晓，大人们说着话，在家里进进出出。舒拉醒来后的第一感觉，就是身上有什么地方破了个窟窿。不舒服。侧边有东西团成一团，接着他越来越清晰地意识到是自己的衬衣破了。腋下破了个洞，从洞到衣服下摆似乎都脱线了。

舒拉心情很沮丧。他想起自己昨天对妈妈说的话：

“妈妈，给我件干净的衬衣。这件衬衣腋下都已经开线了。”

妈妈回答说：

“你明天再穿一下，舒拉奇卡。”

舒拉皱起眉，只要有事不顺他的意，他就喜欢摆出这副表情。他懊恼地说：

“妈妈，明天它就完全崩开了。怎么，难道我要穿得像个乞丐到处走吗!”

妈妈什么都喜欢自己缝!她手上继续着自己的活计，嘴里不满地说：

“别闹，舒尔卡，我现在可没时间管你。你怎么这么烦人!我说了，让你明天晚上再换衣服。你规矩点儿，说不定衣服还能坏得不那么快。你太好动了，费衣服。”

舒拉本来就挺守规矩的，他抱怨道：

“还要怎么守规矩?我已经规矩得不能再规矩了，基本就没怎么调皮捣蛋过。即使我淘气了，那肯定也是因为有这个必要，否则我是不会的。”

妈妈还是没给他拿衬衣。结果衬衣直接破到下摆，只能扔了。这当妈的真不会算账!

妈妈着急出门，在隔壁飞快地走来走去，脚步声穿墙而来。舒拉想起妈妈得了份好差事，得去很远的地方去一趟，能挣不少钱。拿钱当然好，可如果妈妈现在走了，舒拉就只能穿着破衬衣去学校，就这么穿到晚上它会变成什么样啊?

舒拉一跃而起，把被子扔到地上，跑到妈妈身边，不停用脚跺着冰凉的地面，发出很大的声音。他喊道：

“妈妈，你快欣赏一下!我昨天和你说了，让你另外给我拿件衬衣，你不给。看到了吗，看它成了什么样子!”

妈妈看了看舒拉，气得脸都红了，抱怨道：

“那你就不穿衣服出门呗!丢人现眼!你这孩子真是被宠坏了，管不了你。”

接着她抓住舒拉的肩膀，把他拖进卧室。舒拉的心猛地一跳。妈妈说：

“你知道我着急还这么缠着我。”

她发现衬衣着实不能再穿，其他想拿给儿子穿的衣服又都送去洗了，傍晚才拿得回来，这才不得不从五斗橱里拿出件还没穿过的新衬衣。

舒拉这下高兴了。他喜欢穿新衣服，尽管新衣服又硬又凉，擦着皮肤还有点发痒。他边穿衣服边笑，还不停地做鬼脸，一点儿都不老实。妈妈没时间和他再耗下去，急匆匆地走了。

二

学校里和以前一样，氛围怪异：一会儿欢乐一会儿无聊，一会儿活泼一会儿拘谨。课间休息的时候很欢乐，上课的时候很无聊。

课上被迫学的那些东西也都特别奇怪，还没什么用：有些人早就死了，什么好事儿也没做，过了几百年，出于某些原因居然要记住他们。有些人说不定都是凭空杜撰出来的。动词要变位，名词要变格，有的名词早就没人用了居然还要学；几何，尽是些难证明又没必要去证明的东西。还有很多别的内容，全都荒唐又不切实际。追寻世界本源才是必需的，课程表里却没有。诸如“是什么？从哪里来？到哪里去？”这类永恒的问题也得不到解答。

三

晨祷前，米佳·克雷宁来找舒拉，他问道：

"诶，拿来了吗?"

舒拉想起自己昨天答应了克雷宁，要给他带本现代歌曲集。他用手掏了掏衣服袋子，没找到，于是说：

"呃，我放大衣里了，现在去给你拿。"

他跑进存衣处。保安按下了电铃开关，空旷沉闷的学校大楼里响起了刺耳的铃声。该去祷告了，不参加祷告不准上课。

舒拉加快了动作。他把手伸进大衣兜，却什么都没找到，最后他发现这不是他的大衣，懊丧地叫道：

"哎，怎么回事儿，我摸的居然是别人的大衣!"

接着便开始找自己的大衣。

有人突然在身边哈哈大笑，笑声中充满了讽刺。淘气包杜季科夫来了，舒拉措手不及，浑身一颤。杜季科夫迟到了，刚刚才到学校，他叫道：

"兄弟，你怎么在掏别人的口袋?"

舒拉生气地嘟囔说：

"关你什么事儿，杜奇卡？我又没翻你的口袋。"

找到书后他跑回礼堂，学生们已经按照身高排好了队。个子矮的站前面，离圣像近一些，个子高的则站在后面。右边队列里的学生高一些，左边的矮一些。老师们觉得必须先让学生按身高列队，否则祈祷没法开始。几个会唱圣歌的男生站在旁边。每次都有一个人站在最前面，他起个头，其他人便轻轻跟着唱起来，这就是通常所说的领唱。他们唱得像打鼓，声音大、节奏快却毫无表现力。值日生念着没法谱曲唱，只能读出来的祷词，声音洪亮却死板至极。

简单说来，就是一切都没什么变化。

祈祷之后便出事了。

四

二年级学生，面颊通红的小胖子叶比方诺夫丢了一把铅笔刀和一个银卢布。他的刀很好看，配了个珍珠母做的刀鞘，银卢布则是为了以防万一。发现东西被偷后，他哭着跑去告状了。

调查工作立即开始。

杜季科夫说他看见舒拉·多利宁在存衣处偷摸别人大衣的口袋。舒拉被叫到了学监办公室。

学监名叫谢尔盖·伊万诺维奇，他盯着小男孩，目光中满是怀疑。一想到自己马上就能捉住小偷，老教师心里乐开了花。等会儿就召开紧急教务会，把这个贼开除出去。

似乎注定要发生悲剧了。男生们淘气、不听话，把学监得罪得厉害。他像个侦探，幸灾乐祸地看着窘得浑身通红的舒拉，慢悠悠地问道：

“你为什么在该祈祷的时候去存衣处呢？”

“我是在祈祷开始之前去的，谢尔盖·伊万诺维奇。”舒拉被吓着了，轻轻辩解道。

“就当是在祈祷之前吧。”学监同意了舒拉的说法，声音中带着戏谑的意味，“不过我问的是，你为什么要去？”

舒拉解释了原因。学监继续问：

“就算你是去拿书，你为什么要摸别人的衣袋？”

“我不小心摸错了。”舒拉伤心地说。

“真是个遗憾的错误。”学监说着，责备地摇着头，“你最好说实话，你是不是还一不小心拿走了刀和钱？不小心，嗯？快看看你的口袋。”

舒拉哭起来，流着眼泪说：

“我什么都没偷。”

学监一脸微笑，他喜欢看学生哭。粉嫩的小脸儿上划过美丽的泪珠，留下三道泪痕：一只眼睛里淌出两道眼泪，另一只眼睛里流出一道。

“没偷你哭什么？”学监的话音里带着挖苦，“我又没说是你偷的。我只是假设你拿错了，摸到什么就拿了什么，连自己都不记得自己拿了。来，掏掏你的兜。”

舒拉飞快地把衣袋里所有的东西都掏了出来，这些东西寻常男生都有。接着他把两只衣袋都翻了过来。

“什么都没有。”他抽噎着说。

学监困惑地看着他。

“没有掉到衣服外面吗，嗯？小刀会不会掉进了靴子里，嗯？”

他按了按铃，保安走了过来。

舒拉继续哭着。周围的一切似乎都笼罩在一层粉色的烟雾中，心中的屈辱让他险些昏厥过去。他们让舒拉转过身，在他身上摸来摸去，摸完之后便开始扒他的衣服，强行脱掉了他的靴子，还倒过来抖了抖，袜子也给他扯了下来；腰带、上衣和裤子也没能幸免。所有的东西都被脱下来抖来抖去，仔细检查。

这套侮辱人的流程让舒拉十分委屈、羞耻难当，然而委屈和羞耻中竟还混杂着一丝快乐：还好没穿那件破衬衣出来，被学监粗鲁的动作弄得沙沙作响的是干净的新衣。

舒尔卡哭个不停，全身上下只剩一件衬衣。门后传来嘈杂的人声，有人高兴地叫喊着。

门被猛地推开，有人快步走了进来。这人个子不高，脸色红润，面带微笑。舒拉内心充溢着屈辱和快乐，眼里淌着泪水，他听见了某个似乎有些高兴，又似乎有些窘迫的声音，这人说话时因为跑太急还有点气喘：

“找到了，谢尔盖·伊万诺维奇。就在叶比方诺夫身上。他衣袋里有个洞，刀和钱都滑进了靴子里。现在他找到了，真不好意思。”

办公室里的人们对舒拉的态度突然温柔起来。他们抚摸他的头，安慰他，帮他穿衣服。

五

舒拉一会儿哭，一会儿笑。回到家后他还是这样，又哭又笑的。他把一切都告诉了妈妈，抱怨道：

“他们把我的衣服都扒了下来。幸好没穿那件破了洞的衬衣。”

然后……然后怎么样了？妈妈去找了学监，想大闹一场，想举报他。还没走到学校，她就想起自己儿子的学费被免除了，所以见到学监之后并未大吵大闹。学监接待她时也十分客气，不停道歉。还能怎么样呢？

被搜身的那种屈辱刻印在了男孩心中，他被怀疑偷东西，被搜身，就那么半裸地站着，在另一个人手里转来转去，这种感觉给人的印象太深刻。觉得羞耻吗？可这也是经验啊，对人生是有益的。

妈妈也边哭边说：

“谁知道呢，你长大之后还会遇到别的事情。一切皆有可能。”

微 笑

一

谢米博雅林诺夫家的别墅里有座花园，花园的小主人之一，正在上中学二年级的廖沙今天迎来了自己的命名日。十多个大大小小的少男少女和数名青年男女聚集在他家的花园里。为廖沙庆祝命名日还有个目的：找个理由替他已成年的姐姐们召集年轻男宾。

园子里的小路都被清扫过，孩子们在黄色的沙路上跑跳嬉戏。无论成年与否，大家都笑得十分开心。丁香树下的长椅上还坐着一个男孩儿，他容貌丑陋、面无血色，一言不发地看着自己的同龄人，咧开嘴和大家一起微笑着。他孤身一人、沉默寡言，身上的衣服虽然干净却十分破旧，这一切都是他出身贫寒的证明。面对这群衣着华丽又活泼的孩子，他显得特别拘谨，干瘦的脸上充满胆怯，胸口凹陷进去，一双手极其瘦削却规规矩矩，让人连看都不忍心看。他一直在微笑，只是他的微笑那么可怜：不知他是真看得开心，还是担心自己这副无趣的样子和粗鄙的衣衫会引人不快。

他名叫格里沙·伊古姆诺夫。不久前他的父亲死了，母亲有时会把他送到那些有钱的亲戚家里，格里沙在这些人身边总会觉得无趣又尴尬。

“你怎么一个人坐着，来啊，跑起来！”蓝眼睛的贵族小姐，利达奇卡①·谢米博雅林诺娃走过他身边时说了一句。

格里沙不敢不从，他的心脏紧张得怦怦直跳，整张脸上布满了细密的汗珠。他胆怯地走近那些满脸通红的快乐男孩儿们。他们看他的眼神很不友善，就像在看一个陌生人。格里沙立即发觉自己和他们不一样：他不可能那么大声又勇敢地讲话，穿着打扮也不像离他最近的那个男孩儿那般漂亮。那个孩子穿着黄色的皮鞋，头顶的圆帽上还挂着个毛乎乎的红绒球。

男孩们自顾自聊着，当格里沙并不存在。格里沙用一种很不自然的姿势站在他们身旁，瘦削的双肩稍稍低垂，纤细的手指拽着腰带，嘴角挂着怯生生的微笑。他窘迫得几乎听不清那些男孩儿们在说什么，也不知道现在该做什么。

讲完话，男孩儿们忽然四散跑开了。格里沙就像做了错事一样，胆怯地笑着，沿着沙路坐回到长椅上。他很羞愧，因为他同谁都没说上话。坐下后，他战战兢兢地朝周围看了一眼，发现没人关注他，也没人嘲笑他。格里沙的心情平静了。

两个小姑娘手挽着手，慢慢走过他身边。在她们的注视下，格里沙缩起身子，脸涨得通红，带着愧色微笑起来。

走过格里沙后，个子矮小一些的浅发女孩儿大声问道：

---

① “利达奇卡”是“利季娅”的爱称。

“这个又矮又丑的人是谁啊?”

高个子女孩儿脸蛋儿红扑扑的，长着一对黑眉毛。她笑了起来，回答道：

“不知道啊，得问利达奇卡。应该是她家某个穷亲戚吧。”

“竖起耳朵坐在那里微笑。”矮个子女孩说，“真滑稽。”

她们的身影消失在小路拐角处的灌木丛后，格里沙再也听不见她们在说什么了。他既恼火又害怕，因为他还得在这儿待很久，什么时候能和妈妈一起回家都不知道。

一个瘦瘦的男孩儿发现格里沙像个孤儿一样坐在那里。这个孩子的眼睛很大，高高的额头上立着一缕不听话的头发。男孩儿想做点儿什么来安抚格里沙的情绪，于是坐到了他身旁。

“你叫什么名字?”他问道。

格里沙低声告诉了他自己的名字。

“我叫米佳。”男孩儿告诉格里沙，“怎么，你一个人来的，还是和谁一起?”

“和我妈妈一起。”格里沙低声说道。

“你为什么一个人坐在这儿啊?”米佳问道。

格里沙的身体不安地晃动着，他不知道应该怎么回应。

“你为什么不和大家一起玩儿呢?”

“我不想玩儿。”

米佳没听清，又问了一遍：

“什么?”

“我不想玩儿。”格里沙把声音稍微提高了一点儿。

米佳吃了一惊，问道：

“不想玩儿？为什么呀？”

格里沙还是不知道应该说什么，只能茫然地笑笑。米佳很认真地看着他。别人的目光总会让格里沙感到窘迫，他一直担心自己身上有什么东西会引人嘲笑。

米佳不再开口，心里想着还有什么可以问的。

“你有收藏什么东西吗？”他问道，“就是收集某种物品啦，我们都在弄这个——我在集邮，卡佳·巴克雷洛娃在集海螺，廖沙在集蝴蝶。你呢？”

“我什么也不收藏。”格里沙红着脸回答道。

“怎么会？”米佳毫不掩饰声音中的惊讶，“你什么都不收藏？别啊，挺有意思的！”

自己没什么收藏的事情被人知道后，格里沙很是窘迫。

“我不需要收藏什么东西！”他心里想着，却并未把这个想法表达出来。

米佳坐了一会儿便走了。格里沙心头一阵轻松，新的试炼却随之而来。

谢米博雅林诺夫家的保姆正抱着主人家的小儿子在花园里的小路上散步，这是个一岁大的胖小子。保姆想坐一会儿，挑的地方正好是格里沙坐的那条长椅。他又开始觉得不自在了，双眼直勾勾地盯向前方。他想离保姆远点儿，犹豫半天还是没敢往边上挪一挪。

格里沙竖起来的耳朵一下子就引起了婴儿的注意，他朝它们探过身子。保姆是个面色绯红的胖女人，她认定格里沙不会反抗，于是把小主人往格里沙那边一送，粉嘟嘟胖乎乎的小手抓住了格里沙的耳朵。格里沙浑身发麻，却不敢反抗。婴儿高兴得哈哈大笑，一会儿揪住格里沙的耳朵，一会儿又放开它。保姆也得了趣，不断念叨着：

“收拾他！咱们给他点儿厉害瞧瞧。”

有个小男孩儿把这一切告诉了其他人，说小若尔奇克①正作威作福，欺负那个一直坐在椅子上的腼腆男孩儿。孩子们都跑了过去，在若尔奇克和格里沙周围哈哈大笑。格里沙尽力表现出完全不在乎的样子，仿佛若尔奇克这么抓他让他觉得开心和滑稽。保持微笑变得越来越难，他特别想哭，可他知道他不能哭，因为这样很丢人，所以他忍住了。

他很幸运，救星很快就来了。蓝眼睛的利达奇卡听到男孩儿们放肆的笑声和尖叫后走了过来，了解了下情况，说道：

“保姆，您可真不害臊！您为什么要这么做？”

她本人看着格里沙那张可怜又窘迫的脸也觉得好笑。不过在保姆和孩子们面前她还是保持住了一个成年贵族小姐应有的仪态，没有笑出声来。保姆笑着起身说：

“嗨，若尔任卡②很轻的。人家自己都没说什么，又不疼。”

“得了吧，不准再这样了！”利达奇卡严肃地说。

若尔奇克被抱开后很不满意，哇哇大叫。利达奇卡把他抱到别

---

① “若尔奇克”是“格奥尔吉”的爱称。
② “若尔任卡”是“格奥尔吉”的爱称。

处哄去了。保姆也跟在她身后，其他孩子则留在了原地。他们围着坐在椅子上的格里沙，轻蔑而随便地打量着他。

“喂!”一名长着深蓝色大眼睛的女孩问道，“你妈经常拧你哪只耳朵啊?”

“他的耳朵肯定是在作坊里定做的。”一个快乐的男孩儿哈哈大笑着说。

“不对。”另一个男孩儿纠正他说，“他生来耳朵就是这样。他小的时候大家牵的肯定不是他的手，而是他的耳朵。”

格里沙像只被折磨得筋疲力尽的小兽一样看着这些羞辱他的人，一直紧张地微笑着。他哭了起来，细细密密的泪珠不停滚落到衣襟上，让高高兴兴的孩子们措手不及。

孩子们心里过意不去，安静了下来。他们面面相觑，沉默地看着格里沙，看他边哭边用瘦弱的双手擦眼泪。看得出来，格里沙因为自己哭了感到很惭愧。

“一边儿去吧，还生气了。”浅褐色头发的美女卡佳不高兴地说，“我们把他怎么了?丑八怪!”

“他可不是丑八怪，你才是。”米佳站出来维护格里沙。

“真受不了这些蠢话。”卡佳说完，脸憋得通红。

皮肤黝黑，穿着红裙子的小个子姑娘皱起眉头盯着格里沙看了很久，显然是在思索着什么。之后她迷惑不解地看着大伙儿，轻声问道：

“那他笑什么啊?”

二

格里沙很少能有新衣服穿，母亲总是没钱给他做，所以只要有新衣服他就能开心半天。秋天来了，天气转凉，母亲给格里沙添置了大衣、帽子和手套，其中手套最得格里沙欢心。

这天过节，日祷后他穿上所有的新东西出门玩儿去了。他喜欢沿着街道散步，大人们也允许他一个人出去，因为母亲没时间跟着他。格里沙慢慢走过庭院时，母亲透过窗户看着他，眼里充满了骄傲。想到那些说得多做得少的有钱亲戚，她心里一动：

“瞧，我自己能行。谢天谢地，不靠他们我也可以。”

这天寒冷无云，阳光并不强烈。运河水面飘来刚刚凝结出的细冰。格里沙顺着街道走着，令人精神抖擞的冷意，新衣服，还有天真的幻想都让他开心。只要他一个人待着，他就爱幻想，想建功立业，想拥有光鲜亮丽的生活，想住豪宅，幻想得到一切与乏味的现实不同的东西。

格里沙站在莫伊卡河岸，透过铁栏杆望着顺流而下的薄冰。一个衣衫褴褛，双手冻得通红的流浪儿走到他身边。他开始和格里沙聊天。格里沙不怕他，甚至还觉得他很可怜，因为他的手被冻僵了。新认识的小伙伴告诉格里沙自己名叫米什卡，姓巴布什金，因为他和母亲都住在外婆家①。

---

① “巴布什金（Бабушкин）”化自“奶奶、外婆（бабушка）”，是流浪儿借助俄国人姓的构词模式和格里沙开的玩笑。

“怎么会这样呢?”格里沙问道,“那你妈妈姓什么啊?”

“我妈姓什么?”米什卡嘴角含笑,重复了一遍格里沙的问题,“她姓马图什金娜,因为外婆不是她外婆,是她母亲①。”

“原来如此!”格里沙吃惊地说,“我和我妈妈都姓伊古姆诺夫。”

“这可能是因为,”米什卡飞快地解释道,“你爷爷曾经是修道院院长②。”

“不,”格里沙说,“我爷爷是上校军官。”

“哎,无所谓,爷爷的父亲或者别的谁当过修道院院长,然后你们所有人就都姓伊古姆诺夫啦。”

格里沙不知道曾祖父的职业,所以没吭声。米什卡又盯着他的手套猛瞧。

“你的手套可真不错。”他说。

“新的。”格里沙高兴地解释道,“我第一次戴。你看,这儿还有镶边!”

“哇塞,真棒!你戴着它们很暖和吧?”

“很暖和。”

“我也有手套,不过我不喜欢它们,所以放家里没戴出来。我想求他们给我买副你这样的手套。我一点都不喜欢我的手套,它们是黄色的,我讨厌黄色。给我戴戴嘛,我去外婆那儿一趟,给她看看,要不她不知道买什么样的!”

---

① “马图什金娜(Матушкина)”化自“母亲(матушка)”,也是流浪儿的玩笑话。

② “伊古姆诺夫(Игумнов)”源于“修道院院长(игумен)”。

米什卡的眼睛里闪烁着欣羡的光芒，祈求地看着格里沙。

“不会太久吧?”格里沙问。

“嗯，我住得近，转角就到了。你别担心！真的，我马上就回来。”

格里沙脱下手套，交给了米什卡。

“我马上就回来，你就在这儿站一会儿，别走。”米什卡拿着格里沙的手套，高兴地说。

他的身影消失在了街角，格里沙则留在原地等着。他没想到米什卡会骗自己，以为他把手套拿给大人们看过之后便会还回来。然而他站在那里等了很久，米什卡再也没有回来。

入秋后天黑得很早，格里沙迟迟没有回家，母亲着急了，开始到处找他。格里沙已经明白米什卡不会回来了，伤心地往家走，在路上遇到了母亲。

“格里沙，你去哪儿了?”找到儿子后，母亲既生气又开心地问。

格里沙惶然地沉默着，不停摆弄自己冻得通红的手指。母亲发现他的手套没了。

“你的手套呢?”母亲生气地问，同时伸手去掏他的大衣口袋。

格里沙微笑着说：

“我拿给一个男孩儿让他戴一会儿，可他没还给我。”

三

时间一年年过去。当年为廖沙·谢米博雅林诺夫庆祝命名日的那些活泼、勇敢的孩子们长成了精明、果敢的大人。欺骗过格里沙的那个男孩儿，当然，也找到了自己的人生之路。格里沙嘛，顺理成章地成了个失败者。小时候他经常幻想自己能征服一个王国，实际上却一直被人算计，那些人坑起他来绝不手软。他和女人们的关系同他的生活一样，也不怎么成功。他追求别人的时候总是畏畏缩缩的，从来得不到回应。他没有朋友，爱他的只有母亲。

伊古姆诺夫找到工作后很开心，虽然薪资微薄，不过母亲终于可以好好过日子，再也不用为了吃饭发愁了。可是幸福的日子很短暂，母亲没过多久便去世了。格里沙很想念她，精神渐渐萎靡了下去。他失去了生活的目标，变得很消极，工作一塌糊涂，很快便丢了饭碗，过得困顿不堪。

伊古姆诺夫终于抵押了母亲留下的最后一枚戒指。他从当铺走出来时一脸微笑，因为他不想自怨自艾地哭泣。

伊古姆诺夫不得不去找各种人求职，可他不会求人。他既害羞又寡言，求人时总会觉得窘迫，也无法坚持自己的诉求。站在人家门口他都怕得不得了，心脏突突直跳，挪不动步子，犹豫很久才会伸手按铃。

最潦倒饥饿的一天，伊古姆诺夫坐在阿列克谢·斯捷潘诺维奇·谢米博雅林诺夫奢华的办公室里。此人是廖沙的父亲，伊古姆诺夫到现在都还记得当时的情景。前一天晚上，伊古姆诺夫给阿列克谢·斯捷潘诺维奇去了封信，求人时写字可比说话轻松。现在他来听回音了。

谢米博雅林诺夫是个干瘪的矮个子老头儿，花白的头发剪得很短，他对伊古姆诺夫很是殷勤客气。见他这般态度，伊古姆诺夫猜到自己会被拒绝，心里一阵恶心，却不得不虚情假意地维持微笑，似乎在告诉别人没关系，如果不行就算了，他也就顺便说说。伊古姆诺夫的微笑显然刺激到了谢米博雅林诺夫。

“我收到了您的信，小伙子。”他终于说起了正事。嗓音干涩，吐字倒是十分清晰，“可是，朋友，现在没有空缺的位置。”

“没有吗?”伊古姆诺夫红着脸嘟囔道。

“什么都没有，朋友。全都有人了，而且近期也不会有。不过临近新年时可以给您找点活儿干，小伙子。”

“过年前也行啊。”伊古姆诺夫微笑着说，就好像剩下这八个月他无所谓一样。

“行，那到时再看，我很乐意能帮您的忙。如果是我说了算，今天我就能给您找份工作。亲爱的朋友，我很想帮您!”

“谢谢您。”伊古姆诺夫说。

“不过，小伙子，您告诉我，”谢米博雅林诺夫关切地问，“您之前为什么离职?”

“那工作不适合我。”伊古姆诺夫窘迫地回答道。

“啊，不适合！那，小伙子，希望您在我们这儿能找到适合的工作。您把地址给我吧，朋友。”

谢米博雅林诺夫手忙脚乱地在桌上找纸。伊古姆诺夫看到大理石镇纸下面压着自己昨天写的信。

“信里有我的地址。”他说。

“对，对，是的。”主人抓住信，兴奋地说，“这样我就能知道了。”

“我有个习惯，”伊古姆诺夫站起身来，“我每次写信时都会在开头写地址。”

“这可是欧洲人的习惯。”主人称赞道。

伊古姆诺夫同谢米博雅林诺夫道别后，微笑着离开了。他很骄傲，因为他拥有欧洲人的习惯。不过，这种习惯丝毫不会减轻他的饥饿感。令人不悦的谈话结束了，为此他甚至还有些开心。心里一直盘旋着刚才听到的客气话，特别是那些给他希望的承诺。在街上走了几分钟后他才反应过来，其实这些承诺毫无意义。谢米博雅林诺夫的确答应了以后帮忙，可他现在就得吃饭啊。没钱连家门都进不去。怎么给房东说呢？有什么可说的？

伊古姆诺夫放慢脚步，朝另一个方向走去。他饿得一脸惨白，悲伤地沉思着，走过一条条喧嚣的街道，经过一个个有事可做，衣食无忧的人们。他脸上的微笑消失了。阴沉绝望的表情给他那乏善可陈的脸添上了几分严肃。

他走到涅瓦河边，伊萨基辅教堂巨大的圆顶在蓝色苍穹之下闪着耀眼的金光。宽阔的广场和街道在夕照中蒙上了一层温柔的尘雾。这些地方景致优美，马车经过时发出的声音都会变得更加温柔。然而这一切同一个饥肠辘辘、浑身无力的人是如此格格不入。商店橱窗里红通通的水果看上去多么遥不可及，就像有强壮的卫兵在保卫它们似的。

孩子们在松软的绿色草坪上愉快地玩耍。伊古姆诺夫看着他们，嘴唇止不住微笑。儿时的记忆令他自怨自艾。他觉得他只有死路一条了，真可怕，他心想：

“为什么不去死呢？没了我这世界照样存在。死了就平静了，睡过去就不用再醒来。”

智者们的观点和思想浮现在他的脑海，宽慰着他。

伊古姆诺夫走到河滨路上。他靠着河岸边的花岗岩围栏，看着河中起伏翻卷的波浪。跳下去就一了百了了。不过跳河是件令人恐惧的事情——在沉郁、冰冷的波涛中被呛得喘不过气来，无助地扑腾，筋疲力尽之后再沉入河底。河水会把他带到下游，再在海滨某处将不成人形的尸体抛到岸上。

伊古姆诺夫哆嗦了一下，离开了岸边。他看见库尔科夫就在不远处。此人是他曾经的同僚，穿着考究，心情愉快，一副志得意满的样子。库尔科夫走得很慢，边走还边摇晃镶着雕花杖头的手杖。

“哟，格里高利·彼得洛维奇！”他高声喊道，似乎很高兴，“您在散步？还是办事？”

“嗯，我在散步，其实是有事。”伊古姆诺夫说。

“我们似乎顺路啊？”

他们一起朝前走去。库尔科夫欢快的语言让伊古姆诺夫心烦不堪。他突然下了决心，耸了耸肩，说：

“尼古拉·谢尔盖耶维奇，您那儿有1卢布吗？”

“1卢布？”库尔科夫吃了一惊，“您想做什么？”

伊古姆诺夫的脸涨得通红，结结巴巴地解释道：

“我，您看……我正好差1卢布……我想买个东西……买，您知道……”

他屏住了呼吸，止住话头，紧张又可怜兮兮地笑了起来。

“嗯，也就是说这钱回不来了。”库尔科夫想。想到这里，他再度开口，口气已不像刚才那么漫不经心：

“我要有就好了。我现在身上没有余钱，一个铜子儿也没有。您应该昨天找我借的。”

“嗯，那，没有就没有吧。”伊古姆诺夫继续微笑着，嘟囔道，“我能应付过去的。”

可能他的微笑太无助，太可怜了，激怒了库尔科夫。

“他笑什么呢?”库尔科夫懊恼地想，“他是不相信吗？唉，随便吧，我家又不是金库!”

“为什么您从来不到我家做客呢?”他看着一旁，冷漠又随意地问伊古姆诺夫。

“我正计划着呢，一定去。”伊古姆诺夫用颤抖的声音回答道，“今天可以吗?”

他脑海中浮现出了库尔科夫家舒适的饭厅、好客的女主人、满桌的好菜和摆在桌上的茶炊。

“今天?”库尔科夫的声音还是那么冷冰冰的，“不，今天我们不在家，过几天吧。我得到这条巷子里去了，再见!”

接着他飞快地踏过了滨河路的木质路面。伊古姆诺夫一面微笑一面盯着库尔科夫，纷繁芜杂的念头渐渐滑进了他的脑海。

当库尔科夫的身影在小巷里消失之后，伊古姆诺夫再次走近花岗岩围栏。他内心充满了冰冷的恐惧，浑身战栗不已，以一种不自然的姿势慢腾腾地爬越过去。

周围一个人也没有。

骨血之声

一

阿列克谢急忙离开科索乌尔，来到了尤里耶夫洛格。科索乌尔是他老家，可它同他印象中的那座城市已大相径庭，也许这正是他不喜欢那里的原因。记忆里的科索乌尔十分迷人，不过这份记忆只属于他人生最初的6年。阿列克谢已有20年没回去过了。

现在的科索乌尔十分怪诞。肮脏、阴沉的火车站上全是目光呆滞、脑筋迟钝的搬运工。从火车站到市里得坐马车走上好几俄里。成群的蚊子在科索乌尔卡河上飞来飞去，河水不停拍击着泥沼遍地的河岸。此地的居民们全都一副睡眼蒙眬、行动迟缓的模样，似乎他们只对玩儿朴烈费兰斯①感兴趣。城里住着约10万居民，所有人都对本市发行的唯一一份报纸不屑一顾。

见到科索乌尔人后，阿列克谢问他们：

"你们怎么了？为什么大家都在打瞌睡？"

① "朴烈费兰斯"是一种纸牌的玩儿法。

居民们忧郁地回答道：

“我们省长不行，什么都不让做。”

阿列克谢觉得问题不仅在于省长，他说：

“是你们自己太麻木了吧。”

人们回答说：

“怎么是我们太麻木，我们只是没办法而已。”

处理完手上的事，拜访了几家必须拜访的人之后，阿列克谢的心情很好。他来到了自己的领地——尤里耶夫洛格，这儿距离糟糕透顶的科索乌尔有 40 来俄里。

他坐在车上边走边回忆。有件事不正常，不过他已经习惯了，所以并未想过要刨根问底，然而现在他忽然又想要去了解原因了。他觉得奇怪的事情就是，父亲去世已整整 20 年，为什么母亲不仅自己从未来过科索乌尔和尤里耶夫洛格，还不让阿列克谢来。

阿列克谢想起了父亲。以前他总喜欢欣赏父亲的肖像和为数不多的几张照片，所以印象非常深刻。这种印象同他 6 岁时鲜活的记忆融合在了一起。父亲很英俊，姿态优雅、笑意迷人，温柔的眼睛里似乎有种神秘的力量，没人能拒绝他的要求。

父亲死得很突然，令人措手不及。他骑术很好，可就在发生不幸的那天，他从马背上摔了下来，将头摔到了路沿石上。

“一块这样的石头。”阿列克谢看着一块棱角分明的方形路沿石，心里有些紧张。石头被漆成白色，上面有个红色的数字，也不知道谁能明白它所表达的意思。

起初，阿列克谢觉得妈妈之所以不想去尤里耶夫洛格，是因为这些路沿石会让她想起可怕的过去。后来，母亲言语里有些暗示，又刻意回避了某些话题，他便开始猜测这并不是主要原因。他还多次问过母亲为何不去尤里耶夫洛格，不过很快他就想明白了，没必要纠缠于这种问题，问了也没意义。

母亲去年去世了。去世前一星期，她对阿列克谢说：

“你收拾收拾去尤里耶夫洛格吧。怎么了你！那儿挺好的。安娜·德米特里耶夫娜是个很能干的女人，虽然是个普通农民出身，不过料理家务是不错的。塔纽什卡[1]还在上女子大学，你别停了她的助学金，记得关照她，她可是在我们家长大的。”

安娜·德米特里耶夫娜负责管理尤里耶夫洛格，她和女儿塔纽什卡对于阿列克谢来说都是很神秘的存在。阿列克谢已经从彼得堡大学毕业了，塔纽什卡却还在莫斯科念书。他曾在莫斯科大都会饭店见过塔纽什卡一两次，不过都很匆忙。那两次见面也是因为她要当面对母亲表示感谢，因为母亲给了她助学金，供她读完了中学，现在又供她上女子大学。阿列克谢在母亲那里还看到了塔纽什卡的照片，觉得她是个很普通的女孩儿，长得不丑但性格拘谨，发型和长相搭在一起十分滑稽。

二

马车驶近一栋两层石头老楼，在种满桦树的林荫道上缓慢前进，阿列克谢看见了一个身材匀称的姑娘。她穿过侧边的小路，朝楼前

① “塔纽什卡”是“塔吉亚娜”的爱称。

开着各色鲜花的花坛走去。姑娘穿着白色短衫和蓝色短裙，腰间紧紧扎着一条宽腰带。脸上的皮肤晒得黝黑，笑容满面，黑色的头发编成了辫子，没戴头巾。

女孩停下脚步，看着渐行渐近的马车。阳光穿过树枝，在她的脸上投下了斑驳的影子，两块光斑在她微笑的红唇边颤抖，还有一块绕着右眼皮打转，时而还会再往下溜一点儿，晃到眼睛，在她的瞳仁边缘勾勒出一抹金色。可爱的太阳把热烈的光芒洒到了她晒得黝黑的双腿上，微微反光。

阿列克谢看了看她，觉得自己并未见过这个人，却有种似曾相识的感觉。不知为何，阿列克谢觉得她就是塔纽什卡，是寡妇管家的女儿，是他一直在资助的人。他微微抬起帽子向她致意。她回礼时显得很镇定，镇定中又透出轻松和喜悦。见她如此反应，阿列克谢确信她就是塔纽什卡。

女孩一边大声召集人手，一边快速跑到马车后的梯子旁。女工们欢呼着，把阿列克谢的箱子从马车上卸了下来。塔纽什卡微笑着站在一旁。

“塔吉亚娜·彼得罗夫娜?”阿列克谢走下马车，问道。

女孩笑了，对阿列克谢说：

“叫我塔纽什卡吧。”

她把重音放在了“纽”字上。

阿列克谢的心情变得很好，很放松。他握住了塔纽什卡温暖的手。她的手摸起来很舒服，有力道，和那些贫血的贵妇们完全不同。黑黑的皮肤也没有因为干活儿而变得粗糙。阿列克谢说：

“您好，塔涅奇卡①。”

“您一路上辛苦了。”塔纽什卡说，“妈妈在庄子里。我已经让人去找她了。咱们走吧，我来带路，您的房间都准备好了。”

阿列克谢仔细看着塔纽什卡。可笑的发型以及照片上做作的表情都不见了。

“这可恨的照片！”阿列克谢说。

这种心里想什么就说什么的情况十分少见。塔纽什卡的脚步在门槛边轻轻一顿，问道：

“为什么可恨啊？”

“还不可恨吗？”阿列克谢很激动，“我不久前才看过您的照片，刚才居然差点儿没认出来，其实我不是认出来，是猜出来的。照片拍得太差了，气质和神韵和本人完全不同。”

阿列克谢现在已经不想用语言来描述自己的想法了，照片会让可爱的脸蛋儿变得粗鄙，语言同样会使人的思维变得俗气。如果他想说，他会根据需要迂回表达：

“看了那张照片后，我以为您就是个长得一般的老实女孩儿，打扮还挺可笑的。现在看到了您本人，才发现您很有魅力。”

他这么说是因为他已经爱上了塔纽什卡，并且已经差不多确定了自己的感觉。塔纽什卡说：

“肯定嘛，照片算什么！”

她走在阿列克谢前面，带着他在一楼的各个房间中转悠，周遭

① “塔涅奇卡”是“塔吉亚娜”的爱称。

的凉意沁人心脾。她沉思了一会儿，问道：

“我现在好看还是以前好看?”

她偏过脸看着阿列克谢，不时揪一下自己的上衣，似乎在紧张地等待回答。

阿列克谢想也不想，说道：

“现在好看多了。”

“是吗？为什么?”

阿列克谢喜欢塔纽什卡问为什么时表现出的那种自由轻快的感觉，因为这三个字对于他而言十分沉重，难以出口，他说：

“照片上有些不大对劲，没有生气。那上面的人和您完全不像，根本就是个陌生人。”

“可能是因为，”塔纽什卡说，“当时我打扮得像个在女子大学念书的小姐，装成了个城里的姑娘，我现在光着脚，穿着普通村姑的衣裳，和科索乌尔省那些农民家的女儿没什么两样。”

阿列克谢心想：“可爱又真诚的农民姑娘，灵魂却亲切如女王，她才是真正的女君主。”

“这些就是您的房间了。”塔纽什卡说。

她领着阿列克谢看了客厅、书房和卧室，说：

“这些地方都是我亲自收拾的，每个细节都打理过，您会住得很舒服的。”

“谢谢，亲爱的塔涅奇卡。”

“您客厅和书房的地板昨天我也擦洗过。”塔纽什卡开心地说。

“亲爱的塔涅奇卡，您为什么要这样!”阿列克谢窘迫地高声说道。

“我不放心让那些仆妇来做。”塔纽什卡说，“她们手脚太笨，说不定会打碎什么好东西。哎，都是从科索乌尔过来的人。”

“我真心过意不去啊。”阿列克谢一面说着，一面看向塔纽什卡的双手，这双手看起来完全就不像干过活儿的样子。

“嗨，这有什么！”塔纽什卡轻快地回了一句，“我只有冬天上学，夏天全在休息，什么事情都不做，很无聊的。”

三

晚上，当他和安娜·德米特里耶夫娜聊起他完全不熟悉的家务事时，阿列克谢突然截住了她的话头：

“您家塔纽什卡长成了个美女。”

安娜·德米特里耶夫娜脸微微发红，说：

“我年轻的时候也不丑啊。”

她的声音里透出骄傲。安娜·德米特里耶夫娜现在也很漂亮，一个 20 岁姑娘的母亲所应有的美在她身上得到了充分体现。塔纽什卡与她还不完全一样，阿列克谢觉得塔纽什卡微笑起来非常迷人，充满阳光，有种莫名的熟悉，可他还没想起来她具体像谁，所以现在有些心不在焉。

“到底像谁呢？”他心里一直在思考这个问题，脑海里闪过一张张美女的脸庞，还有画家和雕塑家创造出的各类形象，“难道是布纳迪诺·鲁尼笔下那个迷人的金发天使？”

阿列克谢愈发清晰地感觉到自己对塔纽什卡的爱。

“可我完全不了解她啊！”有时他会这样自责。

他知道她对他有巨大的吸引力，他很珍视她，她的微笑不会欺骗他。

四

阿列克谢曾在某个俄罗斯作家笔下看到过这样的表述：一旦两个人相爱，他们的关系将大步缩小。他和塔纽什卡在花园里迈着大步跑来跑去时，脑子里忽然浮现出了这句话。

阿列克谢松开背带，微笑着站在沙土路上，看着塔尼亚[①]。她走到他身边，问道：

“您又在笑话我？”

“您说什么呢，塔涅奇卡！”阿列克谢叫道，“我什么时候笑话过您？”

塔纽什卡站在他面前开心地笑着。阿列克谢突然把她拉到身边，亲吻她的双唇。她羞得满面通红，笑着跑开了。

她一个人到处乱走了一整天，满面含笑，嘴里时而念叨着什么，时而哼着歌。晚上躺下睡觉的时候，她突然哭了一会儿，泪水散发出幸福的味道，微笑着沉入了梦乡。

五

甜蜜的爱语再次被宣之于口，创世之后它被重复的次数已不可

① “塔尼亚”是“塔吉亚娜”的小名。

计量，承诺永恒的话语却仍在不断涌现！

深夜，阿列克谢独自待在房里，他突然想起了某件重要的事情。想法还很模糊时他就已经感到了恐惧。是什么呢？他想起了逝去的父亲英俊的面容，这有什么可怕的？旁边还有另一个人的脸，那是塔纽什卡，她的脸蛋儿真是无比迷人。年轻姑娘美丽的双唇微微上翘，一瞬间同父亲不再鲜活的嘴唇重合在了一起，仍然散发出无穷的魅力。

“塔纽什卡长得像我父亲。”阿列克谢说，“这怎么回事？”

忽然，他心中的恐惧汇聚成了一个想法：“难道她是我妹妹？”

他又固执地想：“可我还是爱她，爱她，爱她！我不会因为这点疑虑就退缩，把所爱拱手让人！”

他无法入睡，起身走进花园，走到塔纽什卡和她母亲居住的侧屋边，用丁香树枝轻轻敲了敲塔纽什卡的窗户。她听见了，从被窝里爬起来，在肩膀上披了一条绒线方巾，关上了窗户。嘴里轻轻念叨着：

“你敲什么敲，疯子！妈妈会听见的。”

“听见就听见。”阿列克谢轻声回答道，声音有些凄凉，“不用瞒着她。”

塔纽什卡披着方巾的双肩缩在一起，她看着幽暗的天空，天上的星星闪烁着，她问他：

“怎么，想到花园里走走？”

阿列克谢沉默了。他不知道该说什么。塔纽什卡退到房间深处，穿上短裙，轻轻跳出窗户。

他们来到河边，夜莺在一旁倾听他们的交谈。塔纽什卡充满爱意地看着阿列克谢。

“你爱我吗？”阿列克谢问道。

“爱。”塔纽什卡轻轻回答道，她的声音与潮湿幽暗的夜色渐渐融为一体。

“是爱哥哥的那种爱吗？”阿列克谢又问。

“比那种爱更爱。”塔纽什卡回答道。

他又问：

“你会一直爱我吗？”

她回答：

“会一直爱你。”

“我们会永远在一起吗？”

“我们会永远在一起。”

“你就没有问题问我吗？”阿列克谢沉默了一会儿，开口问道。

“因为我都知道啊。”塔纽什卡问。

“你知道什么？”

“你爱我。你爱我，不会离开我。我们会一直在一起。”

“如果你……”

“什么？如果我什么？”

阿列克谢等了一会儿，状似开玩笑地说：

“你终于问我问题了。”

两人都笑了起来。塔纽什卡坚持想知道答案：

“那个‘如果我’是什么意思？你太讨厌了，说话都不说完。捉弄我，我哭给你看。”

“你好奇心真重。”阿列克谢说话间温柔地抚摸着她的背。

“我的好奇心就这么重，你告诉我嘛，亲爱的。”

阿列克谢非常激动地说：

“听我说，塔纽什卡，我有时会有种很怪的感觉。今年夏天之前我几乎完全不认识你。现在突然就爱上了你，我爱你就像爱某件稀世珍宝，和你在一起时总有种很亲近的感觉。”

“我也是。”塔纽什卡轻声说。她目不转睛地盯着他，被他的紧张情绪所感染，心跳得飞快。阿列克谢说：

“为什么会这样，塔纽什卡？你不觉得奇怪吗？”

“有什么奇怪的？”

“这么突然，难道你不吃惊吗？”

塔纽什卡靠近阿列克谢，她压制住了心中莫名的紧张和害怕，有些好笑地说：

“你真想得出来。难道我不值得爱吗？爱上一个光着脚的农村姑娘是件很奇怪的事情？哎，你的心怎么变得这么狠！”

说完她开心地笑了，吻着阿列克谢。

“不，你听我说，塔纽什卡。”阿列克谢说，“如果我们有血缘关系呢？如果你是我妹妹呢？”

塔纽什卡想了一会儿，大声地笑了起来。

“你都在想些什么啊！如果我们是兄妹，我怎么会爱上你？哎，我爱你，爱你，我亲爱的，看着你我都不想眨眼睛！”

他们在河边的灌木丛里一直坐到天明，低声聊着天，温柔、纯情地亲吻着，全然忘记了阿列克谢的古怪想法。

浓重的夜色降临大地，潮湿的灌木重新直起了身子，塔纽什卡急匆匆地回去了。

六

一夜无梦。醒来后，她想起了阿列克谢夜里的猜测，琢磨了很久，一整个上午都情绪低落，尽量避免与阿列克谢碰面。

午餐前塔纽什卡抽了点儿时间，单独同母亲待在一起，她直接问母亲：

“妈妈，告诉我，我是谁的女儿?”

安娜·德米特里耶夫娜脸颊发红，眉头微蹙：

“你真问得出口！你是我的女儿，我亲生的，不是捡来的。”

“我知道，妈妈。”塔纽什卡继续问，“可我的父亲是谁?”

安娜·德米特里耶夫娜看了看女儿，把视线偏到一旁，说：

“我死去的丈夫啊，还能有谁呢?”

接着她勃然大怒，叫道：

“你居然想审问自己的母亲！书念得太多，尽想些莫名其妙的东西。怎么和我说话呢！现在我……”

她没把话说完。塔纽什卡认真地看着她。安娜·德米特里耶夫娜难堪地走到床边，眼泪夺眶而出。塔纽什卡站在原地一动不动，她的声音冰冷、响亮：

“亲爱的妈妈，原谅我这么问，我想知道，很想。你告诉我，阿列克谢是不是我的哥哥?”

安娜·德米特里耶夫娜没出声。塔纽什卡发现她的动作很不自然，原来是在哭。塔纽什卡的心情跌到谷底。

她没再问下去，而是走进花园，来到了两人昨晚聊天的灌木丛边。她觉得这里很不错，找了块石头坐着，看着河水，冰冷的双唇一开一合，无声地说着：

"幸福，我的幸福，你在哪儿，你到底在哪儿?"

她哭了很久，惋惜自己没有结果的爱情。

七

与此同时，阿列克谢请安娜·德米特里耶夫娜过去，问了她同样的问题。安娜·德米特里耶夫娜满脸通红，含着眼泪微笑着说：

"刚刚塔纽什卡才用这个问题折磨了我，您现在又问我同样的问题。也没什么可隐瞒的，你们自己也都发现了：塔纽什卡和您已故的父亲长得一模一样。"

阿列克谢的心情变得很糟糕。他快步走进树林，在里面走了很久。沸腾的情感折磨着他。

傍晚时分，他回家时在栅栏门边见到了塔纽什卡。他心痛地想："我该怎样安慰她? 哎，为什么要让她知道!"

他怀着沉重的心情走到塔纽什卡身边，看到她涨得通红、低低垂下的脸庞后吃了一惊：塔纽什卡的眼泪呢? 她为什么不伤心?

塔纽什卡一脸明媚的微笑，抬头看着他，说道：

"我亲爱的哥哥。"

她用双手搂住他、亲吻他。她的吻甜蜜、纯真，就像妹妹在亲吻心爱的哥哥。西斜的太阳在她脸上投下了温柔的暖光。塔纽什卡匀称的双手裸露着，轻轻放到了他肩上，一阵甜蜜的馨香萦绕着他，香气与小河深处飘来的轻风融合在了一起。阿列克谢感觉整个世界都明亮起来，充满了快乐。他心中熊熊燃烧过的狂热爱意消失了。

“我亲爱的妹妹，”阿列克谢说道，“我很高兴你不难过。不过你告诉我，我们之间曾有过另一种爱，你不惋惜吗？”

“我哭过啊。”塔纽什卡回答说，“因为当时我还没想明白。后来，就在一瞬间，仿佛天空劈下了一道无声的闪电，我的心中忽然充满了快乐。我终于找到了你，我的哥哥！”

“那我呢？”阿列克谢似乎是在问塔纽什卡，又似乎在问自己。

塔纽什卡笑了，她说：

“你怎么什么都问我！”

“我不怎么问人的。”阿列克谢说，“就问你。我知道，我都知道，我在这里看见了你，就在这条路上，我的灵魂认出了你，亲人之间的感应引导我走到了你身边。如果我们不知道身世的秘密，我们肯定会一辈子深爱对方，就像一对极其相似又爱得深沉的夫妇。我想过要拥有你，你也想过要成为我的妻子！”

塔纽什卡笑了起来：

“我想过吗？你说之前应该问我的。”

阿列克谢继续道：

“我们相互吸引，内心充满甜蜜的爱情。身世的秘密被发现后，男女之爱变成了兄妹之爱，似乎是知识熄灭了爱情。”

塔纽什卡盯着他，温柔地微笑着。

“嗯，你已经说得很清楚了。”她说。

然后又轻声说：

“今天我一个人坐在河边的灌木丛里，心里很苦闷，还哭了一场。其实弄清自己的身世，找到哥哥是件很快乐的事情，只是我没能马上理解这种快乐而已。”

阿列克谢仔细听了听自己内心的声音，感受到一阵喜悦——有个妹妹是件多么幸福的事情！强烈而肉欲的爱情燃烧殆尽，消失在了深邃而宁谧的亲情火苗之中。

铁　环

一

清晨。郊外。一位女士和一个 4 岁左右的男孩儿在空旷的街道上走着。女士年纪很轻，衣饰华丽，身边的男孩儿脸蛋儿红扑扑的，特别开心。女士嘴角上翘，一脸幸福的样子，看向孩子的眼神中满是关心。孩子一边笑着，一边用不太熟练的动作向前滚着铁环，一个又大又新的明黄色铁环。他很高兴，胖乎乎的小脚在地上踩出啪嗒啪嗒的声音。他的小膝盖裸露着，手里的小棍挥来挥去。其实不用把棍子举这么高，都高过头顶了。不过，高就高吧！

高兴得不得了！以前他没有铁环，现在有了，还滚得这么快！真开心！

清晨的街道、雀跃的太阳、远方城市的喧嚣，在男孩儿眼中，一切都如此新鲜。他觉得这些都很新奇、纯洁，充满了欢乐。

是啊，一切都是纯洁的。如果成年人不说，孩子们自己可看不到事物的阴暗面。

二

一位衣衫褴褛、双手粗糙的老人在十字路口停住脚步，他把身子贴到围栏上，给女士和男孩儿让路。老人的头上已不剩几根头发，他浑浊的双眼盯着男孩儿，傻呵呵地笑着，一些不太清晰的想法缓缓爬过心田。

“小少爷。”他心想，“年纪这么小。瞧这笑得！孩子，还是有钱人家的孩子，你看看你！”

有些东西他觉得很奇怪，无法理解。

孩子，为什么大家都喜欢揪小孩的头发？玩儿，玩儿的时候也尽是娇惯，对吧？孩子都被宠坏了，调皮着咧。

当母亲的呢，什么也不做，不叫停，不冲着孩子喊，也不吓唬他，自己倒是打扮得漂漂亮亮的。她还缺什么呢？他们俩显然被照料得很好。

当他这个老头儿还是孩子的时候，活得却像条狗！即使是现在，他的生活也说不上滋润，不过总算不会挨打，也能填饱肚子了。小时候每时每刻可都是饥寒交迫，棍棒不断。这种娇生惯养的生活是他从未体验过的，他没滚过铁环，也没玩儿过其他有钱人家才买得起的玩具，一生的光阴就这样在贫穷、操劳和怨恨中度过了。竟然没什么可回忆的，一个快乐的瞬间都没有。

他心里涌起一阵欣羡，咧着没牙的嘴，冲男孩儿微笑着，心想：“看把他给乐的，愚蠢。”

羡慕的感觉折磨着他。

他走去厂里上班，从小他就在这里干活，直到现在。一整天他心里都在琢磨着那个男孩儿的事情。

思维陷入了停滞，脑海里不断浮现出那个男孩儿的身影：他滚着铁环朝前跑着，笑着，双脚踏在地上发出吧嗒吧嗒的声音。双腿胖乎乎的，膝盖裸露在外……

在各种机器运作的噪音中，滚铁环的小男孩在他脑海里跑了整整一天，挥之不去。入夜后，他在梦里又见到了那个孩子。

三

从第二天早晨开始，老人的心里就浮想联翩。

机器叮叮当当地响着，工作千篇一律，丝毫不费脑筋。老人的手熟练地动作着，没牙的嘴因为滑稽的幻想而笑个不停。厂房上方的空气和烟尘混在一起，污浊不堪。高高的天花板下，传送带呼啸着在滚轮间快速滑动，无休无止。远处的角落笼罩在浓浓的烟雾中，喧嚣无比。人们就像幽灵一样走来走去，机器巨大的轰鸣声掩盖了他们的话音。

老人陷入了幻觉，似乎他现在是个小孩，妈妈是位贵妇，他也有个铁环和一根小棍儿，正用棍子滚铁环玩儿呢。他穿着白白的衣服，小腿胖乎乎的，膝盖裸露着……

日子一天天过去，一样的活计，一样的幻想。

四

一天傍晚，老人回家时在院子里发现了个从旧木桶上掉下来的铁环，黑乎乎的，做工很粗糙。老人高兴得浑身发抖，浑浊的眼里涌出泪花，一个隐秘的愿望出现在了心中。

老人小心翼翼地朝周围看了看，躬下身去，双手颤抖着抓起铁环，拿回家去了，脸上还赧赧地笑着。

谁都没看见这一幕，所以更不会有人会过问。再说了，关他们什么事啊？一个破衣烂衫的老头儿拿着个谁都不要的破烂儿，谁会管啊！

可他还是偷偷摸摸的，担心被人笑话。为什么要把铁环捡起来带走，他自己也不知道。

只是因为它很像小男孩玩儿的那个铁环，所以就拿走了。没什么大不了的，就让它在自己家放着呗。

看一看，摸一摸。心里的幻想越来越生动，工厂里的汽笛声和噪音越来越缥缈，喧嚣的尘雾越来越模糊不清……

铁环在老人床下放了好几天，就放在那个简陋、拥挤的角落里。老人有时会把铁环拿出来看。脏兮兮的灰色铁环令老人满心欢喜，一直盘旋在他心中的那个关于幸福童年的幻想变得更加清晰了。

五

一天清晨，天气晴和温暖，鸟儿在树梢的枯枝败叶中忙活着，比昨日更加快乐。老人起得比往日更早，带上铁环来到远郊。

他咳嗽着，在参天的古树和丛生的灌木中穿行。阴郁的树干包裹着干燥、皲裂的树皮，它们的沉默让他费解。林中弥漫着怪异的气味，蝇群也让人瞠目结舌，蕨类植物长得和童话里的描述一模一样。这里没有灰尘和喧嚣，树林之后只有温柔、美妙的朦胧雾气。衰老的双腿在满地的松针上不停打滑，还不时被粗大的树根绊住。

老人掰下一根干枯的树枝，将铁环套在上面。

眼前的草地漂亮、宁静。不久前刚被刈过的绿色草茎上闪烁着无数缤纷的露珠。

老人突然把铁环摘下来，用棍子打了它一下，铁环在草地上静静地滚动起来。老人开心地笑了，整个人都焕发出别样的光彩。他快速迈动双腿，像那个男孩儿一样跟着铁环向前跑去。同时他还学那个孩子的样子，挥舞着手臂，把木棍高高举过头顶。

他觉得自己的年纪还很小，内心充满了温情和快乐。他有种感觉，觉得妈妈就跟在他身后，满含笑意地看着他。他像个孩子一样穿过昏暗的树林，跑过欢乐的草地，刚开始跑的时候甚至还感到了丝丝凉意。

衰老的脸上，灰色的山羊胡子不断地抖动着，牙齿已经脱落干净的嘴里不停地发出笑声和刺耳的咳嗽声。

六

老人每天早晨都来到林中，在这片空地上玩铁环。

他总觉得大家会笑话他，心中的羞愧和恐惧类似，它让人双腿发软，失去力量。老人又羞又愧地望向四周。

还好，谁也看不见，听不到……

他玩够了，平静地回到城里，轻松愉快地微笑着。

七

其实没人看到他这副样子，也没出什么大事。老人安安静静地玩了几天。在一个满是露水的早晨，他感冒了，卧床后不久便咽了气。咽气时他躺在工厂的附属医院里，周围全是神情冷淡的陌生人。在生命的最后时刻，他脸上仍然挂着明朗的微笑。

回忆令他感到安慰。他也曾是个孩子，也曾开心地笑过，也曾在鲜嫩的草地上和昏暗的树林中奔跑过。亲爱的妈妈就跟在他身后，注视着他。

芬芳的名字

有个小姑娘病了，上帝让天使去她面前跳舞，逗她开心。

天使觉得在凡人面前跳舞很不体面。

上帝立即得知了天使的想法，惩罚了她。于是天使化身成为刚刚降生的小公主，她忘记了天堂，忘记了曾经的一切，甚至忘记了自己的名字。

天使的本名芬芳又纯净，这样的名字非凡人所能拥有。一个沉重的人名被加诸于她，人们都称她为玛格丽特公主。

公主长大了。

她经常沉思，总是不由自主地想回忆起什么东西，可她并不知道自己希望想起的是什么，所以公主一直十分忧郁。

有一天她问自己的父亲：

“为什么太阳亮得那么沉默?”

父亲笑了，什么都没说。

公主很伤心。又有一天她问母亲：

“玫瑰闻起来那么香甜，为什么它的香气我们看不见?”

母亲也笑了，公主的心情跌落了下去。

她问自己的保姆：

“为什么名字都没有味道?”

老保姆笑了，公主很伤心。

大家都说国王生了个傻女儿。

国王花了很多心思，想让公主变得和常人一样。

可她仍旧总是陷入沉思，问很多不必要又奇怪的问题。

公主变得面色苍白，羸弱不堪，人们又说她长得不漂亮。

年轻的王子们来了，同她说过几句话后便声称不想娶她为妻。

马克西米利安王子来了，公主对他说：

“人的一切都互不相干：话只能听，花只能闻。全都这样，真没意思。”

“那你想要什么呢?”马克西米利安问道。

公主开始思考，她想了很久，说道：

“我希望能拥有一个会散发出香气的名字。”

马克西米利安对她说：

“的确只有芬芳的名字才配得上你，玛格丽特是不太好听。可凡间没有你想要的名字啊。”

公主哭了起来。马克西米利安可怜她，他爱上了她，爱她胜过这世间的所有。

他对她说：

“别哭，你想要的东西我能找到。”

公主笑了，她说：

“如果你能替我找来一个芬芳的名字，我就去亲吻你的马镫。”

说完她脸红了，因为她是一个骄傲的人。

马克西米利安说：

“那到时候你会成为我的妻子吗？”

“会，如果你愿意的话。”公主回答道。

马克西米利安出发去寻找芬芳的名字，他踏遍了大地的每个角落，询问那些学者和平民，大家都嘲笑他。

这天，他又来到公主所居之城附近，看见了一间破败的木屋，门槛上坐着一位满头白发的老人。马克西米利安想：

“这位老人可能知道。”

王子告诉了老人他在找什么。老人很高兴，他笑着说道：

“有的，有这个名字，一个香喷喷的名字。我不知道，可我孙女儿听过呐。”

马克西米利安走进木屋，看见了生病的小女孩。

老人对她说：

“多纽什卡，这位少爷想知道那个喷香的名儿，快想想，我的乖孙女儿。”

女孩很高兴，笑了起来，但她没能想起那个芬芳的名字。

她说她曾经梦见一个天使在她面前跳舞，浑身散发出五颜六色的光芒。

天使对她说，白天会有另外一个天使到木屋去找她，为她跳舞，还会燃起更加美丽多彩的焰火。她把这个天使的名字告诉了小女孩，那个名字香气袭人，令人心情愉悦。女孩说：

“我一想到这个就很开心，可我还是想不起那个名字。如果我能想起它又把它念出来，我的病肯定马上就好了。不过我很快就能想起来。”

马克西米利安把公主带到了木屋。

公主看见破败的木屋和病恹恹的女孩后心里很不好受。她抚摸着小女孩，想做点什么让她开心。

接着她走到木屋中间，开始转圈跳舞、击掌歌唱。

女孩看见了很多亮光，听见了很多声音。她高兴地笑了，想起了天使的名字，还念了出来。

整间木屋都溢满了芬芳的香气。公主想起了自己的名字，想起了她降临人间的原因，高兴地回家了。

小女孩的病好了，公主嫁给了马克西米利安，在人间生活了很久。死后她回到了故土，回到了永恒的上帝身边。

毒蝇伞当官

这个世界上曾经有过一只毒蝇伞。

它很狡猾，会钻营，先当上了公务员，干了很长一段时间后成了领导。

大家都知道它不是人，是一只老蘑菇，还有毒，然而所有人都得对它唯命是从。

毒蝇伞牢骚不断、唠叨不停，总是一副气急败坏的样子，把口水喷得到处都是，弄脏所有的纸。

有一天，毒蝇伞正从马车里出来，一个光脚的小男孩儿朝它跑了过去，高声叫道：

“天哪，好大的毒蝇伞，好毒的东西！”

警察想打他的后脑勺却没打中。

小男孩儿抓住毒蝇伞往墙上一摔，把它摔成了几瓣儿。

小男孩儿受了鞭刑，因为他的所作所为不可饶恕。

城里的人们都非常开心，甚至有个傻子还给了小男孩儿钱拿来买糖饼。

两块玻璃

一块玻璃能放大，另一块玻璃能缩小。

第一块玻璃俯视着一滴水，对另一块玻璃说：

“可怕的巨大生物跑来跑去，互相吞噬。”

另一块玻璃看着街道说：

“小矮人们平和地聊着天，走来走去……”

第一块玻璃说：

“这些怪物停下来了，我担心它们会去抓那些小矮人。”

不过第二块玻璃说：

“小矮人会走的……”

一块糖

曾经有一个主妇。她有一把用来开小柜子的小钥匙。小柜子里有一只小匣子，小匣子里装着一小块儿糖。

主妇养了条小狗。小狗很淘气，总是突然对着主人叫个不停。

它一叫，主妇就拿起小钥匙，打开小柜子，取出小匣子，捏起那一块儿糖。小狗开始摇尾巴。

主妇对它说：

“谁让你叫的，卡普丽莎[①]·彼得罗夫娜，这糖你是吃不到了。”

接着她把一切都放回原位。小狗后悔啦，可是已经晚了。

---

① 根据 каприз 而来，意为“任性”。

变得更好

世间的小孩儿各不相同，有好有坏。

曾经有两个小男孩儿，一个好孩子，一个淘气包。一天，他们来到巫师巴鲁契舍①叔叔面前。叔叔问他们：

“你们想变得更好吗?”

好孩子说：

“我想变得更好，亲爱的叔叔，好人在哪儿都过得好。”

淘气包则说：

“叔叔，我不需要变好了，我现在就挺好。太好了我可受不了。”

巴鲁契舍叔叔说：

“那你就继续做个淘气包吧。好孩子，你呢，会变成个小糖人儿，大家都会喜欢你。”

说完他就走了。好孩子浑身都变得很甜，不停地滴出糖浆来。大家都不太愿意见到他，因为他走到哪儿，糖浆就糊到哪儿。好孩子的妈妈也很生气。

---

① Получше，俄语意为“更好”。

“你身上这些甜东西太费衣服了。”她说，“你哪怕是变成个流氓都比这样好。”

可好孩子喜欢这种从身上滴出糖浆的样子。他就这么长大了，长大后他一直深受大家喜爱，因为他总是把纸做成糖纸，再把糖浆滴到糖纸里送给需要的人。

黄金桩子

小男孩沃瓦生爸爸的气。沃瓦对保姆说：

“我长大后要当将军，带着大炮来找爸爸，俘虏他，把他钉在桩子上。”

话音刚落爸爸就走了过来，说：

“你这个坏孩子！你怎么会想把爸爸钉在桩子上？爸爸会痛的。”

沃瓦害怕了，说：

“那，这个，爸爸，桩子可是黄金做的，上面还写着‘勇敢无畏’。”

欺负人的人

一根手指大小的男孩儿遇到了指甲大小的男孩儿，打了他一顿。指甲大小的男孩儿站在那儿哭得很伤心。

两根手指大小的男孩儿把一根手指大小的男孩儿揍了一顿，告诉他：“不许打人！”一根手指大小的男孩儿尖声尖气地哭了起来。

胳膊肘大小的男孩儿走过来问道：

“你哭什么呢？”

“呜呜！两根手指大小的男孩儿打了我。”一根手指大小的男孩儿说。

胳膊肘大小的男孩儿追上了两根手指大小的男孩儿，把他痛打一顿，说：“别去招惹那些小个子！”

两根手指大小的男孩儿哭着跑去找上学前班的男生告状。学前班的男生说：“我去打他！”说完跑去把胳膊肘大小的男孩儿揍了。

就为这个，二年级小学生又把学前班的男生揍了。

他妈妈为了保护他，把二年级小学生教训了一顿。

二年级小学生喊了起来，他爸爸跑过来揍了学前班男生的妈妈。

警察来把二年级小学生的爸爸带回了派出所。

故事就这样结束了。